MISSION: AMOR

PARANORMALES SÖ[illegible]

BUCH [illegible]

M GUIDA

MICHAEL ANDERLE

LMBPN INTERNATIONAL

Produktion der deutschen Version durch:
YourStarVoice, yourstarvoice.com

LMBPN® International
2375 E. Tropicana Avenue, Suite 8-305
Las Vegas, Nevada 89119
Vereinigte Staaten von Amerika

Version 1 2025
Deutsche Erstveröffentlichung als eBook: Marsch 2025
Deutsche Erstveröffentlichung als Taschenbuch: Marsch 2025

ISBN der Taschenbuch-Version:
979-8-89354-120-5

Meinem Vater und meiner Schwester, die mir gesagt haben, dass ich niemals aufgeben darf. Ohne ihre ständige Unterstützung wäre ich nicht dahin gekommen, wo ich heute bin. Ich liebe euch beide.

- M Guida

An Familie, Freunde und
diejenigen, die es lieben
zu lesen.
Mögen wir alle die Gnade genießen,
das Leben zu leben, zu dem wir berufen sind.

- Michael

1

Ich saß auf dem Balkon meines Wohnheimzimmers, mein Schlafanzug klebte an meiner feuchten Haut, während ich versuchte, die Schrecken meines Traums zu vergessen. Es war zwecklos. Der Albtraum klebte an mir wie Kaugummi an meinem Schuh. Der Wind kühlte die Schweißperlen auf meinem Körper und ließ mich frösteln.

Ich ignorierte die Tasse mit dem dampfenden Kaffee neben mir. Ich konnte weder essen noch schlafen. Jedes Mal, wenn ich einschlief, träumte ich von Hicks. Die Techniker von Sektor Neun hatten ihn auf einen Tisch geschnallt und an Infusionen angeschlossen, die eine grüne Substanz in ihn pumpten. Er rief meinen Namen und flehte mich an, ihm zu helfen. In Drachengestalt würde ich mit meinen Flügeln schlagen und versuchen, ihn zu erreichen, aber ich würde mich in Zeitlupe bewegen. Er würde sterben, bevor ich zu ihm gelangen konnte.

Dann wachte ich schweißgebadet auf und schnappte nach Luft, während Tränen meine Wangen befeuchteten. Schuldgefühle und Traumata fühlen sich so an.

Die Mission hatte mich ganz schön mitgenommen.

Die Morgendämmerung würde erst in einer Stunde einsetzen. Der Vollmond berührte fast die Spitze der Berggipfel, und über dem Himmel funkelten die Sterne. Ich starrte den Nordstern an und wünschte, die Mission wäre anders verlaufen.

Unglücklicherweise hatte Sektor Neun wieder einen Treffer gelandet und einen von uns mitgenommen.

Ich war nicht der Einzige, der Probleme hatte. Mein Team war ein verdammtes Chaos... wenn man uns überhaupt ein Team nennen konnte. Seit Hicks' Beerdigung war alles nur noch schlimmer geworden. Alle gaben sich gegenseitig die Schuld an der Katastrophe. Manchmal veränderten Missionen die Menschen, aber ich hätte nie gedacht, dass es so schlimm werden würde.

Maggie hat immer noch nicht mit mir gesprochen.

Seufzend wischte ich mir eine Träne weg. Ich konnte es ihr nicht verdenken, dass sie wütend war. Ich konnte die Schuldgefühle nicht loswerden, die mich verfolgten. Ich hätte mich schneller verwandeln sollen. Vielleicht wäre Hicks dann noch am Leben.

Aber es war nicht nur das. Sie war irgendwie anders. Schnippisch, aufgeregt, fast aggressiv mir und allen anderen gegenüber. Maggie war immer der Sonnenschein in der Gruppe gewesen. Diese aggressive Wölfin war nicht sie. Möglicherweise litt sie an einer posttraumatischen Belastungsstörung, aber auch das schien nicht richtig zu sein.

Dann waren da noch die Streithähne. Jonas und Brody schlugen aufeinander ein wie Preisboxer. Ich war mir nicht sicher, ob sie jemals miteinander auskommen würden. Es schien, als bräuchten sie einen Sandsack, um ihre Wut über Hicks und Sektor Neun aneinander auszulassen, und sie hatten sich den anderen ausgesucht.

Derjenige, der mich wirklich traurig machte, war Kog. Was auch immer die Bastarde mit ihm gemacht hatten, sie hatten meinen leichtlebigen Ork verändert. Die kleinste Sache brachte ihn in Rage. Er schlug Löcher in Wände, zerbrach Dinge und knurrte jeden an, der ihm zu nahekam, mich eingeschlossen. Wir waren uns so nahe gewesen, und jetzt stand eine Mauer zwischen uns.

Justice ging es auch nicht besser. Er hatte sich in sein Schneckenhaus zurückgezogen, und seine Nase steckte ständig in dem einen oder anderen Buch. Die Bibliothek war zu seinem zweiten Zuhause geworden. Ich hatte den Eindruck, dass er etwas recherchierte, aber ich hatte keine Ahnung, was.

Wir waren uns schon einmal so nahe gewesen. Die Mission machte uns zu einem Haufen wütender Außenseiter.

KNIRSCH - KNIRSCH - KNIRSCH

Das Geräusch riss mich aus meinen dunklen Gedanken. Unten im Hof rannte eine einsame Gestalt über den Kieselsteinweg. Ich wusste, dass es Jonas war. Sein T-Shirt klebte an seinen kräftigen Muskeln, und seine Jogginghose umschloss seine starken Beine. Er war derjenige, der mir beim Umziehen geholfen hatte, als ich es nicht für möglich gehalten hatte, aber in letzter Zeit sprachen wir kaum noch miteinander. Normalerweise winkte er, wenn er um die Bahn joggte, aber heute schaute er nicht einmal zu mir hoch. Ich seufzte und wünschte, es wäre nicht so, wie es war. Ich wünschte, Maggie und ich wären noch Freunde, dass Hicks noch lebte und dass Sektor Neun zerstört war.

Die Organisation war eine Kakerlake, die sich weigerte zu sterben.

Ich wandte mich von Jonas ab. Die Nacht war verblasst. Die Sonne kam zum Vorschein und verjagte den Mond und die Sterne. Die Wolken wechselten von orange über rosa zu violett. Die Luft wurde kälter und ließ mich zittern.

Dr. Gould hatte eine frühzeitige Nachbesprechung einberufen, aber ich hatte das Gefühl, dass es sich eher um ein Treffen handelte, bei dem man sich zusammenrauft. Wir sollten uns im Konferenzraum zum Frühstück versammeln, so wie wir es bei unserem ersten Treffen getan hatten. Das war ein Witz. Wir saßen nicht einmal zum Essen in der Cafeteria zusammen.

Ich schnappte mir meinen kalten Kaffee und zog mich in meinen Schlafsaal zurück. Es war zu deprimierend, Jonas beim Laufen zuzusehen und zu wissen, dass er sauer auf mich war. Und das alles nur wegen Brody O'Hara. Es gab einen großen Wettbewerb zwischen den beiden, und Jonas dachte offensichtlich, ich sei auf Brodys Seite. Ich war auf niemandes Seite. Aber versuch mal, das einem sturen, arroganten Fae zu sagen.

Ich kippte meinen Kaffee ins Waschbecken und stellte die Dusche an. Dampf waberte durch das Badezimmer. Ich betrachtete mich im Spiegel und zuckte zusammen. Mein blondes Haar war ein einziger Wirrwarr. Dunkle Ringe betonten meine blutunterlaufenen grünen Augen, und verblasste lila Blutergüsse zierten meine Wangen. Ich sah aus wie ein Boxer, der einen Kampf verloren hatte. Das war der aufgewärmte Tod.

Ich konnte es immer noch nicht fassen, dass mein Vater noch lebte und Dr. Gould nicht nur der Leiter des Paranormalen Söldner Korps, sondern auch mein Großvater war. Es hatte mich umgehauen, als ich erfuhr, dass Commander Wyland mein Onkel war. Jetzt hatte ich drei lebende Familienmitglieder.

Nun, man könnte sagen, dass mein Vater noch lebte. Er lag immer noch im Koma, nachdem er jahrelang die Laborratte von Sektor Neun war. Sie hatten ihn kaum am Leben gehalten, nur um ihm Blut abzunehmen. Diese Mistkerle. Dr. Gould wusste nicht, ob und wann er das Bewusstsein wiedererlangen würde.

Schließlich ließ ich den Spiegel stehen und stieg unter die Dusche. Tränen rannen mit dem Wasser über mein Gesicht. Es schien, als ob ich nur noch weinte. Mein Team war meine Familie, und sie zu verlieren, hatte mein Herz in Stücke gerissen. Ich hatte noch nie eine Familie gehabt. Eine zu gewinnen und sie zu verlieren, tat höllisch weh.

Das Wasser wurde kalt, bevor ich ausstieg. Ich föhnte mir die Haare und schminkte mich, um wenigstens die blauen Flecken und die dunklen Ringe unter meinen Augen zu verbergen.

Das Frühstückstreffen war in zwanzig Minuten. Um Dr. Gould zu gefallen - ich konnte mich immer noch nicht dazu durchringen, ihn Opa zu nennen - zog ich meine Uniform an. Ein frisches weißes Hemd und einen schwarz-weiß karierten Rock.

Mein Telefon klingelte, und ich runzelte die Stirn. Ich hatte die SMS meiner Pflegeschwester blockiert und konnte mir nicht vorstellen, wer mich sonst kontaktieren würde. Auf jeden Fall niemand aus meinem Team.

Als ich die Nachricht las, stellten sich mir die Nackenhaare auf.

> **Blockiere mich nicht. Sektor Neun ist näher, als du denkst. Sei vorsichtig. Sie haben einen Spion. Jemand, von dem du es am wenigsten erwartet hättest. Moon**

Moon? Wer zum Teufel war Moon? Das klang wie ein Rufname.

Ich las den Text immer und immer wieder. Mein erster Instinkt war, die unbekannte Nummer zu blockieren. Vielleicht war es eine Falle. Aber was, wenn es wahr war? Meinten sie Brody? Nein, das war zu offensichtlich. Moon sagte, es sei jemand, von dem ich es am wenigsten erwarten würde.

KLOPF - KLOPF - KLOPF

Ich sprang aus den Schuhen, und mein Herz rannte wie ein kopfloses Huhn durch den Raum.

"Chelby?"

Ich legte eine Hand auf meine Brust, um mein pochendes Herz zu beruhigen, und öffnete die Tür. Dr. Gould stand da, bekleidet mit einer schönen schwarzen Hose und einem weißen Hemd. Sein blondes Haar floss ihm über die Schultern.

Er ließ seinen Blick über mich schweifen und lächelte. "Guten Morgen."

Sein Blick verriet, dass er sich freute, dass ich meine Uniform anhatte. "Guten Morgen." Ich runzelte die Stirn. "Was machst du denn hier?"

"Ich wollte dir sagen, dass dein Vater Anzeichen gezeigt hat, aus dem Koma zu erwachen. Er hat heute seine Finger bewegt."

Ein Anflug von Hoffnung flackerte in meinem Bauch auf und verwandelte mein Stirnrunzeln in ein Lächeln. "Hat er das? Wirklich?" Ich konnte die Aufregung nicht aus meiner Stimme heraushalten.

Die Aufregung durchströmte mich und verdrängte einen Teil der Angst, die ich vorhin empfunden hatte. Ich hatte eine Million Fragen, die ich ihm über meine Mutter, Sektor Neun und ihn selbst stellen wollte.

Dr. Gould hielt eine Hand hoch. "Mach dir keine zu großen Hoffnungen. Es besteht immer die Möglichkeit, dass es ein nervöser Tick war."

"Oh." Meine Schultern sackten in sich zusammen. Meine Aufregung wurde wie ein Käfer zerquetscht, und die Verzweiflung brodelte wieder auf.

Fast hätte ich ihm von Moons Nachricht erzählt, aber was, wenn er der Spion war? Moon hatte gesagt, es sei jemand, von dem ich es am wenigsten erwartet hätte.

Auf Dr. Gould trifft diese Beschreibung definitiv zu.

Ich steckte mein Telefon in meinen Rucksack. Im Moment wusste ich nicht, wem ich vertrauen konnte.

Der Direktor musterte mich. "Bist du bereit für unser Frühstückstreffen?"

Ich zog eine Augenbraue hoch. "Nein, die Frage ist: Bist *du* bereit? Du steckst einen Haufen Klapperschlangen in einen Raum und verlangst von ihnen, dass sie nett spielen."

Er zuckte mit den Schultern. "Klapperschlangen kommen miteinander aus."

Ich trat in den Flur, schloss meine Tür und folgte ihm. "Okay, vielleicht war das eine schlechte Metapher, aber das Team ist zerstritten. Wir essen nicht einmal mehr zusammen."

"Genau aus diesem Grund bestehe ich auf ein Essen. Außerdem habe ich etwas anzukündigen."

"Dass Brody ein Mitglied unseres Teams wird?"

Er antwortete nicht, sondern drückte auf den Aufzugsknopf. "Wie hast du dich gefühlt?" Er deutete auf seine eigenen Augen. "Ich sehe, du hast immer noch nicht geschlafen. Hast du immer noch Schmerzen von dem Sternschnuppenpfeil?"

"Nein. Es dauert nur länger, bis ich geheilt bin."

"Ein Wunder, dass du das überhaupt überlebt hast."

Ich konnte darauf nicht antworten. Das war erst das dreimillionste Mal, dass ich diese Aussage von ihm und allen anderen gehört hatte. Ich weiß nicht, wie ich das überlebt habe. Und die anderen auch nicht, was mich wieder zum Versuchskaninchen machte.

Ich dachte an Baka, den Vorsitzenden des Rates für übernatürliche Fähigkeiten. "Verlangt Baka immer noch, dass weitere Tests an mir durchgeführt werden?"

"Nicht jetzt."

"Vielleicht will er später mehr machen? Ich bin es leid, ein Nadelkissen zu sein."

Er schenkte mir ein knappes Lächeln. "Lass Baka meine Sorge sein. Du hast mit deinem Team schon genug zu tun."

Diese Antwort beruhigte mich nicht im Geringsten. Ich hatte das Gefühl, dass er und Baka wegen mir zerstritten waren.

Der Aufzug öffnete sich, und ich folgte ihm in die leere Kabine. Als wir in den Konferenzraum fuhren, wurden meine Handflächen schweißnass, und ich wischte sie an meinem Rock ab. Schmetterlinge flogen in meinem Bauch herum. Es waren so viele, dass ich mir nicht vorstellen konnte, auch nur einen Bissen zu essen. Ich war genauso nervös wie damals, als ich mein Team zum ersten Mal getroffen hatte.

"Da ist noch etwas anderes", gab Dr. Gould zu und starrte auf die Aufzugstüren.

"Was?"

"Baka frühstückt mit uns."

Mir lief ein Schauer über den Rücken, und mir lief es kalt den Rücken hinunter. Das war das Letzte, was ich hören wollte. Dieser Mann jagte mir eine Heidenangst ein. Er sah mich immer mit Verachtung an. Manchmal konnte ich spüren, wie purer Hass von ihm ausging. Warum war er hier?

Ich wollte Dr. Gould diese Frage stellen, aber die Türen öffneten sich und gaben den Blick auf einen finsteren Baka frei.

2

Baka Cosma war genauso, wie ich ihn in Erinnerung hatte. Er war etwas größer als Dr. Gould. Er hatte kurzes schwarzes Haar mit ergrauten Schläfen und stahlgraue Augen, die in meine Seele zu sehen schienen. Ich wippte unruhig auf meinen Füßen. Obwohl mein Team und ich zerstritten waren, wünschte ich mir, sie wären hier.

Er ließ seinen Blick über uns schweifen, als wären wir Ungeziefer. "Ihr seid zu spät."

Ich warf einen Blick hinter ihn, aber es war sonst niemand da.

"Nein, Sie sind zu früh dran", konterte Dr. Gould. Er gestikulierte zu mir. "Chelby, hier entlang."

Ich hob den Kopf und schob mich an dem grüblerischen Ratsherrn vorbei.

Baka starrte mich an. "Chelby, wie ich sehe, bist du immer noch nicht ganz geheilt."

"Mir geht es gut", beharrte ich. Das Letzte, was ich wollte, war, dass noch mehr Nadeln in mich gestochen wurden. Ich hatte genug medizinische Tests für ein ganzes Leben hinter mir.

Baka rümpfte die Nase wie ein wütender Schulmeister. "Keiner der Bluttests hat gezeigt, warum du den Sternschnuppenpfeil überlebt hast. Wir müssen annehmen, dass es daran liegt, dass du Mischblut hast, was dich sehr stark macht." Seine eisige Stimme ließ mich vor Angst zittern.

"Warum, Baka. Sie sehen aus, als hätten Sie Angst vor Chelby." Dr. Gould rieb sich die Unterlippe, um ein Lächeln zu verbergen.

"Das ist nicht lustig, Dr. Gould, und das wissen Sie. Wir müssen sicherstellen, dass Chelby keine Gefahr für uns alle ist. Wir müssen den Status quo bewahren. Kein Übernatürlicher sollte mächtiger sein als ein anderer, aber im Moment kann sie uns nützlich sein."

Ich wurde stutzig. Er starrte mich an, als wäre ich ein Roboter, den er kontrollieren könnte.

Dr. Goulds Lächeln verschwand, und seine Augen verengten sich. "Was genau soll das bedeuten?"

"Sektor Neun will genauso verzweifelt wie wir herausfinden, wie Chelby den Pfeil überlebt hat. Das verschafft uns einen Vorteil." Die Aufregung in seiner Stimme ließ mir die Nackenhaare zu Berge stehen.

Dr Gould schaute finster drein. "Was meinen Sie?" Er legte seine Hände auf meine Schultern und löste damit etwas von der Spannung, die sich in mir zusammenbraute.

"Wir haben Informationen, dass Sektor Neun hier einen Spion eingeschleust haben könnte."

Ich keuchte und legte eine Hand auf mein schnell schlagendes Herz.

Verdammt, Moon hat nicht gelogen.

Dr. Goulds Gesichtsausdruck wurde ernst. "Woher wissen Sie das?"

"Wir haben einen Techniker von Sektor Neun gefangen genommen, und er hat es uns gesagt. Bevor wir mehr Informationen von ihm bekommen konnten, hat er sich in seiner Zelle erhängt."

Ich keuchte. "Das ist ja furchtbar." Meine Brauen zogen sich zu einem tiefen Stirnrunzeln zusammen. "Aber alle Teilnehmer hier sind übernatürlich. Laut Dr. Gould und den anderen Ausbildern können Menschen die magische Grenzlinie nicht überschreiten. Das heißt, es ist einer von uns."

Bakas Schultern sanken, als er zum Fenster starrte. "Leider, ja."

Dr. Gould rieb sich die Stirn. "Sind Sie sicher?"

"Das bin ich." Baka wandte sich vom Fenster ab und seufzte. "Vor seinem Ableben hat der Techniker angedeutet, dass Sektor Neun von unseren bevorstehenden Missionen weiß."

Dr. Gould erröte:e. "Von welchen?"

"Ich bin mir nicht sicher. Es könnte nur eine von ihnen oder alle sein. Ich weiß es einfach nicht. Unser Heimatschutzteam steht auf dem Spiel. Unsere Agenten würden abgeschlachtet oder noch schlimmer, gefangen genommen, um ihre verdammten Supersoldaten zu machen. Wir wissen nicht einmal, wie viele Soldaten Sektor Neun hat."

Die Falten um Dr. Goulds Mund zogen sich zusammen. "Sie glauben, der Spion hat Sektor Neun in Schottland alarmiert?"

Baka seufzte schwer. "Ja."

Das Blut wich aus meinem Gesicht. "Also ist es jemand aus den Teams Champions oder *Anchorae Salutis*?"

Baka nickte ernsthaft. "Oder jemand, der von der Mission wusste. Vielleicht sogar einer der Ausbilder hier. Das darf nicht noch einmal passieren. Wir müssen die Sicherheit hier verdoppeln."

Dr. Gould stand neben Baka. "Nach allem, was wir wissen, könnte der Spion zum Sicherheitsteam gehören."

"Stimmt", gab Baka zu. "Wir wissen nicht einmal, wie sie die Informationen mit Sektor Neun austauschen. Ich glaube nicht, dass sie elektronisch übermittelt werden, denn das PSK würde diese Übertragung leicht auffangen."

Dr. Gould runzelte die Stirn. "Was wollen Sie tun?"

Bakas dünnes Lächeln erinnerte mich an den Grinch. "Wir müssen eine Falle aufstellen."

"An was haben Sie gedacht?" Dr. Gould öffnete eine weitere Tür, und Kellner schoben Tabletts mit Essen in den Konferenzraum. Ich schnupperte den Geruch von Speck, Würstchen, Eiern und Sirup. Mein Magen knurrte, und auf meinen Wangen bildeten sich bei ihren neugierigen Blicken heiße rote Flecken.

Baka räusperte sich, während er darauf wartete, dass die Kellner gingen.

Dr. Gould schloss die Tür. "Also, wie sieht Ihr Plan aus, Baka?"

"Wir wissen nicht, ob es sich um ein Mitglied von Chelbys Team handelt, also erzählen wir ihnen falsche Informationen und sehen, ob einer von ihnen versucht, sie weiterzugeben."

Mir lief das Wasser im Mund zusammen, und meine Ohren begannen zu klingeln. "Sie wollen, dass ich mein Team anlüge? Das würde uns mit Sicherheit auseinanderreißen."

Baka verschränkte die Arme und starrte sie an. "Wäre es dir lieber, wenn unschuldige Agenten getötet würden?"

"Nein. Natürlich nicht." Ich presste meine Handflächen auf den Tisch. "Aber mein Team hat es nicht verdient, dass man es belügt."

Dr. Gould atmete laut aus. "Ich stimme mit ihr überein, Baka. Ich glaube nicht, dass Lügen eine gute Idee ist. Das wird später nur noch mehr Komplikationen verursachen. Sie müssen lernen, einander wieder zu vertrauen."

Baka wippte auf seinen Füßen. "Was schlagen Sie dann vor?"

Dr. Gould hielt seinem Blick stand. "Wir sagen ihnen die Wahrheit."

Baka schnaubte. "Wie soll uns das helfen, den Täter zu finden?", konterte er. "Nein, ich glaube nicht, dass das funktionieren wird. Ich möchte einen meiner Männer losschicken, um zu beobachten, was hier vor sich geht. Vielleicht können wir den Verräter aufstöbern."

Der Direktor schaute finster drein. "Ich glaube, das würde den Spion alarmieren."

Eine bedeutungsschwangere Stille herrschte im Raum. Das Einzige, was ich hören konnte, war das Pochen meines eigenen Herzens.

Ich rutschte in meinem Stuhl hin und her, als mir ein quälender Gedanke in den Kopf kam. "Darf ich fragen, warum mir das gesagt wird?"

Baka sah mich an. "Du bist ein mächtiges übernatürliches Wesen, Chelby. Nach dem, was in Schottland passiert ist, glaube ich, dass Sektor Neun dich unbedingt in die Finger kriegen will. Sie werden wissen wollen, was du noch alles kannst. Du bist ein lilafarbener Drache, und die haben viele Fähigkeiten."

Das ist ein Lacher. "Ich habe keine besonderen Gaben."

Das warme Lächeln von Baka war fast echt.

Fast.

"Du hast gerade erst gelernt, dich zu verwandeln, Chelby", erklärte er. "Mit der Zeit werden diese anderen Gaben zum Vorschein kommen."

Seine Augen glühten, und etwas in diesem Glitzern ließ mein Blut gefrieren.

Dr. Gould schrubbte sich das Gesicht. "Sie wollen sie als Köder benutzen?"

"Ja. Der Spion wird alles wissen wollen, was sie tun kann. Vielleicht können wir sie in eine Falle locken. Vielleicht werden sie versuchen, ihre Akten zu stehlen."

Dr. Gould schüttelte den Kopf. "Vielleicht, aber der Spion würde die Akten nicht brauchen. Er oder sie könnte einfach Sektor Neun informieren. Wir müssen herausfinden, wie sie die Informationen weitergeben."

Ich dachte eine Minute lang nach. "Da ist noch etwas anderes. Mein Pflegevater hat ein Büro in seinem Haus. Vielleicht gibt es Informationen auf seinem Computer."

"Ich glaube nicht, dass selbst Brooks so dumm ist. Sein Computer könnte leicht gehackt werden", antwortete Baka trocken.

Ich setzte mich aufrecht hin. "Vielleicht. Aber lohnt es sich nicht, sein Büro zu Hause zu durchsuchen? Vielleicht hat er einen Tresor oder etwas anderes, das mir nicht bekannt ist."

"Es wäre gefährlich, da allein hineinzugehen", erklärte Dr. Gould.

Ich blickte zwischen ihnen hin und her. "Nicht, wenn ich meinen Glamour benutze und mich wie meine Pflegeschwester aussehen lasse."

Bakas Blick hellte sich auf. "Kannst du das auch?" Er schien aufrichtig interessiert zu sein.

"Ich weiß es nicht. Ich würde Zeit zum Üben brauchen. Vielleicht könnte Commander Wyland mir helfen." Ich war mir nicht sicher, ob Baka wusste, dass er mein Onkel war, und irgendetwas sagte mir, dass ich das geheim halten sollte.

Der Ratsherr schüttelte den Kopf. "Nein, je weniger Leute von unserem Plan wissen, desto besser."

Eine weitere Person, die ich anlügen sollte. Ich fragte mich, ob das Lügen für Baka so einfach war wie das Atmen.

Dr. Gould rieb sich das Kinn. "Wie ich schon sagte, du würdest diese Mission nicht allein bewältigen können, Chelby."

"Du hast Recht. Ich brauche mein Team." Ich seufzte kläglich. "Aber im Moment funktionieren wir nicht."

Als ich fertig war, öffneten sich die Fahrstuhltüren, und mein verwundetes Team betrat den Konferenzraum. Sie sahen alle aus, als hätten sie an Zitronen gelutscht, außer Justice. Sie blickten neugierig zu Baka. Es kam nicht jeden Tag vor, dass das Oberhaupt des Rates der Übernatürlichen zu einem unserer Treffen kam.

Dr. Gould lächelte den Miesepetern zu. "Willkommen, *Anchorae Salutis.*" Er streckte einen Arm aus. "Bitte, nehmt alle Platz."

Der Konferenztisch zwang uns, nebeneinander zu sitzen. Maggie setzte sich an das Ende des Tisches, so weit wie möglich von mir entfernt. Jonas und Brody nahmen auf beiden Seiten von mir Platz. Kog nahm mit seinem großen Körper praktisch zwei Plätze ein. Justice saß mir gegenüber und war der Einzige, der mir ein warmes Lächeln zuwarf.

Der Ratsvorsitzende verbeugte sich leicht. "Guten Morgen. Ich bin Baka Cosma." Er stand auf und lächelte sarkastisch. "Ich nehme an, Ihr alle wisst das. Ich habe Dr. Gould gebeten, euch aus einem bestimmten Grund hierher zu bringen."

Mein Team schaute sich unsicher an, als wären sie in das Büro des Direktors verfrachtet worden.

Baka legte die Hände auf den Rücken und erklärte, was sie über den Spion erfahren hatten.

Brody kratzte sich an der Schläfe. "Haben Sie, nachdem was Sie gesagt haben, keine Angst, dass es einer von uns sein könnte?"

Jonas schnaubte.

"Sieh mich nicht so an, Fox." Brody funkelte ihn an. "Ich bin kein Verräter."

Jonas musterte ihn. "Wenn du es sagst, O'Hara." Seine scharfe Stimme schnitt durch die Luft wie ein Rasiermesser.

Brody stand langsam auf.

Ich streckte meine Arme aus. "Stopp, ihr zwei. Und zwar sofort. Die PSK steckt in großen Schwierigkeiten, und wir können nicht zulassen, dass ihr euch ständig prügelt."

Die beiden Dickschädel beruhigten sich.

Justice lehnte sich in seinem Stuhl zurück und neigte seinen Kopf zu Baka. "Gibt es noch etwas, was Sie uns sagen wollen?"

"Ja, da ist noch was", ergänzte Dr. Gould. "Wir haben eine Mission, und ich erwarte von allen, dass ihr als Team arbeitet."

Kog trommelte mit den Fingern auf den Tisch. "Wie sollen wir das anstellen? Wir sprechen ja kaum miteinander."

"Da komme ich ins Spiel", verkündete Dr. Gould. "Ihr werdet jetzt alle Teamwork-Übungen machen."

Maggie hob ihr Kinn. "Was ist, wenn wir in eine andere Abteilung versetzt werden wollen?"

Der Direktor verengte seine Augen. "Wird euer Antrag abgelehnt."

"Warum?" Sie warf ihre Hände hoch. "Wir sind kein Team mehr."

Dr. Goulds blaue Augen färbten sich golden und warnten sie, dass sie sich auf dünnem Eis bewegte. "Dies ist ein Söldnerkorps, Ms. Hahn. Nicht eine Studentenverbindung. Du kannst nicht das Team wechseln, nur weil du einen Streit hast. Du wirst in diesem Team bleiben." Er beugte sich über ihren Stuhl. "Oder, wenn du möchtest, kannst du in die Arrestzelle gebracht werden, bis der Spion gefasst ist. Ist es das, was du willst?"

"Nein, Sir." Rosa und lila blitzten über ihre Wangen, und ihre Augen glühten vor Wut, aber Maggie hielt ihre scharfe Zunge wohlweislich im Zaum.

"Wir haben keine Zeit für diese Belanglosigkeit", schnauzte Baka. "Das Leben unserer Agenten steht auf dem Spiel."

Der Ratsherr sah jeden von uns an, während er sprach. "Diese Informationen sind vertraulich. Nichts von dem, worüber wir gesprochen haben, darf diesen Raum verlassen. Ihr dürft dies mit keinem eurer Ausbilder oder irgendjemandem im PSK besprechen. Es stehen Leben auf dem Spiel. Habt ihr das verstanden?"

"Ja", antworteten wir alle gleichzeitig.

"Gut", bemerkte Dr. Gould. "Jetzt können wir mit Ihrem nächsten Auftrag weitermachen. Chelby zufolge hat Robert Brooks ein privates Büro in seinem Haus. Es ist reine Spekulation, aber vielleicht können wir ein paar Informationen bekommen. Er könnte etwas in seinem Büro versteckt haben, das wir übersehen haben."

"Wie sollen wir das anstellen, ohne Aufmerksamkeit zu erregen?" fragte Brody.

Dr. Gould sah mich an. "Chelby wird sich mit Hilfe ihres Zaubers in ihre Pflegeschwester verwandeln."

Jonas schaute von mir zum Direktor. "Sie weiß nicht, wie man das macht. Um wie eine bestimmte Person auszusehen, braucht man eine fortgeschrittene Ausbildung." Er klopfte sich auf die Brust. "Nicht einmal ich kann das."

"Du bist auch kein lila Drache", erwiderte Baka. "Sie ist mächtiger als eine durchschnittliche Fae."

"Außerdem wirst du ihr helfen", informierte Dr. Gould Jonas.

Er fuhr sich mit den Fingern durch sein Haar. "Was, wenn ich ihr *nicht* helfen *kann*? Das habe ich noch nie gemacht."

"Es gibt für alles ein erstes Mal, junger Mann. Ich schlage vor, du hörst auf zu jammern und erledigst den Job."

Jonas sträubte sich gegen die Aussage des Ratsherrn.

Dr. Gould stützte seine Hände auf den Tisch. "Du hast recht, Jonas. Keiner von euch weiß, wie man es macht. Ich werde Commander

Wyland anweisen, euch beiden ein fortgeschrittenes Glamourtraining zu geben. Das ist logischerweise der nächste Schritt in der Beherrschung von Glamour." Er hob einen warnenden Finger. "Er darf aber nichts von der Mission erfahren."

Der Direktor sah Jonas nicht an, als er den letzten Teil sagte. Er sah mich an.

Ich biss mir auf die Lippe und hasste es, meinem Onkel diese Information vorzuenthalten. Es war keine Lüge, aber es war auch nicht die Wahrheit. Das war nicht fair. Mein Onkel war immer für mich da gewesen, wenn ich ihn brauchte.

Baka starrte wieder aus dem Fenster. Ich fragte mich, was da draußen seine Aufmerksamkeit erregt hatte.

"Dies ist eine wichtige Mission", wiederholte er. "Wir müssen den Spion finden, bevor es zu spät ist. Ich werde den Fortschritt dieses Teams überwachen." Er drehte sich mit einem finsteren Blick um. "Wenn ich herausfinde, dass irgendjemand außerhalb dieses Raumes von der Mission weiß, werde ich euch alle verhaften und ins Hauptquartier von Supernatural bringen lassen. Glaubt mir, wir werden herausfinden, wer von euch der Spion ist."

Ich dachte an den Techniker von Sektor neun, der sich erhängt hatte, und fragte mich, welche Verhörtechniken der Rat anwandte, um zu bekommen, was er wollte. Hatte er sich deshalb das Leben genommen? Oder war es etwas anderes?

3

Ich weiß nicht, wie einer von uns nach unserem Treffen mit Genuss essen sollte. Die Drohung, inhaftiert und möglicherweise gefoltert zu werden, hat mir den Appetit verdorben. So wie mein Team aussah und wie sie aßen, ging es ihnen genauso. Selbst Kog hatte Mühe, einen Teller leer zu essen, und er nahm immer zwei oder drei Portionen.

Baka neigte den Kopf in Richtung des Aufzugs. "Ich habe noch etwas mit Dr. Gould zu besprechen. Entschuldigt uns."

Dr. Gould bat uns hinaus.

Ich erhob mich von meinem Stuhl und ging auf den Aufzug zu, während die anderen direkt hinter mir waren. Die Türen öffneten sich, und wir gingen hinein. Es war die längste und schmerzhafteste Fahrt, die ich je erlebt hatte. Die Stille war ohrenbetäubend. Ich wollte nur noch so schnell wie möglich raus.

Maggie und ich stiegen im selben Stockwerk aus, aber sie sah mich nicht einmal an, als sie in ihr Zimmer ging.

Etwas zu sagen, wäre sinnlos. Ich hätte mehr Glück, wenn ich mit einer Wand reden könnte.

Ding.

Ich hatte eine weitere SMS von Moon erhalten. Ich wollte sie nicht auf dem Flur lesen, also eilte ich in mein Zimmer und öffnete sie.

> **Sektor Neun ist auf dem Vormarsch. Sie haben Angst vor dir. Das macht sie extrem gefährlich. Pass auf dich auf.**

Verdammt, was hatte das zu bedeuten? Ich steckte mein Handy wieder in die Tasche. Ich brauchte eine Ablenkung.

Fünfzehn Minuten später war ich bei den Ställen. Eros wieherte aus seinem Stall, als ich mich ihm näherte.

Sergeant Santos begrüßte mich, während sie einen weißen Pegasus striegelte. Wie immer trug sie eine Uniform und ihr langes, dunkles Haar zu einem Pferdeschwanz gebunden. "Hallo, Chelby." Sie lächelte und neigte den Kopf in Richtung Eros. "Ich glaube, da wartet jemand ungeduldig darauf, dich zu sehen."

"Hey, Kumpel." Ich streichelte Eros' Stirn. "Ich kann es auch kaum erwarten, ihn zu sehen."

Sie gesellte sich zu mir neben Eros und streichelte seinen Hals. "Ich nehme an, du willst einen Ausritt machen?"

Ich grinste. "Nur lange genug, dass er sich die Beine vertreten kann."

Sie hob eine Augenbraue. "Ich muss dich nicht daran erinnern, dass du die Grenzen einhalten musst."

Ich lachte. "Nein, musst du nicht. Ich habe nicht die Absicht, noch einmal in einer Zelle von Sektor Neun zu landen. Einmal hat gereicht."

"Sei einfach vorsichtig." Sergeant Santos schloss die Tür von Eros auf.

"Das werde ich."

Ich führte Eros aus seiner Box und schnappte mir ein gebissloses Zaumzeug. Eros weigerte sich, eine andere Art von Zaumzeug zu tragen. Ich zog es ihm über den Kopf und sprang dann ohne Sattel auf seinen Rücken. Die mochte er auch nicht. Eros und ich hatten eine besondere Bindung, und ich brauchte das Zaumzeug nur, um ihn zu lenken.

"Komm schon, Junge." Ich drückte meine Knie gegen seine Flanke. "Komm, wir machen einen Ausritt."

Der Pegasus trabte aus den Ställen und breitete seine Flügel aus. Er sprang in die Luft, und ich lachte, als wir uns in den Himmel erhoben. Der Wind kräuselte mein Haar und mein Hemd. Ich breitete die Arme weit aus, legte den Kopf schief und wölbte den Rücken. Alle meine Probleme verschwanden, als Eros mit seinen breiten Flügeln schlug.

"Chelby, warte mal."

Ich drehte mich um und sah Commander Wyland auf seinem Pferd Celestial auf mich zufliegen. Mein Onkel sah gut aus wie immer, sein blondes Haar flog im Wind.

Normalerweise würde ich mich freuen, ihn zu sehen, aber mein Herz schlug mir bis zum Hals. Ihn anzulügen, hat mich tief getroffen.

Ich setzte ein Lächeln auf mein Gesicht. "Onkel, was machst du denn hier?"

"Was wohl?" Er zwinkerte. "Dafür sorgen, dass du in Sicherheit bist. Außerdem soll ich dir sagen, dass Dr. Gould dich im Krankenhaus erwartet."

Moon, Baka und all die Lügen schmolzen dahin, als die Freude in meinem Herzen aufstieg. "Mein Vater? Ist er wach?"

"Nein, ist er nicht. Es tut mir leid." Er legte den Kopf schief. "Folge mir."

Ich folgte ihm zurück ins Krankenhaus. Eros und Celestial landeten anmutig auf dem gut gepflegten Rasen. Ich glitt von dem Pegasus herunter und tätschelte seine Flanke. "Bleib hier, Junge."

Eros nickte, als hätte er verstanden, dann begannen er und Celestial zu grasen.

Mein Onkel öffnete mir die Eingangstür. "Wie war das Treffen heute? Ich muss dir sagen, dass ich ein bisschen sauer war, dass ich nicht eingeladen wurde."

"Du wolltest hingehen?"

"Auf jeden Fall. Wir haben schon viel zusammen durchgemacht." Er knirschte mit den Zähnen. "Dieser Bastard Baka wollte nichts davon hören. Du musst mich aufklären, was passiert ist."

Ich stöhnte innerlich auf. Das war das Letzte, was ich tun wollte. Lügen über Lügen. Verdammter Baka!

Das Krankenhaus war wie jedes andere, in dem ich gewesen war, voller Krankenschwestern und Ärzte. Statt nach bitteren Antiseptika zu riechen, duftete die Luft nach Jasmin oder einer anderen exotischen Blume. So anders als in menschlichen Krankenhäusern. Das hier war mehr wie ein Spa.

Commander Wyland führte mich zum Aufzug und drückte einen Knopf. "Also, erzähl‘ mir, was bei dem Treffen passiert ist."

Verdammt noch mal. Er würde das nicht auf sich beruhen lassen. Ich zuckte mit den Achseln, als wäre mir das völlig egal. "Baka wollte sichergehen, dass unser Team wieder zusammenkommt."

Er schaute finster drein, als wir den Aufzug betraten. "Warum sollte das Baka interessieren? Das erscheint mir merkwürdig."

Ich war ein schrecklicher Lügner. Ich musste schnell das Thema wechseln, bevor ich mit der Wahrheit herausplatzte. "Glaubst du, dass mein Vater wieder zu Bewusstsein kommen wird?"

"Ich weiß es nicht." Er umarmte mich kurz. "Wir müssen darauf hoffen. Es ist ein Wunder, dass dein Vater überhaupt überlebt hat, ein Versuchskaninchen zu sein."

Ich sah ihn stirnrunzelnd an. "Meinst du, es gab noch andere, die nicht überlebt haben?"

"Ja, aber wir haben keine Beweise. Noch nicht. Ich bin sicher, Baka hat das bei dem Treffen besprochen." Seine Hartnäckigkeit, herauszufinden, was passiert war, gab mir das Gefühl, dass ich ohne Paddel den Fluss hinunterfuhr.

Ich fürchtete mich davor, die Türen zur Intensivstation zu öffnen. In Krankenhäusern fühlte ich mich immer unwohl, und die Intensivstation war einfach nur deprimierend. Der Tod lauerte in der Ecke, bereit, meinen Vater auf die andere Seite zu befördern. Ich kannte ihn nicht einmal, aber ich wollte ihn nicht verlieren.

Die Türen glitten auseinander, und mir fiel der Mund zu. Ich blinzelte einige Male. Dieser Boden war nicht das, was ich erwartet hatte. Anstelle von antiseptischem Gestank und lästigem Klingeln und Piepen roch der Boden nach Blumen an einem warmen Frühlingstag. Die Geräusche erinnerten eher an Grillen, die ihre Musik zu einem sprudelnden Wasserfall spielten.

Ich sah meinen Onkel an. "Sind wir auf der Intensivstation?"

Er schmunzelte. "Dies ist ein Fae-Krankenhaus, kein menschliches. Hier werden magische Kräuter und Tränke verwendet. Es gibt nichts Stärkeres als die Medizin der Fae."

"Bilde ich mir die Grillen- und Wasserfallgeräusche nur ein?"

"Nein, überhaupt nicht. Sie sind beruhigend für die Patienten. Es beruhigt ihre Nerven und lässt sie ruhig schlafen."

"Wow."

Wir gingen auf mehrere schöne Frauen in langen weißen Kleidern zu, die an einem Schreibtisch saßen. Ich nahm an, dass es sich um eine Schwesternstation handelte und dass sie Fae waren. Eine von ihnen stand auf. Ihr langes schwarzes Haar war mit einer Perlenhaarspange zurückgesteckt. "Wir haben Sie schon erwartet, Commander Wyland. Ich bin Giselle." Sie gestikulierte. "Folgen Sie mir bitte hier entlang. Dr. Gould erwartet Sie beide." Sie schaute mich an und lächelte. "Du musst Chelby Duncan sein?"

Ich nickte.

Ihre blauen Augen füllten sich mit Kummer. "Ich wollte dir sagen, wie leid mir das mit deinem Vater tut."

Ich schluckte den Kloß in meinem Hals hinunter. "Danke."

Sie führte uns in ein Zimmer, in dem Dr. Gould neben dem Bett meines Vaters stand. Die Schultern des Direktors hingen herab, und seine Hände steckten in den schlaffen Taschen.

Wieder einmal war dies nicht das übliche karge Krankenhauszimmer. Es war einladend, mit warmen blauen Wänden und dem sanften Geräusch von plätscherndem Wasser in der Luft.

Giselle verbeugte sich leicht. "Der Arzt wird bald hier sein."

"Danke, Giselle." Dr. Gould nickte.

Sie drehte sich um und ging.

Ich starrte meinen armen Vater an. Sein Gesicht war weißer als der Kissenbezug. Blasser als die flauschige weiße Steppdecke, die er bis zur Brust gezogen hatte. Sein Haar hatte den gleichen blonden Farbton wie das von Dr. Gould, aber es fehlte ihm an Glanz. Ich fragte mich, ob sie auch die gleiche Augenfarbe hatten. Mehr als alles andere wollte ich, dass er sie öffnete. Er war mein Vater, und er war am Leben. Ich hoffte, dass er das auch bleiben würde.

Ich rückte näher an das Bett heran. "Hat sich etwas verändert?"

"Wie ich schon sagte, er hat seinen Finger bewegt. Dr. Singer soll vorbeikommen und erklären, was das bedeutet."

"Guten Morgen. Oder sollte ich sagen, guten Tag?"

Ein großer, dunkelhaariger Mann mit einem Klemmbrett stand in der Tür. Mit seinen tiefblauen Augen und spitzen Ohren war er eindeutig ein Fae. Anstelle der traditionellen weißen Jacke und des Stethoskops trug er eine lange grüne Tunika, die bis zum Boden reichte.

"Dr. Singer." Mein Onkel streckte eine Hand entgegen. "Schön, Sie wiederzusehen."

"Commander, ich freue mich auch, Sie zu sehen." Dr. Singer schüttelte die Hand und sah meinen Vater an. "Ich wünschte, es wäre unter besseren Umständen." Er drehte sich zu mir um. "Du musst Chelby Duncan sein?"

"Ja, das bin ich."

"Das mit deinem Vater tut mir sehr leid. Ich bin froh, dass Sie alle hier sind." Er studierte sein Klemmbrett.

Dr. Gould wandte seinen Blick vom Bett ab und konzentrierte sich auf Dr. Singer. "Haben Sie etwas Neues?"

Der Arzt sah auf. "Keiner unserer Tränke hatte irgendeine Wirkung auf Ihren Sohn, Dr. Gould. Es tut mir leid."

Der Direktor wandte sich ab, als wolle er sich zusammenreißen.

Mein Onkel sah finster drein und überprüfte das Klemmbrett. "Nicht einmal der *Isolis*-Trank?"

Ich sah zwischen den beiden hin und her. "Was ist das?"

Kommandant Wyland blickte mich an. "Es ist ein mächtiger Heiltrank vom Hof der Blüte, der aus dem Saft unserer Mauerbuchen und dem Staub einer Sternschnuppe hergestellt wird."

Traurigkeit füllte die Augen von Dr. Singer. "*Isolis* hat so viele Verletzungen und Krankheiten geheilt. Ich dachte wirklich, es würde ihn aus dem Koma wecken."

Dr. Gould rieb sich den Nacken. "Haben Sie eine Ahnung, warum es nicht funktioniert hat? Ich dachte, der Finger meines Sohnes hätte sich bewegt."

"Ja. Ich habe eine Theorie, aber ich könnte mich irren."

"Welche?"

Dr. Singer legte das Klemmbrett an seine Seite und warf dem Direktor einen zögernden Blick zu. "Ich bin mir nicht sicher, wie Sektor Neun es in die Hände bekommen hat."

"Was in die Finger bekommen?", sagte Dr. Gould gereizt.

"Ein Unseelie-Zauber. Das ist die einzige Erklärung, die ich habe."

Den Sorgen in ihren Augen und dem finsteren Blick in ihren Gesichtern nach zu urteilen, war es wirklich schlimm. Weltuntergangsmäßig schlimm. "Was ist ein Unseelie-Zauber?"

"Eine dunkle Beschwörungsformel", sagte mein Onkel.

Ich seufzte müde. "Okay, was ist ein Unseelie?"

"Dunkle Fae", verriet Dr. Gould. "Sie beschäftigen sich mit dunkler Magie und sind extrem gefährlich. Wir haben sie in ihrer Schattendimension gefangen gehalten. Wenn dies ein Unseelie-Zauber ist..." Sein unheilvoller Ton ließ mich erschaudern.

Ich wollte nicht glauben, dass Dämonen, Teufel und alles andere, was in der Nacht rumort, real sind. "Schattendimension? Das hört sich an wie das, woraus Albträume gemacht sind."

"Die Schattendimension ist ein dunkler Ort. Betrachte sie als Hölle."

Alles, was ich über die Feuer der Hölle wusste, flammte in mir auf. "Das ist ja furchtbar. Was könnte ein Unseelie-Zauber anrichten?"

Dr. Singer räusperte sich. "Wenn es eine ist, bleibt dein Vater vielleicht bewusstlos. Für immer in Albträumen gefangen."

"Nein." Meine Stimme wurde höher, als ich beabsichtigt hatte. Ich drängte mich an meinem Onkel vorbei und setzte mich auf einen Stuhl neben dem Bett meines Vaters. Tiefe Falten umrahmten seine Augen und seinen Mund. Steckte er in einem schrecklichen Albtraum fest? Ich runzelte die Stirn und fuhr mir mit der Hand durch die Haare. "Es muss doch etwas geben, was wir tun können."

"Wir müssen den Gegenzauber finden, bevor es zu spät ist", murmelte Dr. Gould. Er hatte bereits aufgegeben. Ich konnte es in seiner Stimme hören.

Vor meinem Onkel und Dr. Singer habe ich nichts gesagt, aber wenn es ein Gegenmittel gab, wusste ich, wer es hatte.

General a.D. Robert Brooks. Der Leiter von Sektor Neun... und mein Pflegevater.

4

Eine dunkle Wolke legte sich über uns, als hätte die Schattendimension ihre knochigen Finger ausgestreckt und das Sonnenlicht, das in den Raum fiel, blockiert. Düsternis und Verderben zogen auf, dämpften unsere Stimmung und hinterließen einen kalten Schauer in der Luft. Mein Vater lag vollkommen still, nur sein Brustkorb hob und senkte sich leicht. Sein Gesicht war aschfahl, und seine Lippen waren grau, als ob alle Farbe aus ihm gewichen wäre.

Die Angst schnürte mir die Kehle zu, und ich schluckte den Kloß hinunter. Schnell blinzelte ich mit den Augen gegen die drohenden Tränen an und schwor mir, nicht zu weinen. Ich musste für Dr. Gould stark sein.

Alles, woran ich denken konnte, war, dass Sektor Neun Attentäter geschickt hatte, um meine Mutter zu ermorden, und dass nun das Leben meines Vaters auf dem Spiel stand. Ich konnte den Gedanken nicht ertragen, noch jemanden zu verlieren.

Bitte, bitte wach' auf.

Seine Augen blieben hartnäckig geschlossen.

Verdammter Robert. Das war alles seine Schuld.

Ich hatte es so satt, dass Sektor Neun meiner Familie wehtat, dass ich schreien wollte. Ich starrte meinen Vater an, mehr denn je entschlossen, ihn zu retten.

Dr. Singer ging auf die andere Seite des Bettes meines Vaters und legte seine Handfläche auf seine Stirn. Er untersuchte die Augen seines Patienten mit einem Ophthalmoskop. "Es tut mir leid, Dr. Gould, aber es gibt keine Veränderung."

Der Direktor starrte auf seinen Sohn hinunter. "Aber sein Finger hat sich vorhin bewegt." Seine Stimme bettelte um den kleinsten Funken Hoffnung.

Singer zuckte mit den Schultern. "Manchmal zucken die Muskeln. Wir haben aber keine anderen Anzeichen von Bewegung festgestellt." Er seufzte müde. "Ich wünschte, es wäre anders. Das wünsche ich mir wirklich."

"Danke." Dr. Goulds Schultern gaben nach, er ging zum Fenster und legte seine zitternden Hände auf den Rücken. Er war ein so starker Mann, doch das hier zerriss ihn.

Mein Onkel legte seine Hände auf meine Schultern und drückte sie sanft, um mir etwas Trost zu spenden. Ich hielt die warme, aber steife Hand meines Vaters und wünschte, ich könnte das kleinste Zeichen einer Bewegung spüren. Nur bittere Enttäuschung begegnete mir.

Während der nächsten Stunde oder so sprach keiner von uns. Dr. Gould starrte immer wieder aus dem Fenster, als stünde er unter einem Bann oder sei in dunklen Gedanken unterwegs. Einer seiner Söhne war bereits ermordet worden, und nun lag der andere im Koma gefangen. Ich hatte immer gehört, dass Menschen im Koma zwar Stimmen hören, aber weder sprechen noch einen Muskel bewegen können. So etwas Schreckliches konnte ich mir nicht vorstellen.

Dr. Gould brach schließlich das Schweigen. "Commander, ich denke, Sie und Chelby sollten die Pegasi zurück in ihre Ställe bringen. Ich möchte um drei Uhr eine Besprechung mit den anderen Ausbildern in meinem Büro einberufen." Seine Stimme klang so niedergeschlagen, dass ich hinüberlaufen und ihn umarmen wollte, aber ich blieb auf meinem Stuhl sitzen. Obwohl er mein Großvater war, war er immer noch der Leiter des Paranormalen Söldnerkorps. Ich war mir nicht sicher, ob er eine Umarmung begrüßen würde, wenn er versuchte, die Kontrolle zu behalten.

"Ja, Sir", antwortete mein Onkel.

Ich atmete tief und reinigend ein und ließ die Hand meines Vaters los. Ich beugte mich über sein Bett und küsste seine kalte Stirn. "Ich verspreche, dass ich ein Heilmittel gegen den Unseelie-Zauber finden werde, Vater", flüsterte ich ihm ins Ohr. "Ich werde nicht zulassen, dass du mir entwischst."

Mein Onkel öffnete mir die Tür, und wir gingen in den Flur. "Dr. Gould hat es schwer, das zu verkraften. Ich werde wohl später herausfinden, was bei eurem Treffen passiert ist." Sein Tonfall wirkte locker, aber ich hatte das Gefühl, dass er ahnte, dass etwas nicht stimmte.

Wir betraten den Aufzug, und er drückte den Knopf, um nach unten zu fahren.

Ich schaute ihn an. "Glaubst du, dass die Unseelie mit Sektor Neun zusammenarbeiten?"

"Vielleicht. Sie hätten diesen Zauber nicht erhalten können, wenn sie nicht ein Bündnis mit den Unseelies eingegangen wären. Aber ich verstehe nicht, warum. Sektor Neun sollte sie genauso jagen wie sie uns jagen. Das ergibt doch keinen Sinn."

Alles, woran ich denken konnte, war das Arbeitszimmer meines Pflegevaters. Ich hatte keine Ahnung, ob die Informationen dort zu finden waren, aber ich war mehr als nur ein bisschen neugierig. Als ich dort lebte, versteckte er sich immer in seinem Büro und schloss die Tür ab, damit ihm niemand über den Weg laufen konnte. Ich musste herausfinden, warum.

Celestial und Eros grasten noch, als wir nach draußen kamen. Eros hob den Kopf, mit einem Maul voller Gras.

Ich lächelte, als ich seinen Hals streichelte. "Hey, Kumpel. Bereit, nach Hause zu gehen?"

Mein Onkel kletterte auf Celestial. Ich schaute noch einmal auf das Krankenhaus und dachte an meinen armen Vater. Er hatte es nicht verdient, in diesem Krankenhausbett zu liegen und wie ein Veilchen zu welken.

"Chelby, bist du bereit?"

Ich drehte mich langsam vom Krankenhaus weg und lächelte meinen Onkel an. "Ja, das bin ich." Ich stieg auf Eros und tätschelte ihm den Hals. "Okay, Kumpel. Lass uns gehen."

Celestial und Eros breiteten ihre weiten Flügel aus und stürzten sich in den wolkenverhangenen Himmel. Die Luft war frisch, und wieder wehte der Wind mein Haar um mein Gesicht. Die Feuchtigkeit der Wolken benetzte meine Wangen. Ich konnte einen Hauch von Regen riechen.

Als wir in Richtung der Ställe flogen, kreiste ein roter Falke auf der

Jagd nach Nahrung. Er tauchte tiefer, als hätte er eine Beute entdeckt, die sich unter den rostigen Kiefern versteckt hielt.

Innerhalb weniger Minuten erreichten mein Onkel und ich die Ställe, und der Pegasi landete anmutig.

Sergeant Santos wartete mit verschränkten Armen. Wut flammte in ihren Augen auf. "Ich wollte gerade einen Suchtrupp losschicken, bis Sergeant Ragar sagte, er habe Celestial und Eros vor dem Krankenhaus grasen sehen."

Ich schniefte und wischte mir eine blöde Träne von der Wange.

"Wie geht es deinem Vater, Chelby?" Ihre Stimme verlor ihre Schärfe, und Mitleid ersetzte ihren Zorn.

Ich rutschte von Eros herunter. "Er liegt immer noch im Koma."

"Es tut mir leid." Sie steckte die Hände in ihre Taschen. "Ich hatte gehofft, er würde bald aufwachen."

"Sergeant", sagte mein Onkel. "Dr. Gould hat für drei Uhr ein Treffen aller Ausbilder im Konferenzraum einberufen."

"Ich werde da sein. Ich muss nur noch die Pegasi in ihre Ställe bringen." Sie drehte sich um und ging auf die Koppel zu, wo drei oder vier Pegasi grasten.

Mein Onkel schloss Celestial in seinem Stall ein. "Ich mache mich besser für das Treffen fertig. Ich sehe dich später, Chelby." Er umarmte mich kurz. Seine Muskeln waren angespannt und steif, als ob er gestresst wäre. Er lächelte, aber der Ausdruck erreichte nicht ganz seine blauen Augen. Was auch immer ihn beunruhigte, es war mehr als die Tatsache, dass er nicht beim Frühstückstreffen mit meinem Team dabei war.

Ich wollte ihn fragen, aber ich hatte Angst, dass er mich wieder nach dem Treffen fragen würde. Es gab zu viele Geheimnisse an diesem Ort, und jetzt hatten wir einen verdammten Spion, der versuchte, sie zu entdecken. Ich wollte ihm davon erzählen, aber wenn ich das täte, würde nicht nur ich bestraft werden. Das konnte ich meinem Team nicht antun.

Ich sah ihn an. "Okay, tschüss."

Er salutierte vor mir und ging schnell weg.

Ich führte Eros zurück in seine Box und bürstete ihn ab, während ich mir alles durch den Kopf gehen ließ.

"Einen Penny für deine Gedanken?", rief eine Stimme.

Ich hörte auf, Eros zu bürsten und drehte mich um, um Justice zu sehen, der grinsend hinter dem Tor stand. Sein langes schwarzes Haar floss ihm über die Schultern. Er hatte seine Uniform ausgezogen und trug Jeans und ein enges schwarzes Sweatshirt.

Ich lächelte, als ich für Eros einen grünen Apfel aus einer Leinentasche holte. "Was machst du denn hier?"

Eros aß mir sanft den Apfel aus der Hand, seine weichen Lippen kraulten meine Handfläche.

"Ich komme, um dich zu finden."

Ich streichelte Eros' Stirn. "Mich? Warum?"

"Ich wollte mit dir über meine Forschung sprechen", antwortete er, als er durch das Tor kam.

"Forschung? Wirklich? Du hast die ganze Zeit ein ziemliches Geheimnis daraus gemacht."

Er schaute auf seine Füße. "Ja, ich weiß. Ich wollte nichts sagen, bis ich mir sicher war."

"Du hast etwas gefunden?"

"Ja, aber zuerst muss ich fragen ..." Er schaute über beide Schultern und senkte seine Stimme. "Wurdest du kontaktiert?"

Er konnte nicht Moon meinen. Das war nicht möglich.

Bleib cool, bleib cool, bleib cool.

Ich räusperte mich und versuchte, lässig zu wirken. "Von wem kontaktiert?"

Er öffnete das Tor zu Eros' Stall und trat hinein, seine Cowboystiefel knirschten im Heu, als er den Abstand verringerte. Er lehnte sich näher heran und flüsterte: "Moon."

Meine Augen weiteten sich, und kalte Schauer liefen mir über den Rücken. Kribbelnde, betäubende Empfindungen umkreisten meine Finger, und ich ließ Eros' Bürste auf die Holzplanken fallen.

Er schmunzelte. "Ich sehe an deinem Gesichtsausdruck, dass du kontaktiert wurdest."

Ich nahm schnell den Pinsel in die Hand. "Weißt du, wer er ist?"

"Nein, aber ich habe einen Verdacht."

"Und?" Ich konnte die Ungeduld nicht aus meiner Stimme heraushalten.

Justice schien nicht beunruhigt zu sein. "Ich möchte, dass du dir ansiehst, was ich gefunden habe."

Ich starrte ihn an. "Warum kannst du es mir nicht jetzt sagen?"

"Weil ich mir nicht sicher bin, ob du mir glauben wirst. Es fällt mir selbst noch schwer, es zu glauben."

Ein Teil meiner Frustration fiel von mir ab. Ich leckte mir nervös über die Lippen und umklammerte seinen Arm. "Wann hat Moon dich kontaktiert?"

"Die Nacht von Hicks' Beerdigung." Ein Aufblitzen von Gefühlen - Unglaube, Wut, Freude - überzog sein Gesicht und verschwand wieder. Er schritt in der Kabine auf und ab. "Zuerst habe ich es ignoriert, aber Moon sagte mir, ich solle etwas recherchieren. Ich wollte das nicht. Aber als er immer wieder darauf bestand, konnte ich nicht widerstehen."

Ich stellte mich vor ihn. "Was hast du entdeckt?"

"Komm mit mir in die Bibliothek, dann zeige ich es dir."

"Okay." Ich legte Eros' Bürste weg und schloss das Tor zu seinem Stall.

Er wieherte, als wollte er sagen: "Geh nicht."

Ich rieb ihm die Stirn. "Mach dir keine Sorgen, Kumpel. Ich sehe dich bald wieder."

Ich folgte Justice aus den Ställen und senkte meine Stimme. "Hast du es noch jemandem aus dem Team gesagt?"

Er warf den Kopf zurück und lachte. "Du machst Witze, oder?"

Ich zog eine Augenbraue hoch.

Sein Lachen verstummte, und er rieb sich die Oberlippe. "Tut mir leid, aber nein. Es ist nicht so, dass wir uns verstehen."

"Stimmt." Ich ließ mir absichtlich Zeit. "Die letzten paar Tage waren absolut miserabel."

Wir gingen in Richtung des Schulgebäudes und überquerten den Innenhof. Jonas und einige der anderen Jungs spielten Fußball. Er blieb stehen und beobachtete uns mit einem stählernen und finsteren Blick, der mir das Blut in den Adern gefrieren ließ. Ich hoffte, er würde sich nicht mit Justice anlegen.

Justice warf einen Blick über meinen Kopf. "Ja, ich sehe, dass er uns beobachtet."

"Glaubst du, Moon hat außer dir und mir noch jemanden kontaktiert?"

Er öffnete die Tür zum akademischen Gebäude. "Nein."

Ich schob mich an ihm vorbei. "Woher willst du das wissen?"

"Ich habe ihn gefragt. Ich bin auch derjenige, der ihm gesagt hat, er solle dich kontaktieren."

Seine tiefe Stimme war wie ein Eimer kaltes Eiswasser, der mir über den Kopf geschüttet wurde. Eine Gänsehaut kräuselte sich auf meinen Armen, und ich kam ins Schleudern und blieb stehen. "Was? Warum?"

"Wegen dem, was er mir über dich erzählt hat. Ich hatte das Gefühl, dass er sich direkt mit dir in Verbindung setzen sollte, anstatt mich aus dritter Hand Nachrichten weitergeben zu lassen. Meiner Erfahrung nach führt das Übermittlerspielen dazu, dass ungenaue Informationen weitergegeben werden."

Wir wanderten die Treppe zur Bibliothek hinauf. Der Unterricht war vorbei, also waren nicht mehr viele Leute auf dem Flur. Morgen war der erste Tag, an dem ich wieder in den Unterricht gehen konnte, und ich war mehr als nur ein bisschen nervös. Vor allem, weil Dr. Gould gesagt hatte, wir müssten als Team arbeiten. Bei all dem Gezänk zwischen uns würde sich das wie ein Barfußlauf auf heißem Pflaster auswirken.

Justice öffnete mir die Tür zur Bibliothek. Er war ein altmodischer Vampir, daher war es für ihn selbstverständlich, sich wie Mr. Darcy zu verhalten.

"Ich habe gefunden, was ich gesucht habe, und zwar in der gesperrten Abteilung." Er zog ein dickes, graues, zerfleddertes Buch aus einem Regal. "Es gibt ein paar Bücher über Werwölfe, die dich interessieren könnten, aber ich schlage vor, du fängst mit diesem hier an."

Ich untersuchte den Buchrücken, auf dem *"Legenden der übernatürlichen Welt"* stand, und blätterte dann durch die Seiten. "Was ist daran so besonders?"

"Ich zeige es dir." Justice blätterte schnell durch die Seiten und stoppte. "Das hier habe ich interessant gefunden. Es geht darum, was passiert, wenn übernatürliche Wesen sterben."

Ich fand seine Neugierde seltsam, da er in dieser Welt aufgewachsen war. Was, wenn er über Moon gelogen hatte? Was, wenn Justice der Spion war und er mich in ein schwarzes Loch der Irreführung geführt hatte? Hatte er Zwang auf mich ausgeübt und ich war zu dumm, um es zu merken?

Scheiße, nicht zu wissen, wem man trauen kann, war ätzend.

Er klopfte auf die Seite des dicken Buches, und wir setzten uns auf ein paar Stühle, die auf ein Fenster mit Blick auf den Innenhof gerichtet waren. Er musterte mich, als wolle er meine Gedanken erraten. "Vertrau mir. Lies es, vor allem den Teil, in dem es darum geht, was passiert, wenn du einen Werwolf tötest und ihn nicht richtig beerdigst."

Sein beiläufiger Tonfall löste in mir einen Wirbelsturm von Fragen aus, der mir den Atem raubte und mir das Blut in den Adern gefrieren ließ.

5

Justice beobachtete mich, als ich die Seite wieder und wieder las. Die Haare in meinem Nacken stellten sich auf. Ich sah ihn an. "Du glaubst doch nicht, dass das echt ist, oder?"

"Das ist nicht von dieser Welt. Davon habe ich noch nie etwas gehört."

"Was ist nicht von dieser Welt?", fragte eine männliche Stimme.

Ich stöhnte und erstarrte.

Jonas trat aus dem Schatten eines Bücherregals hervor. Sein dunkles Haar war zu einem Dutt gebunden, und sein Hemd klebte an seinen Muskeln. Wie immer sah er gleichermaßen gut aus und war arrogant.

Justice lehnte sich in seinem Stuhl zurück. "Was machst du hier, Jonas?"

"Das könnte ich euch beide auch fragen." Jonas nahm sich einen Stuhl und setzte sich uns gegenüber.

Justice und ich sahen uns an.

Jonas kniff die Augen zusammen. "Was? Habe ich eine Art geheimes Rendezvous aufgelöst?"

"Hör auf, Jonas." Ich runzelte die Stirn. "Es ist nichts dergleichen."

Er verschränkte die Arme. "Was dann?"

Ich sah Justice an. "Dr. Gould will, dass wir wieder als Team arbeiten, und ich denke, als Erstes müssen wir ihm von Moon erzählen."

Jonas runzelte die Stirn. "Was hat der Mond mit dem zu tun, was ihr zwei da nebeneinander kauert?"

"Alles." Ich rollte mit den Augen und schob ihm das Buch in den Schoß. "Wir reden hier nicht über den Mond am Himmel. Der Mond *(Moon)* ist eine Person, die Justice und mir eine SMS geschickt hat."

Er sah zwischen uns hin und her. "Und?"

Justice hielt seinem Blick stand. "Er behauptet, er habe einen Freund tief in Sektor Neun."

Wut flammte in Jonas' blauen Augen auf, und die Falten um seinen Mund verengten sich. "Du glaubst das nicht, oder?"

Justice und ich gaben schnell weiter, was Moon gesagt hatte.

"Habt ihr überhaupt daran gedacht, dass dieser Kerl euch beide in eine Falle führen könnte?"

"Wir sind nicht dumm, Jonas", sagte Justice. "Wir wollten nichts überstürzen, ohne Beweise zu haben, aber ich *habe* etwas gefunden." Er deutete auf das Buch in Jonas' Schoß. "Etwas in diesem Buch."

Jonas hob eine Augenbraue. "Du machst Witze. Oder?"

"Es ist wirklich seltsam", sagte ich ihm. "Lies es und sag mir, was du davon hältst."

Jonas verdrehte die Augen, las aber die gleiche Seite wie ich. Er runzelte die Stirn. "Was ist das für ein Buch? Ist es Fiktion?" Er drehte es um und sah sich den Einband an.

"Sie würden kein belletristisches Buch in der gesperrten Abteilung haben", entgegnete Justice.

"Glaubst du, es ist wahr?" Jonas blickte auf die Seite hinunter. "Davon habe ich noch nie etwas gehört. Du etwa, Justice?"

Justice schüttelte den Kopf. "Niemals. Aber genau das hat Moon gesagt. Ich dachte, er lügt, aber er hat darauf bestanden, dass ich es nachschlage."

Jonas sah mich an. "Habt ihr es Dr. Gould oder Commander Wyland gesagt?"

Ich rutschte auf meinem Stuhl hin und her. "Nein."

"Warum nicht? Traust du keinem von ihnen?"

"Ich vertraue ihnen", beharrte ich. "Außer Moon, oder vielleicht Hicks, sagte, der Spion könnte jeder sein. Jemand, von dem ich es am wenigsten erwarten würde. Mein Onkel hat sich seltsam verhalten. Ich will das nicht glauben, aber ..."

"Du befürchtest, dass der Commander der Spion sein könnte?" fragte Justice sanft.

Ich seufzte und senkte meinen Kopf. "Ja."

Jonas kaute auf seiner Lippe. "Was ist mit Dr. Gould?"

"Ich weiß ehrlich gesagt nicht, ob ich ihm vertrauen kann. Oder vielleicht ist es eher so, dass ich ihn nicht belasten will. Er ist so von der Trauer um meinen Vater überwältigt, dass er fast gebrochen wirkt." Ich hielt mein Handy hoch. "Nach allem, was wir wissen, könnte das eine Schnapsidee sein. Ich will nicht zu ihm gehen, bevor wir es nicht sicher wissen."

Jonas rieb sich das Kinn. "Chelby, er wird sauer auf dich und Justice sein, weil ihr es ihm nicht gesagt habt."

"Moon sagte, ich solle niemandem vertrauen", platzte Justice heraus.

Jonas grinste. "Woher weißt du, dass ich nicht der Spion bin?"

"Das tun wir nicht", schoss Justice zurück.

Die Spannung zwischen den beiden nahm zu. Das würde eskalieren, wenn ich nicht schnell etwas tun würde.

Ich berührte jeden von ihnen sanft am Knie. "Hört mir zu." Sie rissen ihre Blicke voneinander los und richteten sie auf mich. "Wir müssen das Team zusammenbringen. Ja, es stimmt, dass einer von uns der Spion sein könnte, aber wenn wir uns gegeneinander wenden, dann gewinnt Sektor Neun. Wir müssen uns zusammentun. Herauszufinden, dass Moon Hicks ist, könnte das Team heilen."

"Oder uns wieder auseinanderreißen." Jonas klappte das Buch zu. "Ich bin mir nicht sicher, ob der Rest des Teams glauben wird, dass Hicks noch lebt, und ich bezweifle, dass sie glauben werden, dass er als Vampir zurückgekommen ist. Besonders Maggie."

Justice machte eine vage Geste. "Das ist nur, wenn er nicht richtig begraben wurde."

"Ich bin sicher, seine Eltern wussten, was sie taten", erwiderte Jonas. "Wandler würden wissen, wie man andere Wandler begräbt."

Ich dachte an meinen Vater. "Vielleicht ist es das nicht. Was, wenn es ein dunkler Zauber ist?"

Jonas runzelte die Stirn. "Was meinst du?"

"Ich habe keinem von euch etwas von meinem Vater erzählt. Laut Dr. Singer kann ihn keiner der Faezaubertränke aus dem Koma holen."

Verwirrung trübte Jonas' Augen. "Warum? Das verstehe ich nicht. Sie sollten funktionieren. Fae-Magie ist sehr mächtig."

"Nicht, wenn es ein Unseelie-Zauber ist." Die Stimme von Justice war wie eisige Finger, die über meinen Rücken fuhren und mich erschaudern ließen.

Mein Magen zog sich zusammen. "Ist es möglich, dass sie Hicks etwas angetan haben?"

Jonas nickte. "Auf jeden Fall. Die Unseelie kennen sich gut mit dunkler Magie und Nekromantie aus. Wenn sie Hicks zurückgebracht haben, ist er nicht mehr Hicks. Wenn die Toten zurückkommen, haben sie keine Seele mehr. Eine Seele ermöglicht es uns, richtig von falsch zu unterscheiden. Er würde böse sein. Du kannst ihm nicht trauen."

Justice runzelte die Stirn. "Es braucht Zeit, bis er in die Dunkelheit fällt, nicht wahr?"

"Ja, das stimmt", bestätigte Jonas. "Aber die Zeit läuft für ihn ab."

Ich verschränkte meine Arme und lehnte mich in meinem Stuhl zurück. "Hicks scheint nicht böse zu sein. Zumindest noch nicht."

"Vielleicht nicht jetzt, aber das wird er", sagte Jonas. "Unseelie-Zauber sind das pure Böse. Er wird nicht mehr lange Hicks sein. Er wird sich in einen Zombie verwandeln."

Absolutes Entsetzen machte sich in meinem Bauch breit. Zombies machten mir eine Höllenangst. "Du meinst, er wird zurückkommen und Menschen fressen?" Ich fühlte mich, als wäre ich in einen B-Movie gefallen.

Jonas zeigte ein neckisches Lächeln. "Echte Zombies sind nicht wie die in den Filmen oder Fernsehsendungen."

"Keine Sorge." kicherte Justice. "Sie sind wie Roboter, und ich kann dir versichern, dass sie keine Lebenden fressen. Eure Gehirne sind völlig sicher."

Ich brach in Gelächter aus. "Halt die Klappe."

Jonas unterbrach die Stimmung mit einem Seufzer. "Je länger Hicks am Leben ist, desto dunkler wird er."

"Die wichtigere Frage ist, warum sollten die Unseelie Sektor Neun irgendwelche Zaubersprüche geben?" fragte ich.

"Dafür muss es einen Grund geben", überlegte Justice. "Die Unseelie sind nicht dafür bekannt, Bündnisse zu schließen, schon gar nicht mit Menschen. Sie halten sie für minderwertig. Etwas, das beherrscht werden muss."

"Du meinst Sklaven", stammelte ich.

Justice zuckte mit den Schultern.

Einige Minuten lang sprach niemand von uns, während wir versuchten, das Geschehene zu verarbeiten und zu überlegen, was wir als nächstes tun sollten.

Alles drehte sich um Robert Brooks.

Ich brach das Schweigen. "Ich will immer noch in das Büro meines Pflegevaters gehen. Denn was ist, wenn wir uns irren? Was, wenn es nicht Hicks ist? Solange wir das nicht wissen, werden wir nicht wissen, wer Moon ist und ob er die Wahrheit sagt."

Justice' Gesicht wurde grimmig. "Im Büro deines Ziehvaters ist vielleicht nichts zu finden."

Ich zuckte mit den Schultern. "Das werden wir erst wissen, wenn ich nachsehe."

"Du weißt nicht, wie du deinen Glamour einsetzen kannst, um wie jemand anderes auszusehen", erklärte Jonas. "Er könnte verblassen, und du könntest wieder gefangen werden."

Ich grinste ihn an. "Der Direktor hat gesagt, dass du mich unterrichten wirst."

"Du bist auf dem Holzweg, Chelby. Ich weiß nicht, wie ich es machen soll."

Justice grinste. "Wir *sind* in einer Bibliothek. Vielleicht finden wir ein Buch über Glamour, das dir zeigt, wie es geht."

Jonas seufzte, als er die Bibliothek durchsuchte. "Nun, ich denke, das ist ein Anfang."

"Außerdem hat Dr. Gould gesagt, er würde dem Commander sagen, er solle uns beiden beibringen, wie wir unseren Glamour dafür einsetzen können." Ich konnte die Aufregung nicht aus meiner Stimme heraushalten.

Jonas lächelte. "Dann sollten wir wohl auf den Commander warten."

"Ich möchte jetzt anfangen", sagte ich ihm. "Wir müssen als Team arbeiten, damit ich mich in das Büro meines Pflegevaters schleichen kann. Alleine schaffe ich das nicht."

"Wir werden dir helfen." Justice stand auf. "Als Erstes müssen wir ein paar Bücher über Glamour finden."

Zum ersten Mal war ich aufgeregt, zu forschen. In der Highschool habe ich es gehasst, Schularbeiten zu machen. "Glaubst du, dass es auch Bücher über die Unseelie gibt?"

"Ich habe einige in der gesperrten Abteilung gefunden. Ich glaube, es gibt auch noch ein paar andere Bücher, die du ausleihen kannst."

Jonas stöhnte Richtung Decke. "Ich hasse Forschung."

Trotzdem durchkämmte er mit Justice und mir die Bibliothek und suchte nach jedem Buch über die Unseelie und den Zauber, das wir finden konnten. Als wir gingen, hatte jeder von uns vier oder fünf Bücher unter dem Arm. Ich konnte es kaum erwarten, zurück in meinen Schlafsaal zu kommen und sie durchzublättern. Es gab noch so viel, was ich über die übernatürliche Welt nicht wusste. Ich hoffte, dass ich noch viel mehr entdecken würde.

Die Sonne war hinter den Bergen untergegangen, und die Dämmerung senkte sich über den Campus. Die Bäume warfen lange Schatten auf den Boden. Ich merkte, dass ich seit dem Frühstück nichts mehr gegessen hatte, und mein Magen knurrte.

"Lass uns die Bücher in unseren Schlafsälen abliefern und gemeinsam etwas essen", schlug Justice vor.

Ich brach in ein breites Lächeln aus. Ich hatte schon lange gehofft, diese Worte zu hören. "Es ist abgemacht. Morgen sollten wir nach dem Training Notizen austauschen."

Jonas winkte. "Ich sehe euch beide in zehn Minuten."

Ich eilte zurück in meinen Schlafsaal und traf dort auf Maggie.

Ich schenkte ihr ein breites Lächeln. "Hey, Maggie."

Sie hob ihr Kinn hoch und ging an mir vorbei, ohne ein Wort zu sagen. Der Hass strömte von ihr aus wie ein wütender Wind und schlug mir ins Gesicht.

Ich seufzte unglücklich und fragte mich, ob es zwischen uns jemals wieder so sein würde wie früher. Als ich meine Bücher ablieferte, klingelte mein Telefon. Ich nahm es eilig heraus.

> **Mit deinem Team stimmt etwas nicht. Sektor Neun hat ihnen etwas gegeben, das sie an sie erinnert. - Moon**

Ich schaute finster drein. Was zum Teufel hatte das zu bedeuten? Ich musste mit Justice sprechen, um herauszufinden, ob er die gleiche SMS erhalten hatte. Ich stürmte aus meinem Zimmer und ging zum Treppenhaus, anstatt auf den schwerfälligen Aufzug zu warten.

Mein Herz raste vor Aufregung. Das Adrenalin trieb meine Beine an, und ich bewegte mich schneller, als ich es für möglich gehalten hätte. Meine Füße berührten kaum die Stufen, als ich die Treppe hinuntereilte. Ich riss die Tür zum Innenhof auf und sprintete zur Cafeteria.

Justice und Jonas warteten vor der Glastür auf mich.

Jonas grinste. "Hey, Mädchen. Das Essen in der Cafeteria wird schon nicht ausgehen."

Ich ignorierte ihn und konzentrierte mich auf Justice. Ich keuchte so stark, dass ich kaum ein Wort herausbekam. "Justice ... hast du ... eine SMS bekommen?"

Seine Augen weiteten sich. "Nein. Hast du?"

"Ja." Ich holte mein Handy aus der Tasche.

Jonas trat näher heran. "Schauen wir mal."

Ich zeigte ihnen den Text von Moon.

Jonas und Justice tauschten einen unruhigen Blick aus.

"Was, glaubst du, bedeutet das?" fragte ich, immer noch keuchend

Jonas zuckte mit den Schultern. "Ich habe keine Ahnung. Glaubst du, er will dich auf den Arm nehmen?"

Ich habe ihm nicht geantwortet, aber irgendwie bezweifelte ich es. Bis jetzt hatte Moon oder Hicks oder wer auch immer er war, immer richtig gelegen.

Ich sah Justice an. "Was denkst du?"

Er schien genauso verwirrt zu sein wie Jonas. "Ich weiß es nicht. Es macht nicht wirklich Sinn. Vielleicht schickt Moon uns noch eine SMS."

"Hoffentlich", stimmte ich zu.

Etwas rumpelte, und Jonas wurde rot.

Justice grinste. "Hast du Hunger, Jonas?"

"Ich gebe es nur ungern zu, aber ja. Ich bin am Verhungern." Er öffnete die Tür der Cafeteria. "Lass uns etwas essen gehen."

Ich inhalierte die italienisch gewürzte Wurst. Mir lief das Wasser im Mund zusammen, und mein Magen knurrte so heftig wie der von Jonas. "Du bist dran."

Wir standen in der Schlange. Heute Abend war Pizza-Abend, und es schien, als hätten sie jede Art von Pizza, die ich mir vorstellen konnte. Gemüsepizza, Fleischpizza, Hawaii-Pizza und sogar weiße Alfredo-Sauce. Sie sahen alle köstlich aus.

Ich suchte die Cafeteria nach unseren anderen Teammitgliedern ab. Kog saß mit einigen anderen Orks zusammen und schaute nicht einmal in unsere Richtung. Er schien ein neues Team gefunden zu haben. Brody saß allein in der Ecke, aber sein Blick war auf uns gerichtet. Sein beladener Pizzateller blieb unangetastet. Maggie saß bei den anderen Wölfen und lachte zu laut. Sie beobachtete uns genauso aufmerksam wie Brody, aber im Gegensatz zu ihm war ihr Blick von purem Hass erfüllt.

Ich schnappte mir einen Teller und versuchte, ihren stählernen Blick abzuschütteln, während ich zwei Scheiben Peperoni und Wurst auf meinen Teller legte. Mein Magen hüpfte vor Freude. Ich fügte einen Salat mit Blauschimmelkäse zu meiner Mahlzeit hinzu.

Jonas hatte den letzten Tisch in der Nähe des Fensters besetzt, und Justice und ich setzten uns zu ihm. Dort haben mein Team und ich immer zusammen gegessen. Ich tat so, als würde ich meine anderen mürrischen Teammitglieder nicht bemerken, aber es war schwer. Ich wartete ständig darauf, dass sie rüberkamen. Aber natürlich kamen sie nicht.

Morgen würden wir zusammenarbeiten müssen, und es schien, als bräuchten wir ein Wunder, um das zu erreichen. Es brach mir das Herz. Ich wollte, dass wir uns wieder wie eine Familie verhielten und nicht wie die Hatfields und die McCoys.

6

"GUNTER, GLEIBEN, GLAUCHEN, GLOBEN."

Pochende Trommeln und klimpernde Gitarren erschütterten mein Zimmer. Ich zuckte aus dem Tiefschlaf und richtete mich in meinem Bett auf. Mein Herz raste, und mein Gehirn war wie betäubt.

Def Leppard brach in den Gesang "*I've got something to say...*" aus.

Ich fummelte daran herum, um den Wecker auf meinem Handy auszuschalten. "Scheiße, wie spät ist es?"

Verdammt, sechs Uhr morgens. Der Unterricht begann in einer Stunde, und ich musste mich beeilen, wenn ich noch frühstücken wollte.

Ich fluchte und zwang mich, meine dicken Decken wegzutreten und meinen warmen Kokon zu verlassen. Ich war bis zwei Uhr morgens aufgeblieben, um über die Unseelie zu lesen. Mein Gehirn war immer noch dabei, alles, was ich gelernt hatte, zu verarbeiten.

Ich schaltete die Dusche ein.

"Verdammt noch mal!" Ich schrie auf, als kalte Kugeln wie ein Maschinengewehr auf meinen Körper einschlugen. Der Schlaf verschwand sofort, und ich war hellwach.

Nachdem ich meinen Körper geschrubbt und mein Haar gewaschen hatte, trat ich zitternd aus der eiskalten Dusche. Eine Gänsehaut überzog mich von Kopf bis Fuß, aber mein Blut pulsierte, und mein Gehirn hatte sich endlich eingeschaltet.

Ich stöhnte, als ich mich im Badezimmerspiegel betrachtete. Die dunklen Ringe unter meinen blutunterlaufenen grünen Augen ließen mich wie einen verkatert wirkenden Footballspieler aussehen. Ich kaschierte die Schatten mit ein paar Tupfern Concealer, aber gegen die roten Adern in meinen Augen konnte ich nichts tun.

Ich gähnte. "Kaffee. Ich brauche Kaffee."

Während ich mir schnell die Haare föhnte, musste ich unentwegt an die Unseelie denken. Sie waren wirklich furchterregend, und ihr einziges Ziel war die Herrschaft. Ich war überrascht, dass ich keine Albträume hatte, nachdem ich die ganze Nacht über sie gelesen hatte. Warum um alles in der Welt sollten sie mit Sektor Neun zusammenarbeiten?

Nichts passte zusammen.

Ich war in weniger als fünfzehn Minuten aus der Tür und hoffte, dass sich mein Team heute zusammenfinden würde. Unsere erste Trainingseinheit war Konditionierung mit Sergeant Daniels. Angeblich war sie eine Wundertäterin, wenn es darum ging, zerbrochene Teams wieder zusammenzubringen. Heute würden wir diese Legende auf die Probe stellen.

Mein Magen knurrte, als ich in die Cafeteria ging.

Schwere Schritte stampften hinter mir auf. "Jetzt hast du also Justice zu deinem kleinen romantischen Dreieck hinzugefügt?"

Die wütende Stimme machte mich zornig.

Ich blieb stehen und sah Brody an. Sein kurzes braunes Haar war feucht, als hätte er gerade geduscht. Seine Uniform passte ihm wie angegossen, und er sah verdammt gut aus, abgesehen von diesen wütenden grauen Augen.

"Nein, habe ich nicht. Er ist im Team. Erinnerst du dich an das *Anchorae Salutis* Team? Du solltest auch dazugehören. Oder hast du das vergessen?"

Er packte mich am Arm. "Was habt ihr drei in der Bibliothek gemacht? Es sah aus, als hättet ihr ein geheimes Treffen."

Sein Ton gefiel mir nicht, und ich wollte nicht über Moon sprechen, wenn er so sauer war.

"Warst du in der Bibliothek und hast uns ausspioniert?"

Er starrte mich zornig an. "Falls du es nicht bemerkt hast, ich bin die meiste Zeit allein. Wenigstens kann ich mich in der Bibliothek in Bücher vergraben."

Ein Teil meiner aufsteigenden Wut legte sich. "Nein, ich schätze, das hatte ich nicht. Es tut mir leid."

Brody ließ meinen Arm los. "Du hast recht. Ich gehöre eigentlich zu diesem Team, aber ich habe das Gefühl, dass ich nie den Schlüssel zum geheimen Club bekommen habe."

Ich zog eine Augenbraue hoch und sagte nichts.

Er seufzte. "Ich wollte kein Arsch sein, aber sagt mir, was ist los?

Ich möchte wirklich im Team sein, aber das kann ich nicht, wenn ihr mich immer im Ungewissen lasst."

Ich starrte ihn an, nicht sicher, ob ich ihm vertrauen sollte. "Justice und ich haben etwas über Sektor Neun herausgefunden."

Seine Augen weiteten sich. "Was zum Beispiel?"

Ich sah mich um und wartete, bis die Leute an uns vorbeigegangen waren.

"Okay, sie sind weg. Sag mir, was hier los ist."

Gestern bei unserem Treffen hat er behauptet, er sei nicht der Spion, aber was, wenn er gelogen hat? Er war eine Zeit lang Mitglied von Sektor Neun. Wenn er der Spion war, könnte Moon in Gefahr sein.

Der Versuch, den Boogeyman zu finden, war scheiße. Wenn ich wollte, dass das Team wieder zusammenfindet, musste ich zu allen ehrlich sein, auch zu Brody. Ich beschloss, eine andere Taktik zu versuchen.

Ich beobachtete ihn genau. "Was weißt du über die Unseelie?"

Er blinzelte. "Unseelie? Was ist das?"

"Das sind die dunklen Fae. Sie hausen in der Schattendimension."

Er musterte mein Gesicht einen langen Moment lang, als ob er sich an etwas erinnern wollte. "Die Schattendimension? Gibt es die wirklich?"

Das Blut wich aus meinen Zügen. "Du hast davon gehört? Im Ernst?" Meine Stimme war kaum mehr als ein Flüstern.

"Ja. Als ich zu Sektor Neun gehörte, gab es Gerüchte über eine andere Dimension, die um die Kaserne kreiste, aber ich habe nie daran geglaubt. Das tat auch sonst niemand."

"Wie haben Sie denn davon erfahren?" Ich war mir nicht sicher, ob ich ihm glaubte. Hoffentlich war das nicht in meinem Tonfall zu hören.

Er zuckte mit den Schultern, als wäre das nichts Besonderes. "Von den Technikern. Die sind ein bisschen daneben, und wir haben immer gescherzt, dass ihre Fahrstühle nicht bis ganz nach oben gehen."

"Was hast du sonst noch gehört?"

"Nur einige der Pläne zum Kampf gegen die PSK. Sie haben nicht alles mit uns geteilt. Wir waren das Fußvolk, nicht die Generäle."

Ich packte sein Hemd. "Komm schon. Das musst du Jonas und Justice erzählen."

"Du willst wirklich, dass ich mich zu Jonas setze?"

Ich stieß ein lautes Zischen aus. "Willst du Teil des Teams sein oder nicht?"

"Ja, aber..."

Ich stach wiederholt mit dem Finger gegen seine breite Brust. "Wenn man in einem Team ist, muss man mit allen auskommen. Man kann sich nicht aussuchen, mit wem man zusammenarbeiten will. Das hat Gould schon getan. Bist du dabei oder nicht?"

Eine Ader pochte in seiner Schläfe, und sein Gesicht färbte sich in vier verschiedene Lila-Töne. Er ballte die Fäuste.

"Wenn du mich entschuldigst, ich gehe vor dem Unterricht von Sergeant Daniels frühstücken."

Ich marschierte von ihm weg in Richtung Cafeteria. Wenn ich Brody nicht dazu bringen konnte, seine Differenzen mit Jonas zu vergessen, wie sollte ich dann jemals Maggie dazu bringen, zu mir zu kommen? Das war so verdammt frustrierend.

Leise Schritte folgten hinter mir. Ich warf einen Blick über meine Schulter. Brody folgte mir und murrte. Ich konnte nicht hören, was er sagte, und im Moment war es mir auch egal. Es gab zu viel zu tun, als dass ich mich um seine und Jonas' kleinliche Differenzen kümmern konnte. Wenn sie sich nicht einigten, würde Sektor Neun gewinnen.

"Chelby, warte." Brody stellte sich neben mich. "Es tut mir leid."

"Was heißt das?"

"Das heißt, ich werde mit euch allen zusammen frühstücken." Er grinste. "Sogar mit Jonas."

Ich schenkte ihm ein dankbares Lächeln und neigte meinen Kopf. "Gut. Lass uns gehen."

"Ich hoffe, Jonas ist auf derselben Seite wie du." Er schüttelte den Kopf, als er die Tür öffnete.

Ich wollte gerade eine weitere kluge Bemerkung machen, beschloss aber, dass es sich nicht lohnte. So ungern ich es auch zugeben wollte, er hatte Recht. Jonas war immer noch auf dem Kriegspfad, wenn es um Brody ging. Ich wünschte, sie würden beide darüber hinwegkommen, denn ich brauchte sie, um unsere nächste Mission zu erfüllen.

Brody und ich machten uns auf den Weg zum Frühstück. Der übliche Geruch von Speck, Würstchen, Rührei und frisch gebackenem Brot ließ mir das Wasser im Mund zusammenlaufen, aber heute gab es auch fluffige Blaubeerpfannkuchen. Mein absoluter Favorit!

Justice und Jonas hatten bereits Platz genommen. Jonas sah so glücklich aus wie ein Schwein mit einem leeren Trog.

Brody und ich holten unsere Tabletts und gingen zum Tisch von Justice und Grumpy. Ich blickte zu Brody auf. "Bitte, benimm dich."

Er zuckte mit den Schultern. "Ich werde es tun, wenn er es tut."

Die Mürrischkeit in Jonas' Augen sagte, dass ein normales Gespräch nicht zustande kommen würde.

Ich setzte mich gegenüber von Jonas und Justice, und Brody ließ sich neben mir nieder.

Jonas öffnete seinen Mund.

Sofort hob ich meine Hände. "Fangt damit bitte nicht an."

Jonas schloss ihn und brummte vor sich hin. Brody stach in seine Pfannkuchen, als wolle er sichergehen, dass sie tot waren.

Justice durchbrach das Grübeln zwischen den beiden Kriegern. "Brody, schön, dass du wieder da bist."

Jonas warf ihm einen finsteren Blick zu, aber Justice winkte ab.

Um den Dritten Weltkrieg zu vermeiden, platzte ich heraus: "Ich habe Brody von der Schattendimension erzählt. Er sagte, er habe davon gehört, als er in Sektor Neun war."

Das Grinsen von Justice verblasste. "Was hast du gehört?"

Jonas kniff die Augen zusammen, aber zum Glück hielt er den Mund.

Brody zerschnitt seine Pfannkuchen. "Wie ich Chelby schon sagte, nicht viel. Die Techniker haben es ein paar Mal erwähnt, aber ich habe nie an eine andere Dimension geglaubt."

"Was ist mit den Unseelies?" fragte Jonas.

Brody legte den Kopf schief. "Nichts. Ich hatte noch nie von ihnen gehört, bis Chelby es erwähnte."

Justice schaute sich um, um sich zu vergewissern, dass niemand zusah, und lehnte sich dann über den Tisch. "Was haben die Techniker über die Schattendimension gesagt?"

"Sie erwähnten gefährliche Dinge, die in unsere Welt kommen, aber sie sagten uns nie, was. Wir durften nur das wissen, was wir wissen mussten." Er blickte sich erneut um. "Um die Wahrheit zu sagen, hatte ich immer noch Schwierigkeiten zu akzeptieren, dass die übernatürliche Welt existiert." Er senkte den Kopf. "Bis sie mich mit Drachenblut vollgepumpt haben."

"Haben sie noch etwas gesagt?" fragte Justice.

"Nein. Sie haben die Dimension nur erwähnt, als sie mir die Spritze gaben. Danach habe ich aufgehört zuzuhören, denn Schmerz beschreibt nicht annähernd, was ich durchgemacht habe."

Ich setzte meine Tasse Kaffee ab. "Ich wusste nicht, dass die Verwandlung schmerzhaft ist." Ich ergriff seine Hand und drückte sie sanft. "Es tut mir leid."

Er warf mir einen dankbaren Blick zu. "Danke. Ich weiß das zu schätzen."

"Erinnerst du dich noch an etwas anderes?" fragte Justice eifrig.

"Nein. Ich wünschte, ich täte es."

Jonas hatte kein einziges Wort gesagt. Das musste ich ihm zugestehen, aber ich war mir nicht sicher, wie lange er seine Lippen geschlossen halten würde.

Wir haben das Frühstück beendet, ohne dass es zu einem Streit zwischen Jonas und Brody gekommen ist. Keiner von uns hat ihm von Moon erzählt.

Ich wollte es ihm sagen... und ich würde es tun.

Aber noch nicht.

Wir gingen zur Arena auf der anderen Seite des Geländes, vorbei an den Waffenübungsplätzen und den Ställen. Die Koppel war leer, und ich dachte an Eros. Wie ich ihn kenne, wollte er unbedingt aus seiner Box, aber ich würde ihn erst nach dem Training reiten können.

Die weiße Granitarena erinnerte mich an Bilder, die ich vom Kolosseum in Rom gesehen hatte. Unser Kurs würde drinnen stattfinden. Zum Glück war es ein warmer Herbsttag. Selbst bei schlechtem Wetter bezweifelte ich, dass Sergeant Daniels uns erlauben würde, in einer schönen, warmen Turnhalle zu trainieren.

Ich ging in die Damenumkleide, um mich umzuziehen. Maggie war schon drin.

"Hi, Maggie."

Sie kniff die Augen zusammen und ging, wie immer, ohne ein einziges Wort zu sagen. Mein Frühstück verwandelte sich in eine Kugel der Verzweiflung, und ich bereute sofort, so viel gegessen zu haben.

Ich zog mir eine schwarze Jogginghose und ein Sweatshirt an, auf dem "PSK" eingestickt war. Ich kam nach draußen und fand mein Team vor, das auf mich wartete. Maggies Arme waren verschränkt, und ihr Kiefer war angespannt. Kog sah aus, als wolle er mich erdrosseln. Ich konnte mir beim besten Willen nicht erklären, warum der Unhold so wütend war. Es war irrational... fast so, als wäre er verzaubert worden.

Dann traf es mich wie ein Blitzschlag.

Maggie und Kog mussten auch unter einem Unseelie-Bann stehen.

Es machte Sinn. Ich erinnerte mich, in den Büchern, die ich in der Bibliothek ausgeliehen hatte, gelesen zu haben, dass Unseelie-Zauber die Persönlichkeit eines Menschen verändern. Vielleicht war es das, was Moon meinte, als er sagte, meine Teammitglieder hätten etwas aus Sektor Neun mitgebracht.

Meine Hände zuckten an den Seiten, und ich wippte auf meinen Füßen hin und her. Ich musste meine Zähne zusammenbeißen, um meine Aufregung zu zügeln. Ich wollte Jonas und Justice packen und es ihnen sagen, aber sie unterhielten sich leise und beachteten mich nicht.

Sergeant Daniels kam auf uns zu. Sie war ein weiblicher Ork, der aussah, als könnte sie es mit Kog aufnehmen und gewinnen. Ihre Muskeln wölbten sich und dehnten ihren Anzug. Sie ergriff die Pfeife um ihren Hals und blies hinein.

Jonas und Justice hörten sofort auf zu reden.

Der Sergeant wandte sich an sie. "Da ich nun die Aufmerksamkeit aller habe, würde ich gerne anfangen. Dr. Gould hat berichtet, dass dieses Team nicht intakt ist, und ich möchte euch allen helfen, auf den richtigen Weg zu kommen."

Maggie lachte bitter auf.

Der kalte Blick, den Sergeant Daniels ihr zuwarf, hätte mir eine Gänsehaut über den Rücken gejagt. "Habe ich etwas Lustiges gesagt, Ms. Hahn?"

Maggie hörte auf zu lachen. "Ich wüsste nicht, wie das funktionieren sollte."

"Wir haben noch nicht einmal angefangen, Ms. Hahn. Ich schlage vor, Sie lassen Ihre mürrische Haltung in der Umkleidekabine. Ich muss Sie alle darauf hinweisen, dass jeder, der sich bei diesen Übungen nicht anstrengt, die Möglichkeit hat, eine Zeit in der Arrestanstalt zu verbringen. Habe ich mich klar ausgedrückt?"

"Ja, Sergeant", murmelte Maggie.

Sergeant Daniels stemmte die Hände in die Hüften. "Ich habe euch nicht alle gehört."

"Ja, Ma'am", antworteten wir mit leiser Stimme.

Der Sergeant legte die Handfläche an ihr Ohr und wiederholte: "Ich habe euch nicht gehört."

"Ja, Ma'am", riefen wir alle gleichzeitig.

"Na, das ist doch schon mal ein Anfang." Sie betrachtete die Sonne, die über die Berge stieg. "Es ist ein schöner Herbsttag", bemerkte sie und wirbelte einen Finger in der Luft. "Fünf Runden um die Bahn. Auf geht's, auf geht's!"

Ich begann, um den Kiesweg zu joggen. Justice überholte mich. Ich wollte ihm zurufen und ihm meine Theorie erzählen, aber er war vampirhaft schnell unterwegs. Er würde mich nie hören. Bald hatten mich alle überholt, während ich tief in Gedanken versunken war.

Der durchdringende Blick von Sergeant Daniels ließ mich schneller werden. Ich hatte nicht die Absicht, die Haftanstalt noch einmal aufzusuchen. Die Kraft explodierte in mir. Ich gab richtig Gas und überholte Brody und Jonas, dann Kog und Maggie. Justice war der Schnellste, aber irgendwie überholte ich auch ihn. Ich ließ sie alle im Staub zurück. Es war, als ob meinen Füßen Flügel gewachsen wären. Ich kam vor allen anderen Teammitgliedern ins Ziel.

Sergeant Daniels ließ ihren Blick über mich schweifen und lächelte hart. "Sehr gut, Ms. Duncan. Du bist die Erste und mein erstes Opfer."

Das Blut wich aus meinem Gesicht. Verdammt, war sie der Spion?

7

Ich starrte den Sergeant unruhig an, als jedes meiner Teammitglieder seine Runde um die Bahn beendete. Ich wünschte, Jonas und Justice könnten meine Gedanken lesen, aber sie waren beide zu sehr damit beschäftigt, zu Atem zu kommen.

"Gut, ihr alle fertig." Sergeant Daniels umklammerte meine steife Schulter. "Da Chelby als Erste reinkam, wird sie mein erstes Opfer sein."

Jonas und Justice runzelten die Stirn.

Sie zwinkerte mir zu. "Oder sollte ich sagen, meine erste Weide?"

Mir brach der Schweiß aus und ich wankte von einem Fuß auf den anderen. "Weide, Ma'am?"

"Du wirst sehen. Folgt mir." Sie führte uns in die Mitte des grasbewachsenen Feldes. "Jetzt werden wir mit unserer ersten Übung beginnen. Ich möchte, dass ihr alle einen Kreis um mich bildet." Sie umklammerte meinen Arm. "Alle außer dir, Chelby. Du bleibst in der Mitte."

Meine Teamkollegen taten, was sie verlangte.

Sergeant Daniels zog ein schwarzes Halstuch aus ihrer Tasche. "Chelby, ich werde dir die Augen verbinden."

Vorsichtig legte sie mir das Tuch über die Augen und band es hinter meinem Kopf fest. "Kannst du sehen?"

"Nein." Ich kam mir dumm und verletzlich vor, als ich so dastand.

"Gut", bemerkte sie. "Jetzt möchte ich, dass du deine Arme zur Seite streckst und in jede Richtung schwingst, als ob du eine Weide wärst. Die anderen strecken die Arme aus und verhindern, dass sie umkippt. Ihr werdet sie sanft zu einer anderen Person schieben. Wenn ihr jedoch diejenigen seid, die sie fallen lassen, werdet ihr die nächste Weide sein."

Jemand kicherte. Das würde nicht gut ausgehen. Ich war kurz davor, mit dem Gesicht nach unten im Gras zu landen.

Ich wusste, um wen es ging, bevor Sergeant Daniels überhaupt etwas sagte.

"Habe ich mich klar ausgedrückt, Ms. Hahn?"

"Ja, Ma'am." Maggies mürrische Stimme gab mir nicht die Zuversicht, dass sie mich auffangen würde.

"Okay, Chelby. Fang an zu schwanken", befahl der Sergeant.

Ich zögerte und versuchte mich daran zu erinnern, wo alle waren. Ich wollte mich auf keinen Fall zu Maggie oder Kog lehnen. Die eine würde mich flach fallen lassen, und der andere würde mich quer durch die Arena schubsen.

Jonas schien vor mir zu stehen. Ich schnupperte und glaubte, seinen Geruch wahrzunehmen.

"Chelby", sagte der Sergeant ungeduldig.

Ich holte tief Luft und zwang mich, mich nach vorne zu beugen, in der Hoffnung, dass er mich auffangen würde. Ich lächelte, als ich den Regen und die blühenden Blumen eines Frühlingstages einatmete. Eindeutig Jonas. Meine angespannten Muskeln entspannten sich langsam. Seine Hände stießen mich sanft zu jemandem, der neben ihm stand.

Ich roch den Geruch von Zimtschnecken und wusste, dass er mich zu Brody geschickt hatte. Ich atmete die Spannung weg, die sich in mir aufbaute. Brody manövrierte mich mit seinen Händen zur Seite.

Das war der Moment, in dem die Sanftheit aufhörte.

Jemand strich mit den Fingernägeln über meine Arme wie eine angepisste Straßenkatze. Ein stechender Schmerz erfasste mich, und ich zischte laut auf.

"Halt." Sergeant Daniels' Stimme war wie Eis. "Chelby, du kannst die Augenbinde abnehmen."

Ich streifte sie ab. Der Sergeant stand neben Maggie, mit einem finsteren Blick, der den Hulk um sein Leben hätte rennen lassen.

Sie hob meine Ärmel an und enthüllte tiefrote Schlitze.

"Dachtest du, ich würde diesen kleinen Trick nicht bemerken, Ms. Hahn?"

Maggie klimperte mit den Wimpern. "Ich wollte sie nicht kratzen. Ich habe nur versucht, sie vor dem Sturz zu bewahren." Ihre Stimme klang entschuldigend, aber sie konnte das Grinsen nicht verbergen, das ihre Lippen umspielte.

"Sie können mir nichts vormachen." Der Sergeant schnippte mit den Fingern und zeigte auf den Boden. "Lass dich fallen und mach fünfzig Liegestütze."

Maggie warf mir einen bösen Blick zu, aber sie tat wie befohlen.

Das würde uns nicht zusammenführen. Nicht im Entferntesten.

Der Sergeant wandte sich mir zu. "Chelby, wähle bitte jemanden aus, der die Weide sein soll."

Ich sah mir die Jungs an. Alle, außer Kog, kamen zu mir. Ich wusste nicht, ob der Sergeant mir das erlauben würde oder nicht, aber ich platzte heraus: "Maggie".

Die Jungs sahen mich an, als ob ich verrückt geworden wäre.

Dem Sergeant blieb der Mund offenstehen. Sie schloss ihn sofort wieder und betrachtete Maggie, die sich keuchend und schnaufend auf den Boden fallen ließ.

"Du kannst aufhören, Ms. Hahn", forderte der Sergeant leise auf.

Maggie stand auf. Ihr Gesicht war rot, und in ihren Augen flammte Wut auf.

Daniels legte den Kopf schief. "Chelby, bitte gib Maggie die Augenbinde."

Maggie riss sie mir aus der Hand.

"Du übertreibst es, Hahn", warnte Daniels. Sie nahm die Augenbinde und band sie fest um Maggies Augen. "Jetzt drückst du deine Arme an die Seite und lässt dich nach hinten fallen."

"Was, wenn sie mich fallen lassen?" Ich war überrascht, die Angst in Maggies Stimme zu hören. Sie hatte wirklich kein Vertrauen in uns.

Sergeant Daniels sah jeden von uns an. "Wenn sie das tun, werden sie von Colorado Springs bis nach Denver und zurück rennen". Der Ton ihrer Stimme verriet, dass sie keine Scherze machte.

Ich hatte nicht die Absicht, wegzulaufen, und streckte meine Arme aus. Egal was passiert, ich würde Maggie nicht fallen lassen. Alle anderen folgten meinem Beispiel, auch Kog.

Maggie bewegte sich, als ob sie wirklich besorgt oder sogar verängstigt wäre.

"Antreten, Hahn", befahl Sergeant Daniels, während sie eine Stoppuhr herauszog.

Maggie zögerte wie ich, aber sie ließ sich auf mich fallen. Ich drückte meine Handflächen gegen ihren steifen Körper und schob sie zu Kog, der sie sanft in Richtung von Justice schickte. Justice stieß sie in Richtung Brody, der sie an Jonas weiterreichte. Wir schoben Maggie herum, als wäre sie eine heiße Kartoffel, aber wir ließen sie nie fallen.

Sergeant Daniels beobachtete uns aufmerksam, um zu sehen, ob noch jemand so eine dumme Nummer wie Maggie abzog. Sie schaute immer wieder auf ihre Stoppuhr und drückte erst auf die Uhr, als Maggie die Gruppe zweimal umrundet hatte.

Daniels drückte auf die Uhr. "Sehr gut. Ich bin beeindruckt. Maggie, du kannst deine Augenbinde abnehmen."

Maggie riss sie ab, so schnell sie konnte, und ließ sie auf den Rasen fallen. Sie wich davon zurück, als hätte sie Angst, der Sergeant würde sie wieder zum Versuchskaninchen machen.

"Ich möchte euch allen dazu gratulieren, dass ihr Maggie in Sicherheit gehüllt habt." Der Sergeant nahm ihre Stoppuhr in die Hand und schaute darauf. "Das hat weniger als fünfzehn Minuten gedauert." Sie legte ihre Hand auf Maggies Rücken. "Sag mir, wie fühlst du dich jetzt in deinem Team?"

Maggie zuckte verärgert mit den Schultern. "Ich weiß es nicht."

Der Sergeant ließ ihre Hand fallen. "Dachtest du, sie würden dich beschützen?"

Maggie biss sich auf die Lippe. Ihre Augenbrauen vertieften sich, und ihre Wangen wurden knallrot. Ich konnte praktisch hören, wie die Zahnräder in ihrem Kopf ratterten. Sie wollte uns offensichtlich beschuldigen, ihr wehgetan oder sie verunsichert zu haben, aber ich glaubte nicht, dass Sergeant Daniels ihr glauben würde.

"Maggie?", fragte der Sergeant erneut.

Maggie schaute sie nervös an und sagte: "Ich weiß es nicht. Vielleicht." Sie senkte ihren Blick auf das Gras.

Der Sergeant warf ihr einen verkniffenen Blick zu. Maggie konnte hier keine Sympathiepunkte sammeln. Sie stand praktisch mit einem Bein in der Haftanstalt.

Sergeant Daniels schaute auf ihre Uhr. "Es wird Zeit, dass du dich für deine nächste Trainingseinheit fertig machst."

Wir trennten uns, um zurückzugehen und uns umzuziehen.

Bevor wir weit kamen, ergriff der Sergeant Maggies Arm. "Du musst dein Verhalten ändern, Hahn. Wenn ihr auf eure nächste Mission geht, sind das die Leute, die dein Leben in den Händen halten werden."

Maggie antwortete ihr nicht.

Sie und ich gingen schweigend in die Umkleidekabine. Ich ging ins Bad und ließ Wasser über die Kratzspuren laufen. Es brannte, und ich biss die Zähne zusammen. Gott, sie hatte es buchstäblich auf Blut abgesehen.

Maggie war schon weg, als ich aus dem Bad kam, und ich zog leise meine Uniform an. Als ich die Umkleidekabine verließ, warteten Jonas, Justice und Brody auf mich.

Brody musterte mich, als wolle er sich vergewissern, dass ich in einem Stück war. "Geht es dir gut?"

Ich schenkte ihm ein warmes Lächeln. "Ja, mir geht's gut."

Justice blickte finster drein. "Chelby, Maggie hat dich nicht nur gekratzt. Sie hat ihre Gestaltwandlerfähigkeiten so weit ausgereizt, dass ihr die Klauen eines Schattenwolfs gewachsen sind. Sie meinte es ernst."

Seine Worte jagten mir einen Schauer über den Rücken. "Wirklich? Das ist zu seltsam. Ich kann nicht glauben, dass sie mich so sehr hasst."

Brody rieb sich den Nacken. "Ich muss es dir sagen. Ihre Krallen sahen fies aus. Du hast Glück, dass sie dir nicht die Arme abgerissen hat."

Jonas runzelte die Stirn. "Ich weiß, dass sie wütend ist, aber sie treibt es zu weit."

Zeit, die Bombe platzen zu lassen. Ich holte tief Luft. "Es könnte einen anderen Grund geben, warum sie sich so verhalten."

Jonas grinste. "Aus welchem Grund sonst? Maggie ist eine erstklassige Schlampe, und Kog benimmt sich wie ein verdammtes Arschloch."

Ich schüttelte den Kopf. "Nein, das glaube ich nicht. Sie könnten verflucht sein."

Justice hob die Augenbrauen. "Du glaubst, sie stehen unter einem Unseelie-Bann?"

"Das tue ich."

Brody erstarrte. "Ist das möglich?"

"Ja, ist es", sagte Jonas. "Daran hatte ich gar nicht gedacht, aber es macht Sinn. Sektor Neun hat uns in ihren Labors getrennt. Sie könnten uns allen etwas angetan haben, ohne dass die anderen davon wissen."

Der Gedanke war erschreckend. Ich fühlte mich wie in der spanischen Inquisition. "Wenn das wahr ist, verstehe ich nicht. Warum haben sie den Zauber nicht auf uns alle angewendet?"

Justice zuckte mit den Schultern. "Ich bin mir nicht sicher." Seine Augen blitzten, und er hob einen Finger. "Moment mal. Kog, Maggie und Hicks wurden vor Jonas und mir ins Labor gebracht. Was, wenn der Zauber aus irgendeinem Grund bei uns beiden nicht gewirkt hat?"

Ich dachte an diesen schrecklichen Ort in Schottland und runzelte die Stirn. "Warum sollte es nicht funktionieren?"

"Das müssen wir herausfinden, bevor es zu spät ist."

"Wie?" fragte Jonas. "Wir haben fast alle Bücher über die Unseelie durchgesehen und nichts gefunden."

Justice hob eine Augenbraue. "Erzähl mir nicht, dass du jedes einzelne Buch, das du ausgeliehen, in einer Sitzung gelesen hast. Wenn ja, dann bin ich wirklich beeindruckt."

Jonas verkrampfte sich, und seine Wangen erröteten. "Na gut, nein. Aber glaubst du wirklich, dass die Information da drin ist?"

Justice zeigte ein Lächeln. "Das wissen wir erst, wenn wir sie alle gelesen haben."

"Ich wäre bereit, bei den Recherchen zu helfen", bot Brody an.

"Gut", antwortete ich. "Wir können jede Hilfe gebrauchen, die wir bekommen können."

Brody grinste, und ich ignorierte Jonas' schmollendes Stirnrunzeln. Das wurde langsam langweilig.

Dann dämmerte mir, dass wir eine gemeinsame Sache hatten, die mein Team zusammenbrachte. Ich konnte mir ein Lächeln nicht verkneifen.

"Dann ist es abgemacht", erklärte Justice. "Wir treffen uns nach dem Essen in der Bibliothek."

"Wir sollten besser zur nächsten Trainingseinheit gehen, sonst landen wir alle im Gefängnis", sagte Jonas.

Wir machten uns im Eiltempo auf den Weg zum Schulgebäude. Unser nächster Kurs war der von Commander Wyland. Auch wenn er mein Onkel war, wäre er nicht glücklich, wenn wir zu spät kämen.

Er wartete wie immer vor der Tür, bekleidet mit einem frischen cremefarbenen Hemd und einer schwarzen Hose.

"Guten Morgen." Er verbeugte sich leicht. "Nun, ich habe eine Ankündigung zu machen. Nur Jonas und Chelby werden sich heute mit mir treffen." Er holte zwei Zettel aus seiner Tasche und reichte einen an Justice und den anderen an Brody. "Bitte nehmt an diesen Trainingseinheiten teil."

Justice versuchte, einen Blick auf Commander Wyland zu werfen. "Sind Kog und Maggie da drin?"

Commander Wyland machte eine Bewegung, um ihm die Sicht zu versperren. "Nicht, dass es dich etwas anginge, aber nein. Jeder von euch wird eine Ausbildung erhalten, die auf eure Begabungen ausgerichtet ist." Er machte eine einladende Geste. "Chelby, Jonas, bitte kommt mit mir."

Wir tauschten erschrockene Blicke aus. War das der Grund, warum Dr. Gould gestern das Treffen mit den Ausbildern einberufen hatte? Denn das stand nicht auf unserem Terminplan.

8

Jonas und ich betraten das leere Klassenzimmer. Es wirkte unheimlich, ohne den Rest des Teams hier drin.

Die Tür schloss sich, und wir drehten uns zu Commander Wyland um.

Er deutete auf die Vordersitze. "Bitte, setzt euch. Ihr fragt euch sicher, warum ihr von eurem Team getrennt worden seid. Dr. Gould möchte, dass ihr beide lernt, wie ihr euren Glamour einsetzen könnt, um wie jemand anderes auszusehen. Er glaubt, dass das bei den nächsten Missionen helfen wird."

Ich versuchte, nicht zusammenzuzucken. Mein Onkel wusste immer noch nicht, dass wir eine bestimmte Mission geplant hatten. "Du glaubst nicht, dass es das würde?"

Er setzte sich auf einen Hocker vor uns. "Das habe ich nicht gesagt. Aber ich muss dich warnen, es ist sehr schwierig. Wenn ihr euren Glamour nicht aufrechterhalten könnt, kann er sich leicht auflösen und offenbaren, wer und was ihr seid. Das kann bei einer Mission sehr gefährlich sein."

Jonas und ich sahen uns nervös an.

"Ich werde es dir beibringen, aber manchmal braucht es Jahre der Übung".

Meine Schultern hingen durch. Wir hatten keine Jahre mehr. Ich musste in Roberts Büro kommen, und das konnte ich nur, wenn ich wie meine Pflegeschwester oder sogar wie meine Pflegemutter Loretta aussah.

"Wie ihr wisst, könnt ihr mit Hilfe einer angenehmen Erinnerung euren Glamour herbeizaubern, um eure Haarfarbe oder eure Gesichtszüge zu verändern. Es ist etwas ganz anderes, wie jemand anderes auszusehen. Du musst dir diese Person immer wieder vor Augen führen. Wenn du aufhörst, an sie zu denken, lässt dein Glamour nach. Dies ist eine der schwierigsten Zauberfähigkeiten, die es gibt.

Er reichte jedem von uns eine Zeitschrift. "Sucht euch jemanden aus, dem ihr ähnlich sehen wollt."

Jonas' Augenbrauen zogen sich zusammen. "Ernsthaft?"

"Stellst du mich in Frage, Mr. Fox?"

Jonas setzte sich aufrechter hin. "Nein, Sir." Er begann in der Zeitschrift zu blättern.

Ich biss mir auf die Lippe und sah meinen Onkel nicht an. Ich blätterte die Seiten um, bis ich einen Filmstar fand, dem ich gerne ähnlich sehen würde. Zendaya war wunderschön und das genaue Gegenteil von mir. Sie hatte dichtes, gewelltes dunkelbraunes Haar, haselnussbraune Augen, dunkle Augenbrauen, volle Lippen und dieses berühmte Grinsen.

Mein Onkel stand hinter mir. "Interessant." Er blickte zu Jonas. "Hast du jemanden gefunden?"

"Ja. Tom Holland."

Commander Wyland schmunzelte. "Ich nehme an, Ihr beide mögt die Spiderman-Filme."

Ich antwortete ihm nicht, aber die Wahrheit war, dass ich sie liebte. Besonders den letzten, *"No Way Home"*.

"Jetzt möchte ich, dass ihr ein Bild eurer Wahl herausreißt. Ihr müsst genau so aussehen wie eure Zielpersonen, von der Haarfarbe über die Kleidung, die sie tragen, bis hin zum Schmuck und allen Schönheitsfehlern. Alles."

Ich starrte Zendaya an. Auf dem Bild war ihr Haar fast rötlich-braun. Soweit ich sehen konnte, hatte sie keine Makel. Sie trug beigen Lippenstift, lange Diamantohrringe und ein schwarzes Taftkleid mit langen Ärmeln.

Gott, vielleicht hätte ich mir das nicht aussuchen sollen.

"Du musst dich genau an die Vorgaben halten", sagte mein Onkel. "Wenn du das nicht tust, werden die Leute es bemerken, und deine Tarnung wird auffliegen."

"Toll", murmelte ich.

"Gib nicht so schnell auf, Chelby. Das braucht Übung, sowohl innerhalb als auch außerhalb des Unterrichts. Du darfst auch niemandem erzählen, wie du versuchst, auszusehen."

Ich riss meinen Kopf hoch und starrte das Bild an. "Warum nicht?"

"Denn dein letzter Test wird darin bestehen, dein Team zu täuschen."

Jonas und ich tauschten einen Blick aus, bevor wir uns wieder dem Commander zuwandten.

Ich rieb mir die Stirn, weil ich nicht sicher war, ob ich das schaffen würde. Hitze schwoll in mir an, und eine Röte erhitzte mein Gesicht und meinen Hals. "Das soll wohl ein Scherz sein."

Mein Onkel verschränkte die Arme und setzte sich auf seinen Schreibtisch. "Nein, ich scherze nicht."

Ich sackte in meinem Stuhl zurück und fühlte mich, als wäre ich gegen eine Mauer geprallt.

Er sah mich an. "Chelby, du bist nicht nur eine Fae. Du bist auch ein lila Drache. Du hast besondere Kräfte, unter anderem kannst du alle Elemente beherrschen. Erde, Wasser, Luft und Feuer. Du musst sie anziehen, damit sie dir bei deinem Glamour helfen."

"Die einzigen beiden, die ich bis jetzt nutzen konnte, sind Feuer und Luft."

"Mach dir darüber keine Sorgen. Sergeant Ragar wird dir beibringen, wie du in Verteidigung und Kampftechniken auf andere Elemente zurückgreifen kannst."

Ich legte meine Stirn in Falten. "Wie soll mir das helfen, meinen Glamour zu beschwören?"

"In jedem dieser Elemente steckt Macht. Wenn du sie nutzt, kannst du deine Drachenkraft einsetzen, um deine Faefähigkeit zu unterstützen." Er berührte meine Schulter. "Niemand außer dir hat dieses Talent. Ich glaube, wenn du lernst, dir ein anderes Element zunutze zu machen, wird das dich und deinen Zauber noch stärker machen."

Er wandte sich an Jonas. "Leider wird es für dich nicht so einfach sein. Das heißt nicht, dass du es nicht schaffst, aber du wirst doppelt so hart arbeiten müssen wie Chelby."

Jonas nickte, obwohl ein tiefer finsterer Blick seine Züge untermalte. Er mochte es nicht, an zweiter Stelle zu stehen.

"Schau nicht so mürrisch", beschwichtigte mein Onkel. "Du bist selbst ein mächtiger Fae, Jonas. Du hast nur kein Drachenblut."

Jonas' Stirnrunzeln verschwand langsam. "Da hast du recht", scherzte er und zwinkerte mir zu. "Ich schätze, auf Platz zwei zu landen ist nicht so schlimm, wenn die Nummer eins eine knallharte Drachenfae ist."

"Für deine erste Lektion möchte ich nur, dass du deine Haarfarbe so änderst, dass sie genau wie auf dem Bild aussieht. Es darf nicht ähnlich sein. Es darf nicht annähernd so sein. Es muss absolut perfekt sein."

Ich starrte auf Zendayas Bild und dachte an etwas Glückliches. Ich schloss meine Augen und atmete tief ein. Ich musste an das erste Mal denken, als ich auf Eros ritt, an die Luft, die über mich hinwegzischte, und an seinen Geruch. Es war so aufregend gewesen.

Ein Kribbeln durchfuhr mich, als ob ich ihn tatsächlich reiten würde.

"Verdammt, Chelby", murmelte Jonas.

Ich öffnete meine Augen und runzelte die Stirn. "Was?"

"Hier, schau." Mein Onkel reichte mir einen Spiegel.

"Oh, mein Gott. Ich kann es nicht glauben." Schmetterlinge flatterten in meinem Bauch. Mein blondes Haar hatte die gleiche Farbe wie das von Zendaya auf dem Bild. Es hatte zwar nicht die gleiche Frisur oder Dicke, aber die Farbe war dieselbe.

"Sag es mir", forderte mein Onkel auf. "Woran hast du gedacht?"

"Das erste Mal, als ich auf Eros ritt und wie berauschend es war. Warum?"

Jonas und der Commander lächelten, dann sagten sie beide: "Luft".

"Du meinst, ich habe dieses Element angezogen, und so habe ich das geschafft?"

"Ja", bestätigte mein Onkel. "Wenn du dich in einen Drachen verwandeln würdest, wäre dein Zauber noch mächtiger."

Jonas musterte mich. "Du hast dich nur einmal verwandelt, richtig?"

"Ja." Ich runzelte die Stirn. "Warum?"

"Du musst mehr mit deinem Drachen in Kontakt treten", forderte mein Onkel. "Du bist mächtig, Chelby. Du musst dir deine Fähigkeiten wie einen Muskel vorstellen. Wenn du ihn nicht trainierst, wird er schlapp und schlaff."

"Seit du aus Schottland zurück bist, hast du noch nicht versucht, dich zu verwandeln, nicht wahr?", fragte Jonas sanft.

Ich biss mir auf die Lippe und ließ den Kopf hängen. "Nein. Ich habe es nicht übers Herz gebracht, mich zu verwandeln, nachdem ich Hicks verloren habe."

Mein Onkel griff nach meinem Kinn und hob es an. "Das war nicht deine Schuld. Du hast uns alle gerettet. Du kannst deinen Drachen nicht für etwas bestrafen, auf das du keinen Einfluss hast, nicht einmal der Drache selbst."

"Und wenn ich es nicht schaffe?", erkundigte ich mich mürrisch.

Mein Onkel fasste mir an die Schulter. "Du hast dich einmal verwandelt. Beim zweiten Mal wird es einfacher sein, und es wird dir bei deinem Zauber helfen. Das verspreche ich dir."

Ich lächelte, obwohl ich mir immer noch nicht sicher war, ob ich es schaffen würde.

Er warf einen Blick auf die Uhr. "Es ist Zeit, dass ihr euch auf den Weg zu Verteidigung und Kampftechniken macht. Vielleicht kann dir Sergeant Ragar helfen. Er hat dir geholfen, dich zu verwandeln, und ich nehme an, dass er dir zeigen kann, wie man ein anderes Element heranzieht."

"Woher soll ich wissen, welches es ist?"

"Das hängt von deinem Drachen ab. Die Elemente entstehen langsam in lilanen Drachen. Du hast Luft und Feuer gezogen, also wird das nächste Element entweder Wasser oder Erde sein. Irgendwann wirst du lernen, alle vier Elemente zu beherrschen."

"Glaubst du das wirklich?"

Er blinzelte. "Ja, ich habe Vertrauen in dich."

Ich brach in ein Grinsen aus. Mein Onkel baute mich immer auf, wenn ich ihn am meisten brauchte.

Jonas und ich verließen das Klassenzimmer und machten uns auf den Weg zur Turnhalle, vorbei an den Ställen, wo unsere nächste Unterrichtsstunde stattfand. Jedes Mal, wenn ich an den Ställen vorbeikam, wollte ich zu Eros stürmen, aber wir hatten keine Zeit.

Ich ging in die Umkleideräume, um meine Jogginghose anzuziehen. In meinem Spind lag ein rosa PSK-T-Shirt mit einer passenden Yoga-Hose. Aus irgendeinem Grund dachte Dr. Gould, Rosa sei meine Lieblingsfarbe. Ich zog mich schnell um und machte mich auf den Weg in die Turnhalle.

Jonas kam aus der Umkleidekabine der Jungen zur gleichen Zeit wie ich aus der der Mädchen. Der Rest des Teams wartete bereits. Brody und Justice gesellten sich zu Jonas und mir, während Maggie und Kog sich von den anderen absetzten. Mir brach das Herz angesichts der Trennung.

"Guten Morgen." Sergeant Ragar grüßte uns mit einem breiten Grinsen aus der Mitte der Turnhalle. Sein langes schwarzes Haar war zu einem Dutt gebunden, und er trug ein PSK-T-Shirt und eine Jogginghose wie wir.

"Guten Morgen, Sir", riefen wir im Chor.

Ich war Sergeant Ragar so viel schuldig, denn er hatte mir geholfen, mit meinem Drachen in Kontakt zu treten. Ich war mir nicht sicher, ob ich ohne seine Hilfe in der Lage gewesen wäre, mich zu verwandeln.

"Ich werde euch in Gruppen einteilen, um an euren Stärken zu arbeiten. Kog und Brody werden in einer Gruppe sein. Justice und Maggie werden sich darauf konzentrieren, sich in ihre Wölfe zu verwandeln."

Justice runzelte die Stirn. "Ich habe mich noch nie in einen Wolf verwandelt."

"Noch nicht. Deshalb bist du ja hier", sagte Sergeant Ragar.

Die Wangen von Justice erröteten, und er hielt den Mund.

"Jonas, du wirst an deiner Luft arbeiten, also bist du allein." Er sah mich an. "Chelby, du wirst auch allein arbeiten. Dr. Gould möchte, dass du versuchst, dein nächstes Element herauszuziehen."

Ich wollte fragen, wie das geht, aber ich würde wahrscheinlich die gleiche Antwort bekommen wie Justice.

Er wies uns in verschiedene Ecken der Turnhalle. In meiner Ecke standen ein Eimer mit Erde und ein Eimer mit Wasser.

Direkt gegenüber von mir trainierten Brody und Kog mit Gewichten. Die Geräte waren für Orks gebaut, und so war ich überrascht, dass Brody genauso viel stemmte wie Kog.

Es sah so aus, als würde der Sergeant Jonas dazu bringen, seine Luftfähigkeiten zu nutzen, um nicht nur sich selbst, sondern auch andere Gegenstände anzuheben.

Maggie hatte sich bereits in ihren Schattenwolf verwandelt und starrte Justice an, der sich immer wieder in eine Fledermaus verwandelte. Ich fragte mich, ob er mit einem Wolf zurechtkommen würde.

Sergeant Ragar kam zuletzt zu mir. "Es gibt einen einfachen Weg, um herauszufinden, welches Element dein Drache von dir will."

Ich runzelte die Stirn. "Wie? Ich habe mich seit Schottland nicht mehr verwandelt."

"Das habe ich auch gehört. Du brauchst dich nicht zu verwandeln. Erlaube ihr einfach, dich zu steuern."

"Ich verstehe es immer noch nicht."

"Streck einen Arm aus und bewege deine Hand über jeden Eimer. Welcher sich auch immer bewegt, das ist das nächste Element, das dein Drache von dir will."

Ich warf ihm einen "Das meinst du nicht ernst"-Blick zu.

"Du hast mir schon einmal vertraut, Chelby. Vertrau mir jetzt."

Ich seufzte frustriert und streckte meinen Arm aus. Das war lächerlich. Ich dachte nicht, dass etwas passieren würde.

Nichts geschah.

Ich zog eine Augenbraue hoch.

"Hast du deinen Drachen gebeten zu wählen?" drängte Sergeant Ragar sanft.

Meine Wangen wurden heiß. "Nein", gab ich zu.

"Dann versuche es noch einmal. Ich melde mich später bei dir." Er schaute mich nicht an. Er starrte Jonas an, der sich halb an die Decke gehoben hatte.

Ich lächelte. Jonas wurde immer besser in seinen Luft-Fähigkeiten.

"Wenn du mich entschuldigen würdest." Sergeant Ragar verbeugte sich leicht und ging auf Jonas zu.

Ich kehrte zu meinen beiden Eimern zurück, ich glaubte immer noch nicht, dass dies funktionieren würde.

Aber ich hatte meinen Drachen nicht gefragt.

Ich nahm einen tiefen und reinigenden Atemzug und schloss meine Augen.

Welcher ist es?

Ein Kribbeln überlief mich, rauschte hinunter zu meinen Fingern, und ich öffnete langsam die Augen. Mein Herz schlug schneller, und meine Kinnlade fiel mir fast auf den Boden.

Das Wasser im Eimer blubberte wie in einem Kessel.

Sergeant Ragar war plötzlich an meiner Seite und grinste. "Du hättest nicht gedacht, dass es funktioniert, oder?"

Ich schüttelte fassungslos den Kopf. "Nein, das hatte ich nicht."

"Das ist nur die erste Aufgabe. Um Wasser anzuziehen, musst du dich verwandeln."

Ich öffnete meinen Mund, um etwas zu sagen.

Er hob eine Hand. "Ich weiß, aber du musst es versuchen. Nur so kannst du auf dieses Element zurückgreifen."

Meine Schultern erschlafften. Ich war mir nicht sicher, ob ich es noch einmal tun konnte oder ob ich es überhaupt wollte. Es hatte so schlimm geendet.

"Weißt du noch, was du getan hast, um deine Wandlungsfähigkeit zu verbessern?"

"Ja."

Er lächelte. "Also, was musst du jetzt tun?"

"Kampfsport. Es half mir, die Kontrolle zu behalten."

Er deutete auf einen anderen Bereich. "Lass uns ein bisschen Kickboxen mit dem Boxsack machen."

Ich sah, wie Maggie mich anstarrte, als Sergeant Ragar mich hinüberführte. Ich wandte mich ab. Bei jeder sich bietenden Gelegenheit warf sie mir einen bösen Blick zu. Sie gab mir die Schuld an Hicks' Tod.

Und ich konnte ihr nicht widersprechen.

Sie hatte Recht.

9

Für den Rest der Stunde ließ mich Sergeant Ragar trainieren und ich schlug auf den Boxsack ein, bis ich vor Schweiß triefte. Zugegeben, es tat gut, meinen ganzen Frust loszuwerden.

"Gib nicht auf, Chelby", ermutigte mich der Sergeant. "Erinnere dich daran, wie du deine Angst und deine Wut in den Griff bekommen hast. Du hast es schon einmal geschafft, und du kannst es wieder tun. Vertraue dir selbst."

Ich wischte mir mit einem Arm den Schweiß von der Stirn. "Danke, Sergeant."

Er nickte. "Übe weiter. Du wirst dich bald verwandeln."

Ich lächelte. "Ja, Sir."

Nach dem Unterricht zog ich mich mit Maggie in die Umkleidekabine zurück und wurde wieder mit eisernem Schweigen empfangen. Wir duschten beide und zogen unsere Uniformen an, ohne ein einziges Wort zu wechseln.

Jonas, Brody und Justice warteten schon auf mich. Wir machten uns auf den Weg zum Mittagessen. Heute gab es Sandwiches mit Speck, Salat und Tomaten, Pommes frites und zum Nachtisch einen Obstsalat mit Bananen, Blaubeeren, Birnen und Preiselbeeren. Wir füllten unsere Tabletts und setzten uns an unseren üblichen Platz, aber wie schon seit Schottland kamen weder Kog noch Maggie zu uns.

Ich drehte eine Pommes in meinem Ketchup herum. "Glaubst du, wir werden jemals wieder ein Team sein?"

Justice trank sein Glas Blut aus und zuckte mit den Schultern. "Vielleicht."

Seine Antwort gefiel mir nicht, und mir verging der Appetit. Ich schaffte es, mein Sandwich und meinen Nachtisch aufzuessen. Die Jungs verputzten meine Pommes.

Nach dem Mittagessen gingen wir zu den Ställen, wo Sergeant Santos auf uns wartete.

"Guten Tag", rief sie, als wir ankamen. "Bitte führen Sie Ihre Pegasus aus ihren Ställen heraus. Heute werden wir lernen, wie ihr eure Waffen beim Fliegen benutzt. Eure Waffen sind alle schon geholt worden und ihr findet sie im Stall eures Pegasus."

Ich fand meinen Bogen und meinen Köcher mit Pfeilen, wie Sergeant Santos gesagt hatte, und führte Eros aus seinem Stall. "Bist du bereit, Kumpel?"

Er hob und senkte den Kopf, als ich mir den Köcher über die Schulter legte. Draußen angekommen, schwang ich mein Bein über seinen Rücken und hielt meinen Bogen.

"Diejenigen von euch, die Schwerter haben, werden vorsichtig das Fechten üben. Ihr wollt euren Pegasus nicht verletzen. Beginnt mit langsamen Stößen, bis ihr im Gleichgewicht seid. Kog und

Chelby, ihr werdet üben, die Ziele am Ende des Schießstandes zu treffen."

Sie klatschte in die Hände. "Jetzt fangt an."

Eros flog los, schlug mit seinen schönen schwarzen Flügeln und ich stieß ihn vorsichtig Richtung Schießstand. Ich zog einen Pfeil aus meinem Köcher und spannte ihn in meinen Bogen ein.

Kog ritt auf Lionheart und hielt seine gewaltige Axt in einer Hand.

"Okay, Eros." Wieder stupste ich meinen Pegasus an, und er glitt zu den Zielscheiben. Ich zog die Sehne zurück und ließ den Pfeil los. Er wirbelte durch die Luft und traf den Rand der Zielscheibe.

Ich klopfte Eros auf die Schulter. "Versuchen wir es noch einmal."

WHISSSS!

Kogs Axt flog an mir vorbei.

SHARAK!

Ich sprang. Die Axt schlug um ein Haar rechts vom Ziel ein und hätte die Zielscheibe fast umgeworfen.

Ich lächelte. "Gut gemacht."

Unsere Blicke trafen sich für den Bruchteil einer Sekunde, und etwas flackerte zwischen uns auf. Ich dachte fast, er würde lächeln, aber es verschwand, und er klappte den Mund zu. Meine Kehle schnürte sich vor Kummer zu. Ich schluckte ihn hinunter, und er traf meinen Bauch mit einem schweren Schlag. Kog und ich waren uns früher so nahe gewesen. Das machte mich fertig.

Ich konnte nur daran denken, was Moon gesagt hatte. Dass Sektor Neun meinem Team etwas gegeben hatte, das an sie erinnern würde. War es das, was mit Kog los war? Und wenn ja, was könnte einen sanften Riesen in einen wütenden Riesen verwandeln?

Ohne ein weiteres Wort stürzten sich Kog und Lionheart auf das Ziel. Er schnappte sich seine Axt, und Lionheart erhob sich in die Lüfte.

Ich stieß Eros mit den Knien in Richtung der Zielscheibe. Ich steckte einen weiteren Pfeil in meinen Bogen und ließ ihn los.

SHING!

Dieses Mal traf der sich drehende Pfeil genau ins Schwarze.

"Wow!" Ich hob meinen Arm und schaute Kog an, der mir nur einen weiteren Todesblick zuwarf.

Jemand pfiff, und ich drehte mich um.

Jonas grüßte mich. Ich konnte mir ein Lächeln nicht verkneifen. Wenigstens eine Person war stolz auf mich.

BUZZ!

Ich blickte nervös zu Kog. Er beachtete mich nicht, also zückte ich mein Handy.

> **Es gibt nicht nur einen. Es gibt zwei.**
>
> **Nimm dich in Acht. - Moon**

Was hat das zu bedeuten? Zwei *was*? Ich runzelte die Stirn. Bedeutete es, dass mein Team zwei Dinge mit zurückgebracht hatte? Gab es zwei Spione?

Kog sah mich an. Sofort steckte ich mein Telefon wieder in die Tasche.

Ich spannte einen dritten Pfeil. Eros und ich nahmen einen weiteren Anlauf, und ich spaltete den Pfeil in der Mitte des Bullseye.

Sergeant Santos bedeutete uns, zu den Ställen zurückzukehren. "Ich bin beeindruckt. Ihr habt euch heute alle sehr gut geschlagen. Morgen werden wir uns um bewegliche Ziele für Kog und Chelby kümmern."

Das wäre interessant.

Der Sergeant wandte sich an die anderen. "Ihr werdet weiter Fechten üben. Morgen werdet ihr versuchen, das Schwert eures Gegners aus dem Weg zu räumen. Da ich erst nach dem Mittagessen komme, bringt ihr eure Waffen auf eure Zimmer." Sie machte sich auf den Weg zu den Ställen. "Bitte führt eure Ihre Pegasi in die Ställe und kühlt sie ab."

Das war mein Lieblingsteil beim Pferdetraining. Eros landete, und ich rutschte von ihm herunter. In seiner Box angekommen, bürstete ich ihn, bis er glänzte.

"Möchtest du einen Apfel?"

Eros sah mich an, als wollte er wissen, ob das eine Fangfrage sei. Ich gab ihm einen Apfel, und er knabberte ihn sanft von meiner Handfläche ab. Ich streichelte ihm über die Stirn. "Das hast du heute gut gemacht, Eros. Wirklich gut."

Jonas lehnte sich an Eros' Stand. "Bist du bereit zu gehen?"

"Ja." Ich kratzte hinter Eros' Ohr. "Wir sehen uns später, Kumpel."

Eros nickte und zuckte mit dem Schwanz.

Jonas stieß mich mit dem Ellbogen an. "Das hast du heute gut gemacht, Chelby."

"Danke. Du warst auch nicht so schlecht."

Brody und Justice holten uns ein, als wir uns dem Studentenwohnheim näherten.

Ich senkte meine Stimme und winkte sie näher heran. "Ich muss euch etwas sagen."

Justice lehnte sich vor. "Du hast von Moon gehört, nicht wahr?"

Ich nickte. "Ja, und es war wirklich seltsam."

"Was war daran seltsam?" fragte Jonas grimmig.

"Er sagte, es gibt nicht nur einen. Es gibt zwei."

Brody runzelte die Stirn. "Zwei was?"

Ich zuckte mit den Schultern. "Ich weiß es ehrlich gesagt nicht."

"Er könnte von mehr als einem Spion sprechen, von mehr als einem Unseelie-Zauber oder von etwas anderem", sagte Justice. "Es könnte alles sein."

Brody rieb sich den Nacken. "Was sollen wir tun?"

Es fielen mir keine Antworten ein. Als sich Stille über uns legte, verdeckte eine Wolke die Sonne und ließ mich frösteln.

Schließlich ergriff Justice das Wort. "Wir müssen auf der Hut sein und auf die kleinsten Anzeichen von etwas Ungewöhnlichem achten. Ich glaube, es wird erst noch schlimmer werden, bevor es besser wird."

"Das ist beruhigend", brummte Jonas.

Wir kehrten in unsere Schlafsäle zurück. Ich trennte mich von den Jungs und machte mich auf den Weg in mein Zimmer, verloren in meinen Gedanken. Ich tauschte meine Uniform gegen Jeans und ein T-Shirt.

Moons Nachrichten wurden immer unheimlicher. Ich dachte immer, der PSK sei ein sicherer Ort, aber dank Sektor Neun gab es immer wieder gefährliche Überraschungen.

Ich brauchte Antworten. Leider gab es hier keine. Ich war entschlossener denn je, in das Büro meines Pflegevaters zu kommen. Vielleicht hatte ich mich geirrt, aber das würde ich erst wissen, wenn ich herausgefunden hatte, was in seinem Safe war.

DER WECKER KLINGELTE WIEDER ZU FRÜH, UND ICH GÄHNTE. ICH konnte nicht glauben, dass es schon Zeit war, aufzustehen. Ich schleppte mich unter die Dusche und drehte das kalte Wasser auf. Das war nicht angenehm, aber wenigstens wurde ich dadurch wach. Ich hatte nur ein paar Minuten Zeit, um vor dem Unterricht zu frühstücken. Ich zog meine Uniform an und rannte mit meinem Rucksack und meiner Waffe aus meinem Zimmer.

Jonas verließ gerade die Cafeteria, als ich ankam. Er schaute auf seine Uhr. "Chelby, wieso kommst du so spät? Ich habe mir Sorgen um dich gemacht."

Ich gähnte wieder. "Ich bin müde. Ich bin bis zwei Uhr morgens nicht eingeschlafen."

"Wegen allem, was an diesem Ort passiert?"

"Ja. Ich habe letzte Nacht auch versucht, mich zu verwandeln."

"Hattest du Glück?"

"Nein." Ich stöhnte. "Wenigstens habe ich meinen Glamour besser eingesetzt."

Er legte einen Arm um meine Schulter. "Komm mit. Komm, wir holen dir einen Kaffee, bevor du umfällst."

"Hört sich gut an."

Er begleitete mich nach drinnen, wo ich mir eine Tasse Kaffee und einen Blaubeer-Bagel mit Erdbeerfrischkäse holte. Ich machte mir nicht die Mühe, mich zu setzen. Das Frühstück würde heute zum Mitnehmen sein.

Jonas hielt mir die Tür auf, als wir rausgingen. "Justice und Brody waren schon zum Unterricht gegangen."

Ich aß schnell mein Brötchen und trank nebenbei meinen Kaffee, um mir nicht die Lippen zu verbrennen.

Zum Glück kamen Jonas und ich noch rechtzeitig zu Sergeant Daniels Klasse, wo wir weitere vertrauensbildende Maßnahmen durchführten. Diesmal fiel einer von uns von einem Stuhl, und die anderen fingen uns auf. Ich hatte immer noch nicht das Gefühl, dass wir als Team zusammenwachsen würden.

Nach dem Unterricht teilten wir uns auf, um unser individuelles Training zu besuchen. Jonas und ich gingen zum Kurs meines Onkels, der an der Tür wartete.

Sein Lächeln reichte nicht bis zu seinen Augen. Es wirkte fast unecht. "Guten Morgen." Er warf einen Blick auf seine Uhr. "Ihr seid spät dran."

Wie bitte? Und seit wann trägt mein Onkel eine Uhr?

"Bitte setzt euch sich und nehmt eure Bilder heraus. Habt ihr geübt?"

"Ich kann meine Haare wie die von Zendaya aussehen lassen", sagte ich ihm.

"Schauen wir mal." Mein Onkel setzte sich aufrechter hinter seinen Schreibtisch, und seine Augen blitzten vor Eifer.

Ich atmete tief ein und zog meinen Glamour an. Ein leichtes Kribbeln umschmeichelte meinen Kopf.

Jonas lächelte. "Sieht gut aus."

Mein Onkel schaute finster drein. "Ist das alles, was du kannst? Ich habe mehr erwartet." Seine Stimme war frostiger als ein Schneesturm im Januar.

Jonas starrte ihn an. "Was reden Sie da? Sie hat das großartig gemacht."

"Vielleicht. Hast du dich verwandelt, Chelby? Das würde deine Glamour-Fähigkeiten verbessern."

"Ich habe es gestern Abend versucht, aber es ist nichts passiert."

"Möchtest du jetzt versuchen, dich zu verwandeln?"

"Jetzt? Ich kann es nicht jetzt tun."

Mein Onkel stand auf und umrundete den Schreibtisch. "Warum nicht? Der Zeitpunkt wäre so gut wie jeder andere."

Meine Wangen röteten sich. "Dann müsste ich mich ausziehen."

"Ich sage euch was", schlug der Commander vor. "Jonas und ich werden aus dem Klassenzimmer gehen, dann könnt ihr euch umziehen. Wie wäre das?"

Jonas hielt eine Hand hoch. "Ich verspreche, dass ich nicht spionieren werde."

"Das wird er garantiert nicht", versicherte mir mein Onkel.

Ich schob mir die Haare hinter die Ohren. "Ich werde es versuchen, aber ich glaube nicht, dass es funktionieren wird."

"Doch, das wird es", konterte Jonas. "Du hast es in Edinburgh geschafft. Du kannst es auch hier tun."

Ich lächelte über seinen Glauben an mich.

Die beiden verließen das Klassenzimmer. Ich konnte nicht glauben, dass ich noch einmal versuchen wollte, mich zu verwandeln. Aber wenn ich die Kraft meines Drachens nutzen musste, um meinen Glamour zu verstärken, war ich bereit.

Ich eilte in den hinteren Teil des Klassenzimmers, um mich umzuziehen, und dabei fiel mir ein Bücherregal ins Auge. Ich wurde von einem alten, grauen, zerfledderten Buch angezogen und konnte nicht anders, als es herauszuziehen. Der Titel auf der Vorderseite war verblasst und nicht mehr lesbar. Ich schlug es auf und holte tief Luft.

Es ging um die Schattendimension. Keines der Bücher in der Bibliothek enthielt etwas über die Schattendimension, nicht einmal in der gesperrten Abteilung.

"Chelby", rief mein Onkel. "Wie geht's?"

"Ich versuche es noch", platzte ich heraus. "Komm noch nicht rein." Ich eilte zu meinem Rucksack und stopfte das Buch hinein. Ich hätte den Commander fragen sollen, ob ich es mir ausleihen durfte, aber er benahm sich seltsam, seit wir aus Edinburgh zurück waren. Ich konnte mich nicht dazu durchringen, es zu tun.

"Wir geben dir mehr Zeit", rief mein Onkel halblaut. "Es ist wichtig, dass du dich verwandelst."

Nicht jetzt. Es ist nicht sicher, sagte eine Stimme in mir.

Jedes Haar auf meinem Körper stellte sich auf und Gänsehaut breite sich über Gänsehaut aus. Ich erstarrte. War das mein Drache? Ich hatte seit Edinburgh nichts mehr von ihr gehört.

"Was meinst du damit, dass es nicht sicher ist?" flüsterte ich, aber es herrschte Schweigen.

Mist, was sollte ich jetzt tun? Vielleicht könnte ich versuchen, mich in meinem Zimmer zu verwandeln.

Schritte hallten im Flur wider, als sich jemand näherte. Eine weitere männliche Stimme gesellte sich zu Jonas und meinem Onkel, aber ich konnte nicht erkennen, wer es war.

Ding.

Ich holte mein Handy heraus und fand eine weitere Nachricht von Moon.

> **Eines Ihrer Teammitglieder ist eine tickende Zeitbombe. Nur du kannst ihm helfen.**

Verdammt noch mal, Moon. Sag mir, wie? Leider gab es keine Möglichkeit, ihn zu kontaktieren. Ich hatte es mehrmals versucht, aber meine Nachrichten kamen immer nur abprallend zurück.

Klopfen, klopfen, klopfen.

"Chelby, können wir wieder reinkommen?" fragte Jonas. "Wir müssen uns für unsere nächste Trainingseinheit fertig machen."

Ich schob mein Handy zurück in meine Rocktasche. "Ja, natürlich."

Die Tür öffnete sich, und die beiden betraten wieder das Klassenzimmer. Mein Onkel sah mich traurig an. "Kein Glück gehabt, hm?"

Ich wischte meine verschwitzten Handflächen an meinem Rock ab. "Tut mir leid. Ich habe es versucht."

Er hat mich kurz umarmt. "Gib nicht auf."

"Werde ich nicht. Ich verspreche es."

"Gut."

Jonas strich mir eine Haarsträhne aus dem Gesicht. "Du solltest vielleicht zu deiner normalen Farbe zurückkehren."

"Oh, das stimmt." Ich lachte nervös.

Ich schloss meine Augen und dachte an Eros. Das vertraute Kribbeln überrollte mich.

"Hast du an Eros gedacht?", fragte mein Onkel.

Ich öffnete meine Augen. "Ja." Ich überprüfte eine Strähne meines Haares, und es hatte wieder seine natürliche Farbe. "Gott, es funktioniert wirklich."

"Dein Zauber wird noch stärker sein, wenn du dich verwandelst", betonte der Commander erneut.

Das werden wir, meldete sich mein Drache. *Nur nicht jetzt.*

Ich hatte Jonas so viel zu erzählen, dass ich dachte, ich würde platzen.

"Ich werde es weiter versuchen", versprach ich, da ich meinem Onkel nicht sagen wollte, was mein Drache gesagt hatte. Er benahm sich so seltsam. "Ich weiß nicht, warum es nicht klappt."

Mein Onkel warf mir einen kühlen Blick zu. "Das ist frustrierend. Ich dachte, du wärst mächtiger als das."

Sein kalter Ton war wie ein Schlag ins Gesicht. Ich blinzelte und konnte nicht glauben, dass er das gesagt hatte. "Was?"

Jonas starrte ihn an. "Sind Sie verrückt? Sie *ist* mächtig. Ohne sie wären wir alle noch in Schottland."

"Das verstehe ich, Mr. Fox, aber sie muss ihre Kraft nutzen. Immerhin ist sie angeblich ein lila Drache."

Jonas und ich tauschten einen unsicheren Blick aus.

Mein Onkel platzte heraus: "Ich wollte sagen, dass sie ein lila Drache ist, aber sie setzt nicht alle ihre Kräfte ein."

Irgendetwas stimmte definitiv nicht mit ihm. Er war nicht sein normales Ich.

Es war fast so, als ob er besessen wäre.

10

Jonas und ich gingen zur Tür hinaus. Ich schaute über die Schulter, um mich zu vergewissern, dass mein Onkel nicht draußen stand, dann packte ich Jonas am Hemd und zog ihn in ein leeres Klassenzimmer. "Komm her. Ich muss mit dir reden."

"Okay. Wir müssen rüber zu Verteidigung und Kampftechniken. Sergeant Ragar sah nicht glücklich aus, als er mit Commander Wyland sprechen wollte."

Ich blinzelte. "Ragar war hier?"

"Ja. Warum? Was ist los?"

"Ich bin mir nicht sicher, aber ich habe eine Nachricht von Moon erhalten."

"Und?"

Ich senkte meine Stimme. "Er sagte, dass einer unserer Teamkollegen kurz davor steht zu explodieren."

"Scheiße, wer?" Er rollte mit den Augen. "Warte, sag's mir nicht. Er hat nicht gesagt, wer, oder?"

"Leider nicht."

"Was hat er noch gesagt?"

Ich wollte es ihm nicht sagen, aber wenn ich die Hoffnung hatte, das Team wieder zusammenzubekommen, konnte ich ihm nichts vorenthalten.

"Er sagte, ich sei die Einzige, die ihn retten kann. Ich habe aber keine Ahnung, was das bedeutet."

Er umklammerte meinen Arm. "Komm schon, lass uns gehen. Wir müssen es Justice und Brody sagen. Ich habe eine Vermutung, wer hier durchdreht."

Ich runzelte die Stirn. "Wer? Maggie?"

Er schüttelte den Kopf. "Kog."

"Bist du sicher? Wie kommst du darauf, dass es Kog ist?"

"Wegen dem, was Sergeant Ragar gesagt hat. Wir müssen dort sein, bevor es zu spät ist."

Jonas hielt mich am Arm fest und zog mich wie ein führerloser Güterzug den Flur entlang, so dass ich fast über meine Füße stolperte.

Ich musste rennen, um mit ihm Schritt zu halten. "Jonas, sag mir, was hier los ist. Was hat Ragar gesagt?"

"Er musste einen Kampf zwischen Kog und einem anderen Ork beenden." Jonas zerrte mich die Treppe hinunter und hinüber zum akademischen Gebäude.

"Ja, und? Kog ist schon eine ganze Weile wütend."

"Da ist noch mehr." Er riss die Glastür auf. "Justice hat mir eine SMS geschickt. Moon behauptet, dass Sektor Neun etwas in Kog eingepflanzt hat, während er im Waisenhaus war, um ihn dazu zu bringen, nach ihrer Pfeife zu tanzen."

Bilder schossen mir durch den Kopf, als ich in das Geheimlabor von Sektor Neun einbrach. Kog war auf einem Doppelbett gefesselt worden, mit Schläuchen in den Armen.

"Oh mein Gott, Jonas." Ich fuhr mir mit zitternden Händen durch die Haare. "Wie konnten wir das übersehen? Das muss das glitzernde blaue Zeug sein, das sie ihm in die Venen gepumpt haben."

Er war nicht der Einzige. Commander Wyland, Dr. Gould und mein Vater waren alle an Infusionen mit demselben Zeug angeschlossen worden.

Darüber könnte ich jetzt nicht nachdenken.

"Verdammt noch mal." Jonas zischte zwischen den Zähnen. "Das muss es sein. Wir müssen uns beeilen. Justice sagt, Kog benimmt sich wie ein Wilder und reißt drüben bei den Ställen alles auseinander."

"Großartig. Wie soll ich ihn denn aufhalten? Er ist ein Ork."

Jonas beendete seinen kleinen Wutanfall. Der Frust und die Wut in seinen Augen ließen nach, und er legte seine Hände auf meine Schultern. "Du bist ein lila Drache. Du bist hundertmal stärker als ein Ork."

Seine sanfte Stimme machte mir Mut.

Er hatte Recht. Ich konnte das tun.

Ich hob mein Kinn. "Komm schon. Lass uns gehen."

Wir rannten so schnell wir konnten zu den Ställen. Ich nutzte meine Drachenkraft, um Adrenalin durch meine Arme und Beine pumpen zu lassen, so dass ich doppelt so schnell rannte wie Jonas.

Entsetzte Schreie ließen mir den Schreck in die Glieder fahren. Wir kamen an bewusstlosen Agenten vorbei, die auf dem Boden lagen, und an Schwertern, die in zwei Teile zerbrochen waren, als wären sie aus Plastik.

Rat-a-tat. Rat-a-tat-tat.

Schüsse dröhnten in meinen Ohren, und ich roch Schwefel.

Schweißperlen traten mir auf die Stirn.

BUMM!

Etwas Großes krachte gegen Holz.

Jonas rief: "Chelby, die Ställe!"

Ein erschrockenes Wiehern raubte mir den Atem und brachte mein Herz zum Stillstand. *Eros.* Nein!

Ich kann helfen. Verwandle. Mein Drache drängte sich gegen mich und wollte entkommen.

Diesmal versuchte ich nicht, sie wieder herunterzuschubsen. Ich warf meinen Rucksack auf den Boden und sprang auf. Als Jonas an mir vorbeirannte, streckte ich meine Arme aus.

Drache, ich rufe dich an.

Jonas warf einen Blick über seine Schulter. "Chelby, was machst du da?"

Ich schenkte ihm keine Beachtung. Feurige Empfindungen schossen durch mich hindurch wie ein flammender Meteor, ließen meine Haut und mein Blut rotglühend werden. Die

Muskeln spannten sich an, die Knochen dehnten sich und rissen durch mein Hemd, meinen Rock und meine Stiefel. Ich fühlte mich wie der Unglaubliche Hulk. Lila Schuppen ersetzten mein Haar und meine Haut. Gliedmaße wuchsen aus meinen Schultern und meinem Hintern, so schnell, dass mir schwindelig wurde. Wenn ich hätte lächeln können, hätte ich es getan, als ich auf meine flatternden Flügel und meinen zuckenden Schwanz starrte.

Ich verwandelte mich schneller, als ich es für möglich gehalten hätte. Macht durchströmte mich, und ich fokussierte meinen Blick auf die Ställe.

Sektor Neun war am Untergehen. Wieder einmal.

Um mich herum ertönten schockierte Stimmen, und die Rekruten starrten meinen Drachen an, aber das war mir egal. Alles, was mich interessierte, war Eros. Sektor Neun würde ihn nicht bekommen.

Bewunderung, oder vielleicht auch Stolz, blitzte in Jonas' Augen auf. Er lächelte und hob eine Faust. "Schnapp ihn dir, Mädchen."

Ein weiterer Schreckensschrei erfüllte mich mit Wut. Ich stieß ein lautes Kreischen aus, warf mich in die Luft und raste auf die Ställe zu.

"Kog, bleib weg von uns!" Ich hörte die verängstigte Stimme und wusste sofort, dass es Maggie war.

Ein keuchender Kog hatte Maggie und ihren goldenen Pegasus gegen eine Stallwand gepresst. Zerbröckeltes Holz und Metalltrümmer auf beiden Seiten versperrten ihnen die Flucht. Es war nicht das Wiehern von Eros gewesen. Es war die arme Goldie. Maggie liebte sie so sehr, wie ich Eros liebte, und ich würde Goldie nicht sterben lassen.

Maggies Augen waren groß wie Untertassen. Ihre Unterlippe zitterte, und ihr Körper klebte an den Brettern wie Tapete. Blut tropfte aus ihrem Mund, und ein hässlicher roter Handabdruck zierte ihre Wange. Ihr schwarz-weiß karierter Rock war zerrissen, und blutige Kratzer zogen sich über ein Bein.

"Geh weg, Kog. Bitte tu Goldie nicht weh. *Bitte!*" Sie schrie das letzte Wort.

Der tapfere Pegasus versuchte, Maggie zu beschützen. Sie bäumte sich auf ihren Hinterbeinen auf, schlug mit den Flügeln und trat mit den Vorderhufen nach Kog.

Er knurrte, als er näher kam.

Sein Schatten fiel auf Maggie und Goldie. Kog schien doppelt so groß geworden zu sein, und seine Muskeln waren prall. Er sah aus wie ein grüner King Kong. Was zum Teufel hatte Sektor Neun mit meinem Freund gemacht?

Das war er definitiv nicht. Obwohl er ein Ork war, war Kog immer einer der glücklichsten Menschen gewesen, die ich kannte. Er war immer da, wenn ich ihn brauchte, und ich würde nicht zulassen, dass ihm etwas zustößt. Was war in diesem blauen Zeug, das ihn in ein Monster verwandelte?

Sergeant Santos lag auf dem Boden und war bewusstlos. Blut sickerte aus ihrer Nase und ihrem Mund. Sie muss versucht haben, Goldie und Maggie zu schützen. Ich konnte nicht sagen, ob sie noch am Leben war.

Ich landete mit einem lauten Aufprall hinter Kog, und er hatte es nicht einmal bemerkt. Wie konnte er keine Ahnung haben, dass ein riesiger lila Drache direkt hinter ihm war? Es war, als wäre er ein hirnloser Roboter.

Vielleicht war er das.

Ich zuckte zusammen, als ich Brody ein paar Meter von Santos entfernt bemerkte. Er lag mit dem Gesicht nach unten auf dem Boden und bewegte keinen einzigen Muskel. *Bitte, sei nicht tot.* Ich starrte ihn an und wollte, dass er aufstand. Bei dem Gedanken, ein weiteres Teammitglied zu verlieren, wurde mein Körper langsam zu Eis. Jeder Muskel, jeder Knochen und jedes bisschen Blut gefror.

GRRRRRRR!

Kogs lautes Knurren riss mich aus meiner Verzweiflung, und ich blinzelte die Tränen weg.

Die versammelten Rekruten wichen vor Kog zurück und richteten ihre Gewehre immer noch auf ihn. Sein riesiger grüner Körper war blutverschmiert. Es sah aus, als wäre er angeschossen worden, aber die Kugeln hatten ihn nicht einmal verlangsamt. Verdammt, war er überhaupt noch am Leben? Oder war er ein verdammter Zombie?

Justice fuchtelte mit den Armen. "Chelby, nein! Es ist eine Falle."

Eine Falle?

Kog brüllte und stürzte sich auf Goldie, um den Pegasus in Stücke zu reißen.

Wärme wirbelte durch meine Brust und schoss meine Kehle hinauf. Ich öffnete meinen Mund und ließ einen Feuerstrahl in Kogs Rücken strömen. Er heulte auf und wirbelte herum, um sich mir zuzuwenden, und ich zuckte entsetzt zurück. Er war wirklich ein Zombie. Blut strömte aus seiner Nase, und sein Mund schäumte, als hätte er Tollwut. Seine Augen glühten rot.

Er stürmte auf mich zu und schlug die Soldaten wie Papierpuppen weg. Nicht einmal Sergeant Ragar konnte ihn aufhalten.

Moon hatte Recht. Es lag an mir wie in Edinburgh.

Ich war bereit für Kog. Ich schlug mit den Flügeln und befehligte die Luft um den Oger. Das sorgte dafür, dass er vom Boden abhob. Er trat und fuchtelte mit den Armen, knurrte und fauchte wie eine tollwütige Bestie.

Justice hielt sich die Hände vor den Mund und schrie noch lauter. "Chelby, das ist eine Falle! *Halt!*"

Wenn ich das täte, würden noch mehr sterben. Vielleicht Goldie oder Maggie. Oder noch schlimmer, Eros.

Falle hin oder her, ich konnte das nicht zulassen.

Ich flog um Kog herum und erwischte seine dicken Schultern mit meinen Krallen. Sofort zertrümmerte er meine Beine und schlug mit seinen Fäusten auf meinen Bauch ein. Ich knirschte mit den Zähnen und zischte laut. Ich schüttelte ihn kräftig, während ich mit ihm davonflog, um ihn zum Aufhören zu bewegen.

Er hatte einen Wutanfall in der Größe eines unglaublichen Hulks. Die Fäuste flogen überall hin, schlugen auf meine Beine, meinen Bauch, meine Krallen. Pochende Qualen pulsierten in mir, aber ich weigerte mich, loszulassen. Wäre ich ein Mensch gewesen, wäre ich bereits tot.

Justice schaute auf sein Telefon und zeigte dann nach oben. "Der einzige Weg, den Bann zu brechen, ist Kälte. Du musst so hoch hinaus, wie du kannst."

Ich kann helfen. Zieh den kalten, eisigen Regen an, flüsterte mein Drache.

Moon muss ihm eine SMS geschickt und ihm gesagt haben, was er tun soll. Ich zögerte nicht und flog wie eine Rakete in die Höhe. In der Wolke über mir fiel mir etwas ins Auge.

Etwas wartete auf mich. Etwas rein Böses.

Ich schnupperte und erkannte den Duft.

Fae-Attentäter.

Meine Nerven sprangen auf höchste Alarmbereitschaft. Ohne zu zögern, schlug ich einen Feuerstrahl durch den Nebel.

ARRRRGH!

Ein goldener Bogen und ein Köcher voller Pfeile purzelten auf den Boden. Ein weißer Pegasus brach aus der Wolkendecke hervor und trug eine schreiende Fae. Sein langes braunes Haar stand in Flammen.

Pfeile schossen aus dem dichten Nebel auf mich zu. Zweifellos waren es Sternschnuppenpfeile. Ich war mir nicht sicher, wie viele Attentäter sich hier oben versteckten.

WHIZ – WHIZ - WHIZ

Weitere Pfeile sausten an mir vorbei. Ich wich nach allen Seiten aus, um ihnen zu entgehen.

IIIIIWWWW - IIIIWWWW - IIIIWWWW

Bei dem Geräusch warf ich einen Blick über meine Schulter. Dr. Gould hatte sich in einen wütenden Golddrachen verwandelt. Feuerstöße durchdrangen die Wolken, aus denen die Pfeile gekommen waren. Zwei Attentäter flogen heraus und flohen so schnell sie konnten davon.

Hoffentlich waren das die letzten von ihnen.

Dr. Goulds Drache warf mir einen Blick zu, der sagte, dass wir umkehren sollten, aber ich hatte eine Aufgabe zu erledigen. Ich musste Kog retten.

Ich flog von ihm weg.

Er schrie mich an, ich solle zurückkommen, aber ich ignorierte ihn.

Rufe das Wasser an, drängte mein Drache.

Je höher ich flog, desto mehr verblasste der blaue Himmel, und die Wolken wurden dichter und feuchter.

Unsicher, was passieren würde, schloss ich die Augen.

Ich rufe das Wasser an.

Regentropfen bespritzten mich. Als ich die Augen öffnete, wirbelte das Wasser um mich herum, als ob es auf magische Weise aus den Wolken abgelassen würde. Die Lufttemperatur sank, und Frost legte sich auf meinen Körper, so dass es mir schwerer fiel, mit den Flügeln zu schlagen, aber ich war entschlossen, Kog zu retten.

Moon sagte, das würde funktionieren. Ich würde nicht aufgeben.

IIIIIIARGH!

Ein lauter Schrei ließ mein Herz bis zum Hals schlagen. Ich hielt Ausschau nach den Fae-Attentätern, aber es gab nur mich, Kog und die Wolken.

Ich merkte plötzlich, dass Kog aufgehört hatte, mich zu schlagen. Ich blickte nach unten. Seine Arme baumelten an seinen Seiten, und seine Beine wogen im Wind. Er muss geschrien haben und ohnmächtig geworden sein. Zumindest hoffte ich das.

Bedeutete das, dass er nicht länger ein Zombie war? Ich wusste nicht, ob ich ihn ins Krankenhaus oder in die Haftanstalt bringen sollte.

Ich glitt zurück nach unten und sog gierig Luft ein. Das Eis schmolz von meinem Körper. Ich atmete erleichtert auf, als ich in der Ferne den PSK-Komplex erblickte.

Jemand mit langem, dunklem Haar, der auf einem Appaloosa-Pegasus ritt, kam auf mich zu. Ich erkannte Jonas. Er hatte sein Schwert gezogen.

"Chelby, bist du okay?"

Ich kicherte innerlich. In Drachengestalt konnte ich ihm nicht antworten. Sicherlich wusste er das.

Etwas Schwarzes zischte an ihm vorbei. Er schaute finster, aber mein Herz machte einen Freudensprung. Es war Eros, und Brody ritt ihn. Er hatte blaue Flecken im Gesicht und eine böse Wunde an der Schläfe, aber er war am Leben.

Alles andere war unwichtig.

11

Eros schlug mit den Flügeln und glitt anmutig neben mir her. Der arme Brody hatte seine Arme um Eros' Hals geklammert und bangte um sein Leben. Interessant. Ich konnte nicht glauben, dass Eros Brody auf ihm hatte reiten lassen. Mein Pegasus hat alle außer mir abgeschüttelt, also muss ihm etwas an Brody gefallen haben. Vielleicht bedeutete das, dass er kein Spion war. Ein Punkt für Brody O'Hara.

Brody schaute nach unten, und sein gutes Auge wurde riesig, als wir näher an die Spitzen der zerklüfteten Berge flogen. Sein anderes Auge war völlig zugeschwollen und von rosa und lila Blutergüssen übersät. Das Blut tropfte aus seinem Gesicht, als wir in die Wolken eintauchten. "Lassen Sie mich nicht fallen", nuschelte er mit zitternder Stimme.

Jonas flog auf Zeus zu meiner anderen Seite und kicherte. "Das wird er nicht. Es sei denn, du machst ihn wütend."

"Apropos wütend..." Brody deutete auf Kog. "Ist er draußen?" Ein Hauch von Unbehagen färbte seine Stimme.

"Für den Moment", erklärte Jonas, während er den Himmel absuchte. "Wir müssen sicherstellen, dass die Attentäter weg sind." Seine ernste Stimme bereitete mir Bauchschmerzen.

Die Sonne hatte sich den Bergen genähert. Das Tageslicht würde bald verblassen und den Attentätern viele Verstecke bieten. Sie könnten jeden Moment zuschlagen. Was, wenn sie jetzt angreifen würden? Ich wusste nicht, ob ich uns alle beschützen konnte. Wir mussten das PSK so schnell wie möglich erreichen.

Ich nahm an Geschwindigkeit zu. Eros und Zeus konnten leicht mit mir mithalten. Die PSK-Ställe waren ein willkommener Anblick, aber das bedeutete nicht, dass die Attentäter nicht in der Nähe waren. Sie konnten überall sein. Leider würde die magische Barriere sie nicht abhalten, da sie keine Menschen waren.

Dr Gould wartete mit den Händen in den Hüften. Die Rekruten verteilten sich hinter ihm. Seltsamerweise war Justice nicht da. Er hatte mir so verzweifelt versucht zu sagen, dass dies eine Falle sei. Er wäre nicht gegangen, bevor ich zurückkam.

Irgendetwas war nicht in Ordnung. Wo war er?

Maggie stand neben Goldie und streichelte die Stirn des Pegasus. Der Handabdruck in ihrem Gesicht war dunkler geworden, und ihr blutverschmiertes weißes Hemd ließ ihr Gesicht blass erscheinen. Sie hatte Glück, dass Kog sie nicht getötet hatte. Wenigstens waren sie und Goldie am Leben.

Als wir den Abstand verringerten, richteten die Soldaten ihre Gewehre und Schwerter auf Kog, der in diesem Moment absolut hilflos war. Trotz allem, was er getan hatte, würde ich nicht zulassen, dass sie ihn verletzen. Er war besessen. In meinen Augen bedeutete das, dass er nicht verantwortlich war.

Ich hoffte nur, dass wir ihn befreien konnten. Andernfalls müsste er in der Haftanstalt eingesperrt werden, bis wir ein Heilmittel fanden.

Ich glitt zum Eingang des Stalls und ließ Kog sanft auf den Kiesweg fallen. Mit einem lauten *Knirschen* fiel er flach auf den Rücken. Sein zerzaustes, schwarzes Haar verteilte sich über sein Granitgesicht. Er hatte nicht eine einzige Wimper bewegt. Weiße und rote Striemen liefen über sein Kinn und seine Brust, und sein grüner Körper war von Kugeln durchlöchert. Wäre er ein Mensch, wäre er definitiv tot gewesen. Sein weißes Hemd war an den Nähten zerrissen, als wäre er gewachsen, während er es trug.

Was hatte Sektor Neun mit ihm gemacht?

Eros, Zeus und ich landeten vor Kog. Jonas und Brody rutschten von ihren Pferden. Die Menge rückte näher, und leises Geflüster brach aus.

"Ist er tot?"

"Vielleicht."

"Was ist passiert?"

Ich ignorierte sie und starrte meinen Freund an und fragte mich, ob er jemals wieder derselbe sein würde.

"Lasst mich durch." Dr. Gould bahnte sich einen Weg durch die Menge und kam auf uns zu. "Ist er tot?"

Jonas kratzte sich am Nacken. "Um ehrlich zu sein, ich weiß es nicht."

Der Direktor kniete nieder und hielt zwei Finger an Kogs Hals. "Er lebt", verkündete er und sah mich an. "Chelby, könntest du dich bitte verwandeln, damit ich dir ein paar Fragen stellen kann?"

Plötzlich bemerkte ich, dass Dr. Gould ein frisches weißes Hemd und eine schwarze Hose trug, anstatt nach dem Umziehen splitternackt dazustehen. Wie hatte er sich so schnell anziehen können? Ich hatte nichts zum Anziehen außer meinem Evakostüm.

"Chelby", wiederholte Dr. Gould. "Hast du mich gehört? Du musst dich jetzt verwandeln." Seine genervte Stimme ließ Panik in mir aufsteigen.

Praktisch alle waren hier. Sie alle starrten mich an und warteten darauf, dass ich Dr. Goulds Befehl befolgte. Ich sah mich wild nach etwas um, das meine Nacktheit verdecken sollte. Eine Decke, ein großes Brett oder sogar ein leeres Fass. Es gab nichts. Was sollte ich nun tun?

Als hätte er meine Gedanken gelesen, zog Jonas sein Hemd aus und enthüllte sein Sixpack. "Du kannst das tragen."

Ich hätte gelächelt, wenn ich gekonnt hätte.

Ich tappte mit Eros an meiner Seite hinter die Ställe und versperrte allen die Sicht. Jonas folgte mir und legte sein Hemd auf den Boden. Er drehte sich weg, um mich vor neugierigen Blicken zu verbergen. Sein breiter Rücken wölbte sich vor Muskeln. Sein langes, lockiges dunkles Haar hing ihm bis knapp unter die breiten Schultern. Gott, er war wirklich lecker.

Hör auf.

Ich holte tief Luft und verwandelte mich schnell wieder in einen Menschen. Die Sonne war hinter den Bergspitzen verschwunden, und die Luft war eiskalt. Der Wind wehte über meinen nackten Körper und ließ mich frösteln. Ich bekam von Kopf bis Fuß eine Gänsehaut. Meine Zähne klapperten, als ich mir ein Hemd überwarf, das doppelt so groß war wie ich, aber schön warm und nach Jonas roch. Das Kleidungsstück hing mir bis zu den Knien und bedeckte zum Glück meinen Hintern. Ich wollte nicht vor die Menge treten und meinen nackten Hintern zur Schau stellen.

Ich schlang meine Arme um mich und versuchte, mich warm zu halten.

"Okay ... d-d-du kannst dich j-j-jetzt umdrehen." Ich zitterte so sehr vor Kälte, dass meine Stimme bei fast jedem Wort versagte.

Er drehte sich um und lächelte. "Du siehst toll darin aus."

Ich rollte mit den Augen. "J-ja, w-was auch immer."

"Du zitterst", stellte er mit einem Stirnrunzeln fest.

Ich zuckte zusammen, als ich vorsichtig über das Stroh und die Steine tapste. Scharfe Splitter schnitten in meine nackten Füße. "Au. Au. Au."

Starke Arme zogen mich von den Füßen. Das nächste, was ich wusste, war, dass ich an Jonas' breite Brust gedrückt wurde.

Ich schaute in sein hübsches Gesicht. "W-was machst du da?"

"Du zitterst. Du brauchst Körperwärme." Er trug mich zu Dr. Gould. "Außerdem bewahre ich dich davor, dass du dir deine hübschen Füße in Streifen schneidest."

Ich öffnete meinen Mund, um zu widersprechen, schloss ihn aber sofort wieder. Ich mochte es, mich an seinen Körper zu schmiegen. Wärme breitete sich in mir aus, und ich konnte seinen Herzschlag hören. Es war seltsam beruhigend. So etwas hatte ich noch nie erlebt. Normalerweise würde ich darauf bestehen, mich um mich selbst zu kümmern. Aber ich beschwerte mich nicht. Es war schön, dass sich ausnahmsweise mal jemand um mich kümmerte.

Als wir uns näherten, schüttelte Brody den Kopf und brummte vor sich hin.

Die angespannten Linien um Dr. Goulds Mund verkündeten, dass dies kein angemessenes PSK-Verhalten war. Ich rutschte in Jonas' kräftigen Armen hin und her und sog den Atem ein, während ich darauf wartete, dass Dr. Gould uns beide schelten würde. Doch die Anspannung wich aus den Zügen des Direktors und er lächelte breit. "Ich wusste gar nicht, dass du ein Gentleman sein kannst, Jonas".

Ich atmete heftig aus und entspannte mich wieder.

Jonas kicherte, antwortete aber nicht. Ich mochte es, zu hören, wie sein Brustkorb rumpelte, wenn er lachte.

Dr. Gould betrachtete den Himmel. Die untergehende Sonne hatte die Wolken lila und rosa gefärbt. "Erzähl mir, was passiert ist."

Jonas setzte mich auf den Boden. Die große Menschenmenge hielt das meiste des Windes ab, und ich konnte Dr. Gould alles erzählen, ohne mit den Zähnen zu klappern.

Nachdem ich fertig war, murmelte jemand hinter mir: "Gut. Ich hoffe, er ist tot."

Ich spannte mich an und drehte meinen Kopf herum, aber ich erkannte keinen der stirnrunzelnden Soldaten. Jeder von ihnen hätte es sagen können. Ich wollte brüllen, dass es nicht Kogs Schuld gewesen ist, aber ihre finsteren Blicke sagten mir, dass mein Einwand auf taube Ohren stoßen würden.

Ich kniete mich neben Kog und strich ihm das verfilzte Haar aus der Stirn. "Ich denke, wir sollten ihn ins Krankenhaus bringen."

Dr. Gould löste seinen Blick von Kog und musterte mich. "Das werden wir, aber er muss gefesselt werden. Ich kann nicht riskieren, dass er das Krankenhaus in Stücke reißt."

Ich seufzte. "Ich weiß. Wie ist er größer geworden?"

"Das müssen wir herausfinden." Der Direktor legte mir eine Hand auf die Schulter. "Würdest du ihn bitte ins Krankenhaus tragen? Er ist zu groß für uns. Danach kannst du dich für den Rest des Tages ausruhen."

"Sicher. Ich nehme ihn." Ich richtete mich auf und machte mich bereit, hinter die Ställe zu laufen.

Bevor ich das tun konnte, hob mich Jonas auf.

"Du wirst dir die Füße aufschürfen", warnte er.

Ich widersprach ihm nicht und schmiegte mich noch ein paar Sekunden an seine Wärme, bevor er mich wieder auf den Boden setzte. Er drehte sich um, um mich vor den Schaulustigen zu schützen. Ich zog mir sein Hemd aus und warf es ihm zu.

Ich verwandelte mich wieder in einen lila Drachen.

Jonas packte sein Hemd und legte den Kopf schief. "Geh. Zeus und ich werden dir folgen."

Ich breitete meine Flügel aus und sprang in die Luft. Nachdem ich die Ställe umrundet hatte, nahm ich Kog in meine Krallen. Er blieb still wie ein Grab.

Jonas und Zeus holten mich schnell ein, und Brody und Eros waren nicht weit dahinter. Ich mochte es, zwei persönliche Begleiter zu haben. Dadurch hatte ich das Gefühl, dass wir wieder ein Team waren.

Das Krankenhaus war für einen Drachen nicht weit entfernt, aber es hätte mindestens zehn Leute gebraucht, um Kog anzuheben und ihn mühsam zu schleppen. Ich war mir nicht einmal sicher, ob wir ihn auf seinen Pegasus Lionheart hätten heben können. Also mussten die Dragon Airlines zur Rettung eilen.

In der Hoffnung, dass es ihm gut gehen würde, setzte ich Kog auf den grünen Rasen ab, auf dem Zeus und Eros am Vortag gegrast hatten. Die Pfleger warteten bereits auf uns. Dr. Gould muss sie kontaktiert haben.

Meine Eskorte landete auf beiden Seiten von mir.

"Er wird schon wieder", beruhigte mich Jonas.

"Hoffentlich", brummte Brody.

In ihren Stimmen schwang nicht viel Vertrauen mit. Kog hatte noch einen langen Weg vor sich. Wer wusste, ob er überhaupt überleben würde? Wir mussten herausfinden, was in diesem glitzernden blauen Zeug war. Das war vielleicht die einzige Möglichkeit, ihn zu retten. Er war nicht der einzige, der mit diesem Zeug vollgepumpt war. Würden mein Onkel, Dr. Gould, Maggie oder sogar Justice plötzlich ausrasten?

Ich atmete kläglich aus und sah zu, wie die Pfleger meinen Freund versorgten, dabei einen gewaltigen Lifter benutzten. Sie ließen das blaue Tragetuch auf den Rasen herab, breiteten es wie eine Decke aus und rollten Kogs reglosen Körper vorsichtig darauf.

Einer von ihnen drückte einen Knopf.

CHING - CHING - CHING

Die Ketten zogen sich zurück und hoben Kog vom Boden auf. Seine Beine und sein Kopf baumelten aus der Schlinge, aber seine Arme waren sicher darin verstaut. Ich wollte, dass er aufwachte, aber was, wenn er sich wieder in ein Zombiemonster verwandelte, das alles in Stücke reißen wollte?

Plötzlich wurde es mir klar. Warum war er hinter Maggie her gewesen? Er schien entschlossen zu sein, sie zu erreichen. Es gab andere Leute, die er hätte angreifen können, aber er ignorierte jene und konzentrierte sich nur auf sie.

Irgendetwas passte nicht zusammen. Und wieder einmal: Wo war Justice?

12

Ich blickte auf die Treppe, die zum Krankenhaus hinaufführte, und zurück zu den schnaufenden Pflegern, die sich abmühten, die Trage vom Rasen auf den Bürgersteig zu schieben. Ihre Muskeln spannten sich an, und Schweißperlen traten ihnen auf die Stirn.

"Gott, der muss eine Tonne wiegen", murmelte ein dunkelhaariger Pfleger.

"Braucht ihr Hilfe?" fragte Brody.

Der Pfleger biss die Zähne zusammen. "Nein, wir schaffen das schon."

Mit einem letzten Stoß ließen sie den Aufzug auf den Bürgersteig gleiten. Die Pfleger hielten inne, um ein paar Mal tief durchzuatmen.

"Wir müssen ihn in die Notaufnahme bringen", keuchte derselbe Pfleger. Er muss der Anführer sein.

Trotz des ganzen Gedrängels blieb Kog bewusstlos.

Brody, Jonas und ich folgten ihnen schweigend in die ebenerdige Notaufnahme im hinteren Teil des Krankenhauses, wo es keine Treppen gab. Die automatischen Türen schoben sich auf, und Kog und die keuchenden Pfleger verschwanden darin.

Bitte sei in Ordnung, Kumpel.

Als sie ins Krankenhaus entschwanden, waren die violetten und rosa Wolken bereits grau geworden. Es gab nichts mehr zu tun. Kog war jetzt in den Händen der guten Ärzte und Krankenschwestern. Müdigkeit überkam mich, und ich sehnte mich danach, in meinen Wohnheimzimmer zurückzukehren, mich in einen Menschen zu verwandeln und vor dem Schlafengehen noch einen Happen zu essen.

"Ich weiß nicht, wie es euch geht, aber ich bin am Verhungern." Jonas klopfte sich auf den Bauch.

"Ich auch", stimmte Brody zu. "Lasst uns die Pegasi wegpacken und zur Cafeteria gehen."

Das war die beste Idee, die ich den ganzen Tag über gehört hatte. Ich nickte meinen Begleitern zu und stürzte mich in die Lüfte, um zu meinem Balkon zu gelangen.

Jonas winkte, als Zeus auf die Ställe zuraste.

"Wir sehen uns beim Abendessen", rief Brody, während Eros schnell an Zeus vorbeizog, als wolle er als Erster zu den Ställen zurückkehren.

Als ich mich meinem Wohnheimzimmer näherte, hoffte ich, dass mein Balkon groß genug war, um mein Gewicht zu tragen, denn ich hatte nicht die Absicht, nackt durch den Schlafsaal zu laufen.

Ich landete auf dem Sims, und meine Krallen klammerten sich an den Zement. Der Stein krachte in spinnennetzartigen Mustern unter mir. Scheiße, das war nicht gut.

BUMM!

Ich schlug mit dem Kopf gegen den Balkon über mir und zuckte wegen des pochenden Schmerzes zusammen. Ich schlüpfte schnell aus meiner Drachengestalt, verlor aber das Gleichgewicht und schwankte auf der Kante wie auf einer Wippe. Der Wind war nicht gerade hilfreich. Er wehte mir die Haare ins Gesicht und machte mich vorübergehend blind. Ich wirbelte mit den Armen herum und versuchte, mein Gleichgewicht wiederzufinden, aber ich verlor den Kampf.

Nicht fallen, nicht fallen, nicht fallen, nicht fallen.

In einem verzweifelten Versuch stieß ich mich nach vorne ab und sprang auf den Balkon. Wie durch ein Wunder landete ich auf beiden Füßen. Der Wind hatte an Heftigkeit zugenommen und peitschte mein Haar um mich herum. Meine Zähne klapperten. Eine Gänsehaut überzog mich, als hätte ich die Masern.

Meine Hand zitterte, als ich die Tür aufriss und nur Justice auf meinem Bett sitzen sah.

"Was machst du denn hier?" Ich schrie förmlich, während ich meine Beine kreuzte und versuchte, meine Brüste mit meinen Handflächen zu verbergen.

"Ich warte auf dich." Lust flammte in seinen Augen auf, als er mich musterte. "Was sonst?"

Ich funkelte ihn an. "Dreh dich um."

"Okay, okay." Dabei hielt er die Hände hoch.

Ich rannte zu meinem Schrank, holte meinen weißen Bademantel und zog ihn an. Schnell band ich den Gürtel um meine Taille. "Du kannst dich jetzt umdrehen. Kannst du mir sagen, wie du hier reingekommen bist?"

Er zuckte mit den Schultern. "Ich bin ein Vampir. Ich habe mich in eine Fledermaus verwandelt und bin auf deinen Balkon geflogen."

"*Warum* hast du das getan?" Wut tropfte aus meinen Worten.

"Weil ich mit dir allein sprechen musste. Ich habe eine weitere Nachricht von Moon über Maggie erhalten."

Plötzlich war ich weniger wütend. "Was hat er gesagt?"

"Ich bin mir nicht sicher, ob sie Maggie ist."

Das Blut wich aus meinem Gesicht. "Was?"

"Ich glaube, sie könnte eine Fae sein, die mit Hilfe von Glamour so aussieht wie Maggie."

Meine Beine zitterten unkontrolliert. Ich ließ mich auf einen Holzstuhl fallen, bevor meine wackeligen Beine zusammenbrachen. "Warum?"

"Ich habe keine Ahnung. Aber vielleicht ist Kog deshalb hinter ihr her. Vielleicht wusste er, dass sie nicht das war, was sie zu sein schien?"

Fast wäre ich mit ihm in den Kaninchenbau gegangen, aber dann dachte ich an Goldie. Sie hatte ihr Leben riskiert, um Maggie zu schützen. Sie hätte das nicht getan, wenn sie sie nicht erkannt hätte. Goldie kannte den Unterschied zwischen einer Fae und einem Wolfswandler. Diese beiden waren so eng miteinander verbunden wie Eros und ich.

Justice hat gelogen.

Oh mein Gott! War er der Spion?

Scheiße, scheiße, scheiße, scheiße, scheiße.

Ich wünschte, Brody oder Jonas wären mit mir gekommen, aber ich war allein hier.

Justice sah mich neugierig an. "Chelby, was ist los? Du zitterst ja."

Keine Panik. Keine Panik. Keine Panik.

Ich befeuchtete meine Lippen. "Du bist nicht Justice."

Er breitete die Arme aus. "Wovon redest du? Natürlich bin ich es."

"Du lügst." Diesmal war meine Stimme kräftiger. "Goldie hätte Maggie nie beschützt, wenn sie eine Fae gerochen hätte."

"Ich glaube, du schenkst den Pegasi zu viel Beachtung." Justice erhob sich vom Bett. Er hielt eine Spritze in der Hand, die mit demselben blau schimmernden Zeug gefüllt war, das ich in dem Geheimlabor in Schottland gesehen hatte.

Als er den Abstand zwischen uns verringerte, beschleunigte sich mein Herzschlag, aber mir stockte der Atem. Ich konnte nicht genug Luft einatmen. Ich wollte mich nicht in einen hirnlosen Zombie wie Kog verwandeln. Ich zeigte mit einem zitternden Finger auf ihn. "Was ist das in deiner Hand? Woher hast du das?"

"Beruhige dich, Chelby. Hör auf meine Stimme und tu, was ich sage." Sein lässiger Ton hatte sich in eine unheimliche Dracula-Stimme verwandelt.

Ich stand auf und lief um meinen Stuhl herum, um ihn als Schutzschild zu benutzen. "Bleib weg von mir."

"Das glaube ich nicht." Sein finsteres Lächeln ließ mir einen Schauer über den Rücken laufen.

Seine dunklen Augen färbten sich glühend rot, und er näherte sich mir wie eine Katze, die eine Maus in die Enge treibt. Eine unsichtbare Kraft drückte gegen mich und versuchte, in meinen Geist einzudringen. Ich hatte das Gefühl, dass er die vulkanische Gedankenverschmelzung durchführte und versuchte, meinen Willen zu beherrschen.

Das passierte nicht.

Nein, niemals.

Etwas Gewaltiges stieg in mir auf wie ein ausbrechender Vulkan. Meine Brust brannte und meine Haut wurde glühend heiß. Ein Kribbeln lief mir über die Arme, und ich hob meine Handflächen.

"Nein!" Ich kreischte.

Er stolperte rückwärts, als hätte ich ihn geschlagen.

Es ist wieder Zeit für eine Verwandlung.

Ich warf meinen Morgenrock ab und verwandelte mich in meinen lila Drachen.

Seine Augen weiteten sich. "Oh, Scheiße."

Schwere Schritte stürmten den Flur hinunter.

"Chelby, es ist eine Falle! Trau ihm nicht! Das ist nicht Justice!"

Ich erkannte Jonas' erschrockene Stimme.

Jemand hämmerte gegen die Tür und ließ sie erzittern. "Chelby, lass uns rein." Es war Brody.

Justice hüpfte wie eine Gazelle über mein rosa Himmelbett. Ich konnte nicht glauben, wie schnell er sich bewegte. Ich wedelte mit dem Schwanz und schlug auf die Hand mit der Spritze.

KRACH!

Die Spritze fiel auf den Boden. Justice umklammerte die Hand, die ich ihm an die Brust geschlagen hatte, riss die Terrassentür auf und sprang vom Balkon.

Bumm! Bumm! Bumm!

Meine Tür bebte, als meine Beschützer dagegen hämmerten.

"Chelby, lass uns rein", riefen sie.

Ich verwandelte mich zurück in meine menschliche Gestalt, aber ich war ein schweißgebadetes Chaos. Mein Atem ging stoßweise, und mein Blut rauschte zwischen meinen Ohren. "Ich komme ja schon. Nur noch eine Minute." Ich zog meinen Morgenmantel an und riss die Tür auf, bevor sie sie einschlagen konnten.

Jonas und Brody stürmten wie wütende Pitbulls in mein Wohnheimzimmer. Eine Schar weiblicher Rekruten spähte neugierig in mein Zimmer hinein. Ich schloss die Tür, da ich keine Lust hatte, eine Million Fragen zu beantworten.

Jonas und Brody sahen sich verwirrt um.

"Wo ist er?" fragte Jonas, während er mich musterte. "Was ist mit dir passiert?"

"Nichts. Er hat mir nicht wehgetan." Ich hielt eine zitternde Hand hoch. "Mir geht es gut. Er ist über meinen Balkon entkommen."

Jonas runzelte die Stirn. "Hat er sich wieder in eine Fledermaus verwandelt?"

Ich zuckte mit den Schultern. "Ich bin mir nicht sicher. Vielleicht."

Brody rannte dorthin, wo die Spritze hingefallen war. "Das ist nicht gut." Er flüchtete auf den Balkon und kam mit enttäuschten Augen wieder herein. "Es ist zu dunkel, um etwas zu sehen. Es gibt keine Spur von ihm."

Ich starrte meine vermeintlichen Retter an. "Was ist passiert?"

Jonas musterte mich immer noch, nicht überzeugt davon, dass ich in Ordnung war. Er hatte nicht Unrecht, aber ich durfte nicht zusammenbrechen.

Er hob sanft mein Kinn an. "Bist du sicher, dass es dir gut geht?"

Seine sanfte Berührung gab mir Kraft, und ich atmete beruhigend ein. "Das wird es. Erzählt mir, was mit Justice passiert ist."

Er ließ seine Hand fallen, und ich vermisste die Wärme seiner Berührung.

"Als wir zu den Ställen zurückkamen, stampfte und wieherte Equinox, der Pegasus von Justice, in seinem Stall. Ich habe ihn noch nie so etwas tun sehen. Normalerweise ist er ruhig und freundlich." Seine Augen verfinsterten sich. "Da haben wir Justice bewusstlos aufgefunden."

Ich keuchte und hielt mir den Mund zu. "Oh, nein. Ist er in Ordnung?"

"Wir wissen es nicht." Brody zuckte mit den Schultern. "Wir haben ihn direkt ins Krankenhaus gebracht."

Ich fuhr mir mit einer Hand durchs Haar. "Na toll. Das sind zwei Teammitglieder weniger." Ich ließ meinen Arm fallen. "Woher wusstet ihr, dass der Betrüger hier war?"

"Als wir im Krankenhaus ankamen, trafen wir auf Commander Wyland. Er sagte, er habe eine große Fledermaus gesehen, die zu deinem Zimmer geflogen und auf deinem Balkon gelandet sei", erklärte Jonas.

Ich blinzelte. "Fand mein Onkel es nicht seltsam, dass ein Vampir nachts in meinem Wohnheimzimmer war?"

Jonas und Brody sahen sich gegenseitig an.

"Daran haben wir gar nicht gedacht", gab Brody zu und schnupperte an der Spritze. "Es gibt keinen Geruch. Was ist das für ein Zeug?"

Ich schauderte und rieb mir die Arme. "Ich weiß es nicht, aber der Betrüger wollte es mir injizieren. Er hat irgendeine Art von Gedankenkontrolle angewendet."

"Du zitterst ja." Jonas streichelte meinen Rücken, und ich entspannte mich langsam.

"Also, was ist passiert, als er versucht hat, von dir Besitz zu ergreifen oder was auch immer?" fragte Brody.

"Ich habe mich in meinen Drachen verwandelt." Ich setzte ein verschlagenes Lächeln auf. "Ich glaube, ich habe ihn zu Tode erschreckt. Er rannte auf den Balkon, als ob der Teufel persönlich hinter ihm her wäre. Ich schwang meinen Schwanz und traf seine Hand. Ich hörte ein Knacken, und da ließ er die Spritze fallen."

Jonas rieb sich das Kinn. "Ich frage mich, ob du ihm die Hand gebrochen hast."

"Vielleicht. Er hielt sein Handgelenk dicht am Körper, als er floh."

In Brodys Augen funkelte die Aufregung. "Wenn jemand eine gebrochene Hand oder ein gebrochenes Handgelenk hat, wissen wir, dass er der Spion ist."

"Ich weiß es nicht", konterte Jonas. "Wenn er ein mächtiger Fae ist, kann er die Verletzung mit Glamour verbergen."

Brody schaute finster drein. "Du glaubst, er kann sich selbst heilen?"

"Ganz und gar nicht. Sein Handgelenk wäre immer noch gebrochen, aber er könnte uns weismachen, dass es völlig in Ordnung ist."

Ich dachte darüber nach. "Was, wenn er versucht hat, sein Handgelenk für etwas zu benutzen?"

"Es würde davon abhängen, wie gut er seinen Glamour kontrollieren kann. Wenn er wirklich gut ist, könnte er uns glauben lassen, dass er die Aufgabe erfüllt hat. Wenn nicht, könnte sich die Geschichte anders entwickeln."

"Nun, das ist ein Anfang", stellte ich fest.

Brody hob die Spritze hoch. "Wir sollten das sofort zu Dr. Gould bringen."

Ich strich mit den Händen über meinen Körper. "Ah, macht es euch etwas aus, wenn ich mich zuerst anziehe, Leute? Ich habe wirklich keine Lust, in meinem Morgenmantel und ohne Hausschuhe durch den kalten Wind zu rennen."

Brody errötete und senkte den Kopf. "Ja, natürlich."

Jonas brach in Gelächter aus, und Brody warf ihm einen finsteren Blick zu.

Ich verschwand in meinem Badezimmer und betrachtete mein Spiegelbild. Meine Haare standen in alle Richtungen ab. "Toll. Ich sehe aus wie ein blonder Bozo der Clown." Ich schnappte mir einen Kamm und biss die Zähne zusammen, als das Werkzeug einen Kampf mit meinem Haarwirrwarr führte.

Nachdem ich den Krieg gewonnen hatte, zog ich mir Unterwäsche, ein Sweatshirt und ein Paar Jeans an. Ich schnappte mir eine Tube rosa Lipgloss und strich ihn auf meine Lippen. Sie waren noch nie so trocken gewesen. Vielleicht lag es daran, dass ich so hoch geflogen war. Ich dachte, meine Drachenhülle würde sie schützen, aber das war wohl nicht der Fall.

Ich trat aus dem Badezimmer, bereit, Dr. Gould zu sehen.

Jonas ließ seinen Blick über mich gleiten. "Mann, wenn du aufräumst, räumst du gut auf."

Brody starrte ihn an, aber Jonas schien das nicht zu interessieren.

"Leute, wir haben ein anderes Problem."

Die beiden sahen sich gegenseitig an und dann mich. "Was?"

"Dieser Hochstapler, Justice. Er wusste von Moon."

"Was meinst du?" fragte Jonas in langgezogenen Worten.

Ich erzählte ihnen, was der Betrüger über Moon und Maggie gesagt hatte.

"Scheiße." Jonas schlug sich auf den Oberschenkel. "Wir sind total am Arsch."

"Das heißt, Sektor Neun weiß von Moon." Brody rieb sich das Gesicht. "Er ist so gut wie tot."

"Das bedeutet auch, dass wir nicht wissen, ob Moon die Wahrheit sagt", sagte ich.

Jonas' Kiefer verkrampfte sich. "Was sollen wir tun?"

"Wir müssen ruhig bleiben und beobachten. Ich denke, die erste Person, mit der wir das besprechen müssen, ist die Justice. Mit dem echten. Vielleicht weiß er etwas." Ich schnappte mir meinen Bogen und Köcher und öffnete meine Schlafzimmertür. Ich deutete auf Brodys Hand. "Vorher müssen wir die Spritze zu Dr. Gould bringen. Vielleicht kann das Labor herausfinden, was genau da drin ist, das Kog in ein rasendes Monster verwandelt hat."

13

Wir nahmen den Aufzug nach oben, um Dr. Gould zu sehen. Glücklicherweise trafen wir ihn, kurz bevor er sein Büro betrat.

Überraschung blitzte in seinem Gesicht auf, bevor seine Augen müde wurden. "Was bringt euch drei hierher? Es ist schon spät. Ihr solltet in die Cafeteria gehen, bevor sie schließt."

"Brody." Ich neigte den Kopf. "Zeig es ihm."

Brody hob die Spritze vorsichtig an.

"Lass es mich bitte sehen." Dr. Gould runzelte die Stirn, als er es untersuchte. "Woher habt ihr das?"

Ich erzählte ihm, was in meinem Wohnheimzimmer passiert war.

Er atmete heftig aus. "Ich hatte befürchtet, dass das passieren würde."

Ich zog die Stirn in Falten. "*Was* würde passieren?"

"Der Spion ist auf dich gerichtet, Chelby." Er hob die Spritze hoch.

"Das beweist es. Ich glaube nicht mehr, dass es für dich sicher ist, allein in deinem Wohnheimzimmer zu bleiben."

Ich schaute finster drein. "Wo soll ich dann schlafen?"

"Bei mir, natürlich." Er sah Jonas und Brody an. "Ihr zwei helft ihr, ihre Sachen zusammenzusuchen und sie in mein Quartier zu bringen. Sie wird im Gästezimmer schlafen. In der Zwischenzeit werde ich Essen für euch bestellen. Ich bin sicher, ihr seid alle erschöpft." Er blickte auf die blaue Flüssigkeit. "Zuerst werde ich das in unser Labor bringen und sehen, was die Techniker daraus machen können."

Bei Dr. Gould bleiben? Ich war mir nicht sicher, ob mir das gefiel. Was, wenn Moon wieder versuchen würde, mich zu kontaktieren? Wie sollte ich ihm das erklären?

Wir fuhren schweigend mit dem Aufzug nach unten. Als er mein Stockwerk erreichte, stiegen wir drei aus. Nachdem sich die Türen geschlossen hatten, sah ich Jonas und Brody an.

"So hatte ich mir das nicht vorgestellt, als wir beschlossen, es dem Direktor zu sagen", brummte ich.

Jonas räusperte sich. "Ich weiß, dass du das nicht hören willst, aber es ist vielleicht sicherer."

Ich rollte mit den Augen. "Ich könnte die Tür abschließen."

Brody warf mir einen nervösen Blick zu. "Chelby, warum solltest du so ein Spielchen treiben wollen? Der Betrüger wollte dich mit dem blauen Zeug überfallen. Sieh dir an, was es mit Kog gemacht hat. Kannst du dir vorstellen, was es mit einem lila Drachen anstellen würde?"

Ich wollte mit ihm streiten, aber dann dachte ich daran, wie Kog einige der Ställe auseinandergenommen hatte. Er war außer

Kontrolle geraten, und ich war die Einzige, die ihn aufhalten konnte. Wenn ich ein Zombie-Drache würde, wer würde mich aufhalten? Dr. Gould? Alle sagten, ein violetter Drache sei die mächtigste Art. Könnte ein goldener Drache einen purpurnen Drachen besiegen?

Keiner von ihnen sagte ein Wort, aber sie beobachteten mich genau.

"Na gut. Ich bleibe bei Dr. Gould, aber das heißt nicht, dass ich es gut finden muss.'

Beide atmeten aus und begannen zu lächeln.

Ich lachte. "Wirklich, ihr zwei?"

Brody ergriff meine Hand und drückte sie sanft. "Was sollen wir sagen? Wir haben uns wirklich Sorgen um dich gemacht."

Jonas legte einen Arm um meine Schulter. "Wir wissen nicht, was wir tun sollen, wenn dir etwas passiert."

Ich lachte. "Okay. Ich hab's verstanden. Ich habe es verstanden." Ich schlang jeweils einen Arm um ihre Hüften. "Kommt schon. Helft mir packen, während ich vorübergehend, und ich meine vorübergehend, bei Dr. Gould einziehe."

Wir kehrten gut gelaunt in meinen Wohnheimzimmer zurück, aber tief im Inneren war ich traurig, mein rosa Zimmer zu verlassen. Dr. Gould und Commander Wyland hatten es für mich dekoriert, als ich zum ersten Mal hierher kam. Noch nie hatte jemand so etwas Nettes für mich getan. Ich betrachtete mein Wohnheimzimmer als mein Zuhause. Wieder einmal nahm mir Sektor Neun etwas weg, das ich liebte. Wann würde das mit ihnen enden?

Am nächsten Tag wachte ich in Dr. Goulds Gästezimmer auf. Die Sonne lugte kaum über den Berggipfel, der vom Fenster aus zu sehen war. Ich schaute auf die Uhr auf dem Nachttisch und stellte fest, dass es erst fünf Uhr morgens war. Mein kleiner ausgestopfter lila Drache Drago saß neben der Uhr. Ich ging nie ohne ihn aus dem Haus.

Ich suchte das Gästezimmer ab. Es war eindeutig männlich, ohne eine Spur von Rosa. Ich starrte auf das Fenster und fragte mich, ob der Betrüger wieder in mein Zimmer eingebrochen war. Ich fühlte mich so geschändet.

Mein Telefon klingelte.

Ich nahm es von meiner Kommode und las den Text.

> **Sei vorsichtig. Der Feind versteckt sich im Verborgenen. Du hast Freunde, die wissen, wer echt und wer falsch ist. - Moon**

Was hatte *das* zu bedeuten? Die größere Frage war, ob Moon die Wahrheit gesagt hatte. War das Hicks oder jemand, der sich für ihn ausgab? Wenn ich nur mit Moon Kontakt aufnehmen könnte, könnte ich ihn etwas Persönliches fragen, das nur Hicks wissen würde. Leider wusste ich nicht viel über Hicks, außer dass er ein guter Soldat war.

Ich kannte aber jemanden, der das tat. Maggie. Ich war mir nicht sicher, ob wir ihr von Moon erzählen sollten. Sie war in letzter Zeit so wütend auf uns. Sie könnte etwas sagen oder tun, was uns oder unseren Informanten gefährden würde.

Ich dachte daran, was der Betrüger über Moon gesagt hatte. Vielleicht könnte ich unseren mysteriösen SMS-Schreiber dazu bringen, mir zu vertrauen. Ich setzte mich auf und verfasste eine Nachricht.

Sie wissen über dich Bescheid.

Senden fehlgeschlagen.

"Verdammt", murmelte ich. Er war in Gefahr, und es gab keine Möglichkeit, ihn zu warnen.

Es musste einen Weg geben, mit ihm in Kontakt zu treten, und alle Wege führten zurück zum Büro meines Pflegevaters. Ich *musste* meinen Glamour beherrschen.

Ich kletterte aus dem Bett und holte das Bild von Zendaya in dem schwarzen Taftkleid aus meinem Rucksack. Mein Onkel sagte, wenn ich mich in einen Drachen verwandelte, würde mein Glamour mächtig werden. Nun, ich hatte mich gestern zweimal verwandelt. Vielleicht könnte ich jetzt mehr tun, als nur meine Haare zu verändern.

"Das wird nichts", murmelte ich.

Ich starrte auf das Foto, studierte Zendayas Grinsen, das Funkeln in ihren haselnussbraunen Augen, den schmalen Bogen ihrer Augenbrauen und die Farbe ihres Kleides.

Ich schloss meine Augen. *Drache, hilf mir.*

Seltsame Empfindungen wirbelten in meinem Kopf herum. Irgendetwas war passiert. Langsam öffnete ich die Augen und eilte ins Bad.

Mir blieb der Mund offenstehen. Ich konnte es nicht glauben. Mein Onkel hatte recht gehabt. Ich hatte sowohl die Farbe als auch die Frisur meiner Haare verändert. Sie sahen genauso aus wie die von Zendaya auf dem Bild.

Das war nicht das Einzige. Meine grünen Augen hatten sich in ihre haselnussbraunen verwandelt.

Ich klatschte vor Aufregung in die Hände.

Jemand klopfte an die Tür. "Chelby, bist du okay? Ich dachte, ich hätte dich schreien gehört."

Ich eilte zur Tür und riss sie für Dr. Gould auf. "Was denkst du?"

Er runzelte die Stirn. "Denken, woran mein Kind?"

"Meine Haare und meine Augen."

Er blinzelte. "Sie sehen gut aus. Warum?"

"Was?" Ich rannte zurück in mein Zimmer, um mein Spiegelbild zu betrachten. Ich war zu meinem normalen Ich zurückgekehrt.

Dr. Gould folgte mir. "Ist irgendetwas nicht in Ordnung?"

Ich ließ die Schultern hängen. "Ja. Ich habe versucht, meinen Glamour zu benutzen, um wie Zendaya auszusehen."

Er runzelte die Stirn. "Wer?"

Ich schob mich an ihm vorbei und schnappte mir Zendayas Bild von meinem Bett. "Sie. Commander Wyland hat Jonas und mich Filmstars aussuchen lassen, nach denen wir unseren Glamour gestalten sollen. Unser großer Test ist es, unser Team zu täuschen."

Er grinste. "Nicht nur, um wie sie auszusehen, sondern auch, um es zu erhalten. Du bist eine große Fae und ein lila Drache. Ich glaube, du wirst das mit der Zeit meistern. Wahrscheinlich doppelt so schnell wie Jonas."

"Danke für dein Vertrauen in mich, aber Jonas ist selbst mächtig."

Er zuckte mit den Schultern. "Ja, aber er hat nur eine Blutlinie", sagte er und winkte mir, ihm zu folgen. "Das Frühstück ist fertig."

Ich blieb hartnäckig stehen, wo ich war. "Ich esse nicht mit meinem Team?"

Er schüttelte den Kopf. "Es tut mir leid, aber nicht jetzt. Nicht bevor wir den Spion aufgespürt haben. Es ist zu gefährlich."

Widerstrebend folgte ich ihm aus meinem Zimmer. Wenigstens war ich nicht in diesem blöden Therapiezentrum eingesperrt. Er führte mich in den Speisesaal, wo Blaubeerpfannkuchen, knuspriger Speck und Rührei auf mich warteten.

Ich lächelte den Direktor an. "Du hast mir mein Lieblingsessen gemacht."

Er schenkte mir eine Tasse Kaffee ein. "Ich weiß, dass du nicht hierbleiben wolltest, also dachte ich, ich mache dir zum Trost etwas zu essen."

Schuldgefühle durchzuckten mein Herz. Hatte er gehört, wie ich mich bei Jonas und Brody ausgeheult hatte? Gott, ich habe mich wirklich wie eine dumme Kuh benommen.

Ich senkte meinen Kopf. "Es tut mir leid. Ich wollte deine Gefühle nicht verletzen."

Er lächelte, als er mir einen Teller mit Blaubeerpfannkuchen und drei Scheiben Speck servierte. "Das hast du nicht."

"Danke." Ich schnupperte. "Es riecht köstlich."

"Ich wollte mit dir über den heutigen Tag sprechen."

Mein Lächeln verschwand. "Du wirst mir doch nicht sagen, dass ich ins Therapiezentrum zurückkehren muss, oder?"

"Nein." Er nahm einen Schluck Kaffee. "Zumindest noch nicht."

Plötzlich spielten die Pfannkuchen keine Rolle mehr. "Ich habe nichts falsch gemacht."

Er stellte seine Tasse ab. "Du hast recht. Das hast du nicht. Aber ich kann nicht noch ein Familienmitglied verlieren. Ich habe bereits einen Sohn verloren, und vielleicht verliere ich auch den anderen. Ich kann nicht riskieren, auch dich zu verlieren."

"Dr. Gould. Großvater..."

Er drückte meine Hand. "Ich habe schon eine Weile darauf gewartet, dass du mich so nennst."

Ich neigte den Kopf. "Ich wusste nicht, ob du das willst, weil du der Chef bist."

"Nichts macht mich stolzer, als dich als meine Enkelin zu haben. Glaube nie, dass es mich wütend macht, wenn du mich vor den Rekruten Opa nennst."

"Wirklich? Das wusste ich gar nicht. Ich nenne meinen Onkel vor den anderen immer noch Commander Wyland."

Der Direktor schnitt in seine Pfannkuchen. "Das ist wahr." Er klopfte mit der Gabel auf seinen Teller. "Vielleicht sollten wir das Geheimnis noch ein bisschen länger für uns behalten. Ich will nicht, dass irgendein Genie dich entführt und versucht, dich freizupressen."

"Das ist nicht sehr beruhigend." Ich knabberte an einem Stück Speck.

"Das werde ich nicht zulassen. Und nun zu deinem Training. Ich werde dich nach jedem Training abholen, um sicherzugehen, dass du in Sicherheit bist."

Ich verschluckte mich an einem Stück Speck, und Tränen glitzerten in meinen Augen. "Was?" Das ist demütigend.

"Es wird nicht für immer sein." Er zeigte mit seinem Messer auf meinen Teller. "Iss auf."

Ich zwang mich, die Pfannkuchen aufzuessen, die mir schwer im Magen lagen. Wenn ich mich beschwerte, konnte ich eingesperrt werden. Dr. Gould war fest entschlossen, dafür zu sorgen, dass ich in Sicherheit war. Es war schön zu wissen, dass er sich sorgte, aber das war erdrückend. Oder wusste er etwas, das er mir nicht sagen wollte?

Nach dem Frühstück duschte ich und zog meine Uniform an. Ich schnappte mir meinen Rucksack und traf Dr. Gould auf dem Flur.

"Bereit?" fragte er, während er mich musterte.

Ich nickte, und er begleitete mich zu Sergeant Daniels' Klasse. Nur Jonas, Brody und Maggie waren dort, da Justice und Kog noch im Krankenhaus waren.

Dr. Gould wies auf den Ork-Ausbilder. "Sergeant Daniels, kann ich Sie einen Moment sprechen?"

Sie verbeugte sich leicht. "Ja, natürlich, Dr. Gould."

Sie traten aus dem Klassenzimmer.

Brody senkte seine Stimme. "Warum hat Dr. Gould dich zum Unterricht begleitet?"

"Er macht sich Sorgen um dich, hm?" fügte Jonas hinzu.

Maggie sah uns an. "Warum ist er besorgt?"

Jonas verschränkte die Arme. "Die Schweigsame spricht also."

"Jonas, hör auf." Ich sah ihn böse an.

"Nein, er hat recht. Ich habe mich wie eine Schlampe benommen. Mein Kummer war ... alles verzehrend. Ich war so wütend wegen Hicks, dass ich nicht mehr klar sehen konnte." Sie biss sich auf die Lippe. "Ich muss dir für gestern danken, Chelby. Du hast nicht nur mich gerettet. Du hast Goldie gerettet." Tränen glitzerten in ihren

Augen, und sie legte eine Hand auf ihre Brust. "Du weißt nicht, wie viel mir das bedeutet hat."

"Warum hat er dich überhaupt angegriffen?" fragte Brody.

Sie zuckte mit den Schultern. "Ich weiß es nicht. Wir waren bei den Ställen, und er schrie auf, fiel auf die Knie und hielt sich die Ohren zu, als ob er Schmerzen hätte. Dann ist er durchgedreht."

Jonas rieb sich das Kinn. "Ist sonst noch etwas passiert? Erinnerst du dich an irgendetwas?"

Sie runzelte die Stirn. "Da war eine Sache. Ich habe mir nicht viel dabei gedacht, aber Lionheart wollte nicht in seine Nähe gehen."

"Das liegt daran, dass er ein wütendes Monster war", schlug Brody vor.

Sie schüttelte den Kopf. "Nein, es fing schon vorher an. Lionheart hat ihn gebissen, als er sich seinem Stall näherte."

Meine Augen weiteten sich. "Das ist seltsam. Das hat er noch nie gemacht."

Maggie nickte. "Ich weiß. Es ist, als hätte Lionheart etwas an Kog gespürt, das ihm nicht gefiel."

Ich dachte an das glitzernde blaue Zeug, das durch seine Adern floss. Was war da drin?

14

TICK...TACK...TICK...TACK...

Die Uhr im Klassenzimmer passte zum Pochen meines Herzens. Ich starrte auf die geschlossene Tür und fragte mich, was Dr. Gould Sergeant Daniels auf dem Flur erzählte.

Schließlich kam der Sergeant zurück und sah mich an. "Chelby, du wirst nach dem Unterricht hier warten, bis Dr. Gould eintrifft, um dich zu Commander Wylands Sitzung zu begleiten.

Ich nickte. Das wusste ich.

Doch das Zittern in ihrer Stimme ließ mich fragen, ob noch etwas anderes vor sich ging.

"Jetzt fangen wir an, dieses Team wieder aufzubauen. Lasst uns beginnen." Sie öffnete eine Schublade ihres Schreibtisches und holte vier Blätter Papier und vier Bleistifte heraus. "Da wir so eine kleine Gruppe sind, dachte ich, wir spielen zwei Wahrheiten und eine Lüge. Ich weiß, dass ihr gemeinsam an einer Mission gearbeitet habt, aber wie gut kennt ihr euch wirklich?"

Wir sahen uns gegenseitig an. Mir fiel auf, dass ich wirklich nicht viel über sie persönlich wusste. Ich liebte es, Spiele zu spielen, und wollte ihnen unbedingt etwas vormachen. Aber ich musste zugeben, dass ich mehr daran interessiert war, etwas über sie zu erfahren.

Sergeant Daniels sah uns einen Moment lang beim Kritzeln zu. "Also, hat jeder zwei Wahrheiten und eine Lüge aufgeschrieben?"

"Ja", sagten wir im Chor.

"Gut. Gebt eure Blätter ab, und ich werde sie lesen." Sie sah sie durch. "Ich fange mit Chelby an. Ich werde die drei Aussagen vorlesen, und ihr stimmt für die, die ihr für eine Lüge haltet. Habt ihr verstanden?"

Drei Nickende bejahten.

"Nummer eins: 'Ich war in der High School in Leichtathletik eingeschrieben.' Zweitens: 'Ich bin noch nie geküsst worden.' Und drittens: 'Ich bin mit einem Bungee-Sprung von der Royal Gorge Bridge gesprungen.'"

"Das ist viel zu einfach", murmelte Jonas.

"Okay, wie viele von euch glauben, dass Nummer eins eine Lüge ist?" fragte Sergeant Daniels.

Keiner hob die Hand.

"Nummer zwei?"

Alle hoben die Hände in die Luft.

Sergeant Daniels lächelte mich an. "Nun, Chelby? Welche davon ist die Lüge?"

"Erstens. Ich war nicht in Leichtathletik eingeschrieben. Es war in Gymnastik."

Jonas' und Brodys Augen weiteten sich, und Maggies Mundwinkel gingen nach unten.

Hitze schwoll über meine Wangen. "Was soll ich sagen? Ich war ein Wildfang und hatte nie einen Freund."

"Interessant." Jonas rieb sich das Kinn. Etwas in seiner sanften Stimme ließ mir einen Schauer über den Rücken laufen.

"Hattest du schon mal ein Date?", fragte Brody. Er konnte das Erstaunen in seiner Stimme nicht verbergen. Ich vergaß immer wieder, dass er mich noch nie gesehen hatte, bevor mein Glamour entfernt wurde.

"Nein." Ich zuckte in meinem Stuhl zusammen und wechselte sofort das Thema. "Wer ist der Nächste?"

Sergeant Daniels nahm einen weiteren Zettel. "Jetzt nehmen wir uns Jonas vor."

Sie räusperte sich. "Erstens: 'Ich habe ein Buch mit Gedichten geschrieben.' Zweitens: 'Ich habe ein Ölgemälde von meiner Mutter gemalt.' Drittens: 'Ich habe einen Kräutergarten am Fenster in meinem Zimmer.'"

Ich starrte Jonas an und merkte, wie wenig ich über ihn wusste. Jeder seiner Vorschläge hatte einen künstlerischen Aspekt. Das hätte ich in einer Million Jahren nicht vermutet.

Sergeant Daniels sah sich erwartungsvoll um. "Zeit zum Abstimmen. Wie viele denken, dass es eins ist?"

Brodys Hand schoss nach oben. Jonas verzog keine Miene.

"Nummer zwei?", fragte der Sergeant.

Ich dachte, er hätte vielleicht ein Bild von seiner Mutter gemalt, als er ein kleines Kind war. Aber Maggie hob ihre Hand.

"Nummer drei?"

Bei der letzten Frage hob ich meine Hand. Von all den Möglichkeiten konnte ich mir Jonas nicht als Gärtner vorstellen.

Der Sergeant schaute Jonas an. "Und die Lüge ist?"

"Das Erste. Ich bin kein Dichter", gab er zu.

Brody kicherte. "Das habe ich mir gedacht."

Ich schaute Jonas neugierig an. "Du hast einen Kräutergarten in deinem Zimmer? Wirklich?"

"Er gehörte meiner Mutter. Mein Vater erlaubte mir, ihn mitzunehmen, als ich zum PSK kam. Neben dem Bild, das ich gemalt habe, ist es eines der einzigen Dinge, die ich von ihr habe."

"Was meinst du?", fragte Maggie. "Es hört sich so an, als ob du ihr sehr nahe stehst."

"Nein, tue ich nicht. Ich habe sie eigentlich nie getroffen." Er holte tief Luft, als wolle er sich beruhigen. "Meine Mutter ist bei meiner Geburt gestorben."

Traurigkeit füllte Maggies Augen, und das neckische Lächeln verschwand aus Brodys Gesicht.

Ich fühlte mich schrecklich für Jonas. Wenigstens hatte ich Erinnerungen an meine Mutter, wenn auch nur in Träumen und Visionen. "Es tut mir so leid."

Jonas würdigte mich keines Blickes, und ich vermutete, dass er sich bemühte, stoisch zu bleiben. Er schnipste mit den Fingern. "Nimm dir Brody als Nächsten vor."

Als wir fertig waren, fand ich heraus, dass Brody Angst vor Schlangen und dass er in der Schule Schwierigkeiten beim Lesen hatte. Er hatte eine Lernschwäche und musste doppelt so hart arbeiten wie die anderen Kinder. Von Maggie erfuhr ich, dass sie gerne backt, dass ihre Spezialität Muffins sind und dass sie den Ozean noch nie gesehen hatte, bis wir ihn überflogen hatten, als wir nach Schottland waren.

Nachdem wir unsere letzte Übung beendet hatten, betrat Dr. Gould das Klassenzimmer.

Sergeant Daniels lächelte. "Sie kommen genau zur richtigen Zeit." Sie sah uns alle an. "Wir sehen uns dann morgen."

Brody und Maggie gingen zu ihren eigenen Sitzungen, während Dr. Gould Jonas und mich in das Klassenzimmer meines Onkels begleitete.

"Dr. Gould, wie geht es Kog und Justice?", fragte Jonas.

Das Gesicht des Direktors wurde ernst. "Leider ist Kog in ein Koma gefallen, wie mein Sohn. Er ist nicht ansprechbar. Wir wissen noch nichts über Justice. Die Ärzte meinen, er kämpft darum, aufzuwachen."

Es war nicht das, was ich hören wollte, aber es gab einen Hoffnungsschimmer bei Justice. "Können wir sie sehen?"

"Ich weiß es nicht", antwortete er. "Sie sind beide in einem kritischen Zustand. Ich bin mir nicht sicher, ob die Ärzte zu diesem Zeitpunkt Besuch zulassen würden."

"Bitte", flehte ich. "Sie sind wie eine Familie für uns."

Seine Gesichtszüge entspannten sich, und er schenkte mir ein müdes Lächeln. "Ich werde sehen, was ich tun kann."

Mein Onkel wartete wie immer vor seiner Tür auf uns. "Guten Morgen. Ich habe gehört, dass ihr beide gestern einen ereignisreichen Tag hattet."

Dr. Gould runzelte die Stirn. "Seltsam, dass du während des ganzen Aufruhrs abwesend warst. Ich hätte gedacht, dass du da sein willst, um sicherzustellen, dass es Chelby gut geht."

Mein Magen zog sich zusammen. Selbst Dr. Gould fand, dass mein Onkel sich seltsam verhielt.

"Ich ... äh ... hatte einen Kurs", stammelte der Commander.

Ich warf einen Blick auf Jonas, der nicht neugierig auf den Austausch zwischen meinem Onkel und meinem Großvater zu sein schien.

Ich aber schon.

"Ich bin wieder hier, sobald deine Trainingseinheit vorbei ist, Chelby."

Dr. Gould sah nicht mich an. Er starrte meinen Onkel an.

Commander Wyland runzelte die Stirn, stellte die Aussage des Direktors aber nicht in Frage. Man sollte meinen, er würde es tun.

Dr. Gould zwinkerte mir zu, als er ging. Ich schenkte ihm ein unbehagliches Lächeln. Eines war sicher. Ich war froh, dass Jonas mit mir in dieser Klasse war.

Mein Onkel setzte sich auf den Stuhl vor seinem Schreibtisch und sah uns an. "Habt ihr eure Fotos dabei?"

"Habe ich", bestätigte ich, während ich Zendayas Foto aus meinem Rucksack holte.

"Ich auch." Jonas schwenkte das Foto von Tom Holland wie eine Fahne.

"Gut. Hast du gestern Abend den Einsatz deines Zaubers geübt?"

Jonas warf ihm einen seltsamen Blick zu. "Du hast doch gehört, was gestern mit Kog passiert ist, oder? Das war nicht gerade eine Nacht, in der man ganz normal Hausaufgaben machen konnte."

Mein Onkel räusperte sich. "Ja, natürlich."

"Ich habe heute Morgen geübt."

Jonas' Augen weiteten sich. "Hast du?"

"Ja. Ich wollte sehen, ob mir die Verwandlung bei meinem Glamour geholfen hat."

"Und hat sie es getan?", fragte er.

"Ja, hat sie. Ich konnte den Zauber aber nicht lange aufrechterhalten."

In den Augen meines Onkels flackerte Eifer auf. "Zeig es uns."

Irgendetwas an seiner Stimme kam mir seltsam vor. Sie erinnerte mich an einen Tyrannen, der jemanden herausfordert, etwas zu tun, von dem er weiß, dass es falsch ist.

Ich sah Jonas an, aber er beobachtete mich. Fand er das alles nicht ungewöhnlich?

"Mach weiter", drängte mein Onkel.

Ich starrte auf das Bild von Zendaya und zog meine Drachenkraft an, wie ich es vorhin in meinem Zimmer getan hatte.

Keine Empfindungen überkamen mich.

Nein, das ist zu gefährlich.

Ich erstarrte. Warum war mein Drache besorgt?

Komm schon, konterte ich.

Ich konzentrierte mich und versuchte, meine Kräfte zu mobilisieren, aber nichts geschah.

Kein einziges Kribbeln.

"Ich kann es nicht tun", murrte ich.

Mein Onkel musterte mich. "Versuchst du es überhaupt?"

Ich versteifte mich. "Ja, ich versuche es. Warum fragst du das überhaupt?" Ich konnte die Verärgerung in meinem Tonfall nicht verbergen.

"Weil es wichtig ist, dass du dich verwandelst, damit wir sehen können, wie mächtig du bist."

Jonas zog eine Augenbraue hoch. "Was meinst du mit 'wir'?"

Der Commander runzelte die Stirn. "Ich meinte natürlich das PSK. Wir müssen wissen, wie sie ihre Drachenkraft mit ihren Faefähigkeiten kombinieren kann."

Vielleicht interpretiere ich zu viel hinein, aber sein verzweifelter Tonfall gefiel mir nicht.

Er ergriff meine Hand und drückte sie fest. "Du musst es versuchen, Chelby."

Knack-knack-knack.

Schmerz schoss durch meine Finger, als ob er sie brechen wollte. "Au! Du tust mir weh. Lass mich los." Ich versuchte, mich loszureißen, aber sein Griff war wie Stahl.

"Du musst es versuchen, Chelby. Wir müssen wissen, wie mächtig du bist."

Klatsch!

Jonas schlug mit der Faust auf das Handgelenk meines Onkels. "Lassen Sie sie los."

Er ließ mich sofort los.

Ich seufzte erleichtert auf, schüttelte meine Hand und versuchte, das Blut wieder in meine Finger fließen zu lassen. Als die Durchblutung zurückkehrte, pulsierte der Schmerz durch meine Hand. Ich schwor, dass er versucht hatte, mir die Finger zu brechen. Warum würde er das tun wollen?

"Wie kannst du es wagen, mich zu schlagen!" Mein Onkel schoss von seinem Stuhl auf und warf ihn um. "Dafür lasse ich dich nachsitzen."

Jonas stand auf und ging auf Tuchfühlung mit ihm. "Du hast ihr wehgetan."

Ich stand auf und umklammerte Jonas' Arm. "Nein, nicht. Mir geht's gut."

"Ich habe versucht, sie dazu zu bringen, ihre Kräfte zu benutzen." Commander Wyland sah mich mit einem Blick an, der wie purer Hass aussah. "Sie versucht es nicht einmal." Abscheu triefte aus jedem seiner Worte.

Sein wütender Blick ließ mein Blut in Wallung geraten. Mein Onkel hatte mich noch nie so angeschaut.

Nicht in meinen Träumen.

Nicht als wir uns das erste Mal trafen.

Nein, *niemals*.

Ich schaute auf die Uhr und wünschte, Dr. Gould würde zurückkommen. Er würde aber erst in fünfundvierzig Minuten wiederkommen. In dieser Zeit konnte eine Menge passieren.

Ich zog an Jonas' Arm, um ihn dazu zu bringen, von meinem Onkel wegzugehen, aber er bewegte sich nicht.

Mein Onkel verengte seine Augen. "Du wirst gemeldet, Mr. Fox."

"Mach nur so weiter."

Mein Herz klopfte so heftig, dass ich dachte, es würde platzen.

Gott, sie waren kurz davor, sich zu prügeln. Was hatte Jonas vor? Er würde für immer in der Haftanstalt eingesperrt werden. Dr. Gould würde niemals einen körperlichen Angriff gegen einen Trainer zulassen.

"Jonas, bitte." Ich zog wieder an seinem Arm. "Halt dich zurück."

Jonas' Nasenlöcher blähten sich auf wie bei einem wütenden Stier. Glücklicherweise lehnte er sich zurück und setzte sich auf den Stuhl neben mich.

Mein Onkel kehrte an seinen Schreibtisch zurück, ohne Jonas aus den Augen zu lassen.

Die Tür öffnete sich, und zwei Wachen traten ein.

Mein Herz sank.

Einer von ihnen sah meinen Onkel an. "Commander, gibt es ein Problem?"

"Ja." Mein Onkel zeigte auf Jonas. "Mr. Fox hat mich angegriffen."

Die Wachen sahen sich gegenseitig an und warfen einen überraschten Blick auf den Commander, als ob sie wissen wollten, wo genau er verletzt war.

"Er hat dir nicht wehgetan", beharrte ich. "Er hat mich nur beschützt."

Dr. Gould betrat den Raum. "Was ist denn hier los? Ich habe einen Bericht erhalten, dass Commander Wyland angegriffen wurde."

Der Kommandant zeigte auf Jonas. "Er hat mich geschlagen und dann bedroht."

Jonas schnaubte, hielt aber seinen Mund.

Dr. Gould starrte meinen Onkel an. "Erzählen Sie mir genau, was passiert ist."

Commander Wyland hob seinen Arm. "Er hat mein Handgelenk zertrümmert."

"Das liegt daran, dass er meine Finger zerquetscht hat und nicht loslassen wollte", platzte ich heraus.

"Was?" Dr. Goulds Stimme wurde bedrohlich, und seine blauen Augen blitzten golden auf.

"Sie übertreibt." Mein Onkel schnippte mit den Fingern. "Ich habe ihr nicht wehgetan."

Dr. Gould schob sich an meinem Onkel vorbei und sah mich an. "Lass mich deine Hand sehen."

Ich schaute zu Jonas, der nickte. Zögernd streckte ich meinen Arm aus. Der Schmerz strömte noch immer durch meine geschwollenen, purpurroten Finger.

Dr. Gould untersuchte mich vorsichtig. "Haben Sie das getan, Commander Wyland? Ihre Finger sind geschwollen. Es sieht so aus, als hättest du versucht, sie zu brechen. Ich wüsste gerne, warum."

Mein Onkel leckte sich über die Lippen. Ich hatte ihn noch nie so handeln sehen. Was war nur los mit ihm?

Der Direktor ließ meine Hand sinken. "Kommandant? Ich hätte gerne eine Antwort."

Auf der Stirn meines Onkels bildeten sich Schweißperlen. "Sie hat sich geweigert, ihren Glamour heraufzubeschwören, und ich habe versucht, ihre Aufmerksamkeit zu bekommen." Die Worte stolperten ihm aus dem Mund.

Mein Onkel war immer kühl und ruhig gewesen. Diese Seite von ihm hatte ich noch nie gesehen. Es war, als hätte er seine Persönlichkeit mit einem Schlag geändert.

Dr. Gould zog eine Augenbraue hoch. "Indem Sie sie foltern?" Er neigte den Kopf in Richtung meines Onkels.

Die beiden Wachen kamen ihm immer näher.

Plötzlich stürzte der Kommandant wie ein Linebacker zwischen sie und warf sie um, als er aus dem Raum stürzte.

Dr Gould zeigte auf ihn. "Schnappt ihn."

Die Wachen sprangen vom Boden auf und rannten hinter meinem Onkel her.

"Ihr beide bleibt hier", befahl Dr. Gould und folgte den Wachen aus dem Klassenzimmer.

Ohne ein weiteres Wort zu sagen, tauschten Jonas und ich einen Blick aus und stürmten durch die Türöffnung. Wir folgten Dr. Gould und den Wachen durch den Flur und auf die Treppe.

Mein Onkel rannte über den Hof in Richtung der Ställe.

Unbehagen ergriff mich und riss mich aus meinen Grübeleien. Was, wenn mein Onkel sich in die Zombie-Richtung entwickelte, wie Kog es getan hatte? Er bedeutete mir so viel. Ich durfte ihn nicht verlieren. "Was macht er da?", japste ich.

"Ich weiß es nicht", keuchte Jonas.

Eine Gruppe von Soldaten stand vor den Stalltüren und unterhielt sich, als ob sie sich um nichts auf der Welt kümmern würden.

Dr. Gould schrie: "Haltet ihn auf!"

Die Soldaten zuckten zusammen und stellten sich wie Verteidiger auf, bereit, den rennenden Halfback zu stoppen. Mein Onkel senkte seinen Kopf und pflügte durch sie hindurch wie durch Bowlingkegel.

Hat er Steroide genommen?

Wir bremsten hinter Dr. Gould ab und achteten darauf, ihm aus dem Weg zu gehen.

Er entdeckte uns trotzdem. Seine Augen verengten sich zu Schlitzen. "Ich habe euch gesagt, ihr sollt im Klassenzimmer bleiben", donnerte er.

"Er ist mein Onkel", beharrte ich hartnäckig.

Ein wütendes, verängstigtes Wiehern ertönte aus dem Inneren der Ställe. *Verdammt ... Eros.* Adrenalin schoss durch mich hindurch, und ich raste zur Tür.

Dr. Gould eilte hinter mir her. "Chelby, nein!"

Ich hörte nicht auf ihn. Eros war in Schwierigkeiten. Ich musste ihm helfen.

Nachdem ich hineingestürzt war, suchte ich die Ställe, den Gang und die Dachsparren nach meinem Onkel ab. Mehrere Pegasi waren in ihren Ställen, darunter auch Eros. Nichts schien fehl am Platz zu sein, und nichts stand Kopf, aber ich wusste, dass mein Onkel sich hier versteckte.

Dr. Gould biss die Zähne zusammen. "Chelby, komm wieder her."

Ich warf einen Blick über meine Schulter. Dr. Gould und die beiden Wachen standen in der Tür. Ich wusste nicht, wohin Jonas gegangen war. Vielleicht war er noch draußen, aber wie ich ihn kannte, hatte er einen Weg gefunden, Dr. Gould und die Wachen zu umgehen und sich in die Ställe zu schleichen.

BUMM - BUMM

Mein Herz schlug wie wild bei jedem Schritt, den ich machte. Vielleicht landete ich wegen dieses Ungehorsams im Gefängnis, aber ich wollte nicht, dass Eros *oder* mein Onkel verletzt wurden.

Das war nicht der Onkel, den ich kannte und liebte. Wie Kog schien er schreckliche Dinge zu tun, wie zum Beispiel zu versuchen, mir die Hand zu brechen, aber er war immer für mich da gewesen. Ich würde ihn jetzt nicht im Stich lassen.

Die Pegasi starrten mich an, als ich vorbeiging. Eros stieß gegen das Tor seines Stalls. Ich ging sofort hinüber, um mich zu vergewissern, dass mein Onkel sich nicht darin versteckte, aber zum Glück war er leer.

BUUUM!

Mein Herz schlug mir bis zum Hals, als etwas Großes gegen die Stallwand krachte, wie ein außer Kontrolle geratener Mac-Truck.

Die Pegasi wieherten entsetzt.

Ich wirbelte herum, in der Erwartung, das Schlimmste zu sehen. Aber es war niemand hinter mir.

AAAARRGGGH!

Jemand stieß einen markerschütternden Schrei aus. Ich rannte den Gang hinunter, meine Stiefel knirschten auf dem Heu.

Die pure Angst würgte mich so fest, dass ich dachte, ich würde ohnmächtig werden.

Ein weiterer Schrei erregte meine Aufmerksamkeit. Ich rannte weiter den Gang hinunter und nutzte meine Drachengeschwindigkeit.

"Chelby, nein!" Dr. Gould jagte hinter mir her wie ein wütender Gepard. "Du bist in Gefahr. Bleib stehen."

Ich ignorierte seine verzweifelte Stimme. Meine Arme und Beine pumpten, als ich auf die qualvollen, verängstigten Schreie zustürmte. Ich war immer in Gefahr. Das konnte mich jetzt nicht aufhalten. Jemand war in Schwierigkeiten und brauchte Hilfe.

Ich würde sie nicht im Stich lassen.

15

Ich keuchte und kam beim Anblick des grausigen Durcheinanders ins Schleudern. Ein zerbrochenes Tor zu einem Stall hing in den Angeln. Es war der Pegasus meines Onkels, Celestial. Er hatte sich in eine mörderische Bestie verwandelt.

Mein Onkel lag in einer Blutlache auf losem Heu.

Celestials Augen leuchteten vor Wut, als er quietschte und brüllte, sich aufbäumte und seine Vorderhufe wieder und wieder in Wylands Rippen rammte. Blut floss aus dem Maul meines Onkels und lief sein Kinn hinunter.

"Celestial, nein! Hör auf!", schrie ich.

Laufende Schritte waren hinter mir zu hören.

"Er wird ihn umbringen." Jonas schob sich an mir vorbei und eilte zu dem stampfenden Pegasus. Ich wusste nicht, dass er so schnell hierhergekommen war.

Jonas winkte mit den Armen. "Zurück, Celestial. Geh zurück."

Celestial schüttelte den Kopf, aber Jonas packte ihn an den Zügeln und zog ihn zurück. "Ruhig, Junge. Ruhig."

Ich fiel auf die Knie und konnte immer noch nicht begreifen, dass ein Pegasus meinen Onkel angegriffen und möglicherweise getötet hatte.

Dr. Gould stellte sich hinter mich und legte seine Hände auf meine Schultern. "Chelby, geht es dir gut?"

Ich nickte mürrisch. "Ja, mir geht's gut. Aber ihm nicht." Ich deutete auf das blutige Durcheinander.

Dr. Gould starrte sie an. "Sieh mal einer an. Was haben wir denn da?"

Mir blieb der Mund offen stehen. Ich konnte nicht glauben, was ich da sah. Das Aussehen meines Onkels begann sich zu verändern. Blondes Haar wurde schwarz und grüne Augen wurden braun. Seine Gesichtszüge wurden kantiger.

Ich sah Dr. Gould an. "Was ist passiert?"

Dr. Gould kniete neben dem verletzten Fae. "Das ist nicht dein Onkel, Chelby. Ich vermute, dass er entweder ein Attentäter oder ein Spion ist."

Als ich sah, wie er Blut spuckte, kannte meine Seele keine Gnade. Ich kniff die Augen zusammen. "Wer bist du? Wo ist mein Onkel?"

Er hustete noch mehr Blut. "Wir haben keine Wahl. Sie ... sie haben sie."

Ich runzelte die Stirn. "Haben wen?"

"Wo ist Commander Wyland?", verlangte Dr. Gould.

Der Fae verschluckte sich. "...haben ihn."

Angst machte sich in meinem Bauch breit. *Oh, Gott! Nicht schon wieder*. Ich hockte mich neben Dr. Gould. "Wer? Sektor Neun?"

"Ja", flüsterte der Fae, während Blut an seinem Kinn heruntertropfte.

"In Schottland?" Ich wollte ihn schütteln, aber er hat so viel Blut gehustet. Ich konnte es nicht ertragen, ihm noch mehr Schmerzen zu bereiten.

Er ergriff meine Hand. "Krankenhaus. Colorado Springs. Rettet ... die ... Prinzessin." Seine Augen glänzten, und sein Kopf drehte sich zur Seite.

Dr. Gould legte seine Handfläche auf das Gesicht des Mannes und schaute mich an. "Er ist kaum noch am Leben, Chelby."

Tränen der Frustration schwollen in meinen Augen an. Ich schloss meine Fäuste, wölbte meinen Rücken und stieß einen gequälten Schrei aus.

Jonas zerrte mich in seine Arme. "Chelby, es tut mir leid. Es tut mir leid wegen Commander Wyland."

Ich schlang meine Arme um seinen Hals und brach in Tränen aus.

Er streichelte meinen Rücken. "Wir werden ihn zurückholen. Ich verspreche es."

"Chelby", sagte Dr. Gould sanft. "Ich muss diesen Spion in ein Krankenhaus bringen. Wenn er das Bewusstsein wiedererlangt, können wir vielleicht herausfinden, was hier los ist."

Ich löste mich aus Jonas' tröstender Umarmung und stellte mich Dr. Gould gegenüber, wobei ich die Tränen wegblinzelte.

Dr. Gould legte den Kopf schief. "Wir wissen nicht, ob der Attentäter oder der Spion die Wahrheit gesagt hat. Commander

Wyland könnte noch im PSK sein. Ich werde das Gelände und den nahe gelegenen Wald weiträumig absuchen." Sein Blick wurde streng. "Ich möchte, dass du hier bei Jonas bleibst. Kannst du das für mich tun?"

Ich schniefte. "Ja, das werde ich. Ich verspreche es." Ich warf einen Blick auf die blutverschmierte Fae, die mich mit leblosen Augen anzustarren schien. "Warte. Was hat er mit der Prinzessin gemeint?"

Dr. Gould schüttelte den Kopf. "Ich bin mir nicht sicher. Wenn er ein Spion ist, muss er einer von König Ashs Leuten sein."

"Hat König Ash irgendwelche Kinder?"

"Nicht, dass ich wüsste." Dr. Gould sprach die Worte langsam aus. "Aber er hat eine Schwester. Ich habe nicht gehört, dass sie vermisst wird, aber ich werde Erkundigungen einziehen." Er schaute zwischen uns hin und her und deutete auf den Boden, um zu betonen. "Ihr zwei bleibt hier."

"Das werden wir", antwortete Jonas für mich.

"Gut." Dr. Gould hob die verletzte Fae auf, warf sie auf einen Pegasus und führte das geflügelte Pferd aus dem Stall.

Jonas legte einen Arm um meine Schulter. "Komm mit mir."

Ich ließ zu, dass er mich von dem blutverschmierten Boden wegmanövrierte. Mir wurde schlecht bei dem Gedanken, dass mein Onkel wieder von Sektor Neun gefangen genommen worden war. Wie oder wann, das wusste niemand.

Ein Gedanke schoss mir durch den Kopf, und ich blieb stehen.

"Jonas, warte."

Er sah finster drein und blickte über meinen Kopf hinweg. "Chelby, du willst doch nicht weiter auf dieses blutige Durcheinander starren."

"Nein, das ist es nicht. Ich hatte noch keine Gelegenheit, es dir zu sagen." Ich umklammerte seine Arme. "Moon hat mich heute Morgen kontaktiert."

Sein Stirnrunzeln verflüchtigte sich. "Hat er? Was hat er gesagt?"

"Verdammt noch mal. Mein Telefon liegt noch immer im Klassenzimmer des Commanders, aber ich erinnere mich an den Inhalt der Nachricht Wort für Wort, weil ich sie für seltsam hielt. Er schrieb: '*Sei vorsichtig. Der Feind versteckt sich im Verborgenen. Du hast Freunde, die wissen, wer echt und wer falsch ist.*'"

Jonas nickte in Richtung der Stelle, an der der Fae gelegen hatte. "Er meinte den Attentäter."

"Vielleicht, aber ich glaube, er hat immer von den Pegasi gesprochen."

Er sah mich an, als ob ich verrückt wäre. "Was?"

"Hört mir zu. Ich glaube, Moon wollte uns sagen, dass die Pegasi den Betrüger erschnüffeln können."

"Wie kommst du darauf?" Sein ungläubiger Ton wollte nur, dass ich ihm beweise, dass ich Recht hatte.

Meine Stimme wurde schneller, als die Erregung mich durchströmte. "Überleg doch mal. Bevor Kog sich in einen Zombie verwandelte, wollte Lionheart nicht in seine Nähe kommen. Ich glaube, er hat gespürt, dass da etwas nicht stimmt."

"Okay." Er verschränkte die Arme, als fiele es ihm immer noch schwer, diese Pille zu schlucken.

"Zweitens, schau, wie Goldie gestern reagiert hat. Sie hat Maggie beschützt, weil sie ihren Geruch erkannt hat."

Er rieb sich die Stirn. "Ich weiß nicht, Chelby. Ich glaube, das ist weit hergeholt."

Ich hielt drei Finger hoch. "Drittens. Sieh dir an, was Celestial mit diesem Fae gemacht hat. Ich schwöre dir, der Pegasus hat vor uns erkannt, dass das nicht mein Onkel ist."

"Vielleicht."

"Jonas, öffne deine Augen. Wir sind mit den Pegasi verbunden. Sie erkennen uns nicht nur am Geruch, sondern auch an etwas anderem. Ich weiß nicht, wie, aber sie erkennen uns. Moon wusste das. Das ist es, was er uns sagen wollte."

Schritte polterten auf uns zu. Maggie und Brody tauchten auf, atemlos.

Jonas schaute finster drein. "Was macht ihr zwei denn hier?"

"Dr. Gould hat uns geschickt", keuchte Brody. "Was ist hier los?"

Jonas legte den Kopf schief. "Das."

Brody ging den Gang hinunter und blieb vor dem blutigen Durcheinander auf dem Boden stehen. "Was zum Teufel ist passiert?"

Ich erzählte ihm die Kurzversion über den verzauberten Fae, der sich als mein Onkel ausgegeben, und wie Celestial dem Betrüger praktisch die Eingeweide zertreten hatte. Da fiel mir etwas ein, und ich holte tief Luft. "Jonas, hast du bemerkt, ob sein Handgelenk gebrochen ist?"

Er zog die Stirn in Falten, als wollte er mich fragen, warum, dann fiel ihm die Kinnlade herunter, als er es begriff. "Von dem Schlag mit deinem Schwanz", sagte er und hielt inne, um darüber nachzudenken. Seine Miene wurde unruhig, und ich wusste, was er sagen wollte, bevor er sprach. "Nein. Er war ziemlich ramponiert, aber ich glaube nicht, dass er ein gebrochenes Handgelenk hatte."

"Großartig. Das bedeutet, dass es wahrscheinlich mehr als einen Betrüger gibt. Wir müssen herausfinden, wer wer ist.'

Maggie runzelte die Stirn. "Wie sollen wir das anstellen?"

"Chelby hat da eine Theorie." Jonas' Vertrauensvorschuss war bestenfalls minimal.

"Welche?" fragte Brody.

"Ja, lass hören", mischte sich Maggie ein.

Ich sah die Jungs an. "Wir müssen ihr von Moon erzählen."

Maggie blinzelte. "Wer ist Moon?"

Jonas murmelte: "Nein. Brody klappte seinen Mund zusammen und schüttelte den Kopf, als wollte er mir sagen, dass ich meine Klappe halten sollte.

"Wenn wir wollen, dass dieses Team wieder zusammenwächst, dürfen wir keine Geheimnisse haben."

Maggie verschränkte die Arme. "Wovon redest du?" Die Schärfe in ihrer Stimme kehrte zurück.

Ich atmete tief durch und rekapitulierte alles, was mit Moon zu tun hatte.

Nach einem kurzen Moment sagte Maggie: "Ihr glaubt alle, dass dieser Moon der wiedergeborene Hicks ist?" Ihr ungläubiger Ton warnte vor einer bevorstehenden Explosion.

"Das wissen wir nicht", beeilte sich Jonas zu sagen. "Justice hat in der Bibliothek diese obskure Passage gefunden, dass ein Wolfswandler, der nicht richtig begraben wird, als Vampir zurückkommt. Das ist nur eine Theorie, Maggie. Wir wissen nicht wirklich, wer Moon ist und ob wir ihm überhaupt trauen können."

"Aber alles, was er uns gesagt hat, ist wahr", fügte ich hinzu. "Wir klammern uns an Strohhalme."

"Das ist ein Ammenmärchen. Ihr Idioten habt es wohl tatsächlich geglaubt." Maggie starrte uns an, als wolle sie unsere Köpfe zusammenschlagen.

"Dann ist da noch das glitzernde blaue Zeug", warf Brody ein. "Wir haben keine Ahnung, was das ist."

Sie runzelte die Stirn. "Glitzerndes blaues Zeug? Du meinst das aus dem geheimen Labor in Schottland, nicht wahr?"

Ich wollte nicht fragen, aber ich musste es. "Maggie, haben sie dir etwas davon injiziert?"

"Nein. Zumindest glaube ich das nicht."

Ich seufzte vor Erleichterung.

"Ich erinnere mich aber an etwas. Da kam so ein Typ rein, ich glaube, er war ein Hypnotiseur oder so."

"Was soll das heißen?", fragte ich.

Ein seltsamer, distanzierter Blick trat in ihre Augen. "Er hatte diese Goldmünze an einer Schnur, und er wollte, dass ich ... etwas ... dem Team etwas antue. Aber ich kann mich nicht mehr erinnern, was." Sie blinzelte. "Es ist alles so verschwommen."

Jonas starrte sie an. "Wie wäre es, wenn er wollte, dass du wütend auf das Team bist, besonders auf Chelby?"

Ich warf ihm einen Blick zu. "Warum sagst du das?", fragte ich Maggie.

Sie schüttelte den Kopf und erschauderte. "Ich weiß es wirklich nicht."

"Das macht Sinn', beharrte Jonas. "Maggies Hass auf dich und das Team war überdeutlich. Es ist fast so, als wollten sie, dass sie..."

"Das Team auflösen", murmelte Maggie. Sie zuckte erneut zusammen und schrie auf. "Es tut weh!" Ihre Augen rollten zurück in den Kopf, und sie brach zusammen.

Brody fing sie auf, bevor sie zu Boden fiel. "Maggie. Maggie, wach auf", drängte er.

Ihre Lippen waren wie eingefroren, und ihre Augenlider blieben hartnäckig geschlossen.

"Sie ist bewusstlos", verkündete Brody. "Ich glaube, wir müssen sie ins Krankenhaus bringen."

Ich stellte mich vor Brody und versperrte ihm den Weg. "Können wir vorher bitte meine Theorie testen?"

Jonas sah irritiert aus. "Chelby, glaubst du wirklich, dass das im Moment wichtig ist?"

"Ja, glaube ich. Wir müssen wissen, wer wirklich sie selbst sind, und die Pegasi können das erkennen." Ich starrte Jonas an. "Angefangen bei dir."

Er war so gegen meine Theorie.

Was, wenn das daran lag, dass er der Betrüger war?

16

Ich wartete, bis sie sich entschieden hatten, aber ich wusste, dass ich Recht hatte, als ich sagte, dass die Pegasi die Betrüger erkennen würden. Ich musste wissen, wem ich vertrauen konnte. Das machte mich fertig.

Jonas seufzte. "Willst du wirklich, dass wir das tun?"

Ich streckte mein Kinn vor und stemmte die Hände in die Hüften.

"Gut." Jonas warf die Arme hoch. "Was sollen wir denn tun?"

Ich zeigte auf Eros. "Brody, geh bitte zu Eros' Stall. Ich möchte, dass du auf seinen Rücken kletterst, wie du es vorhin getan hast. Wenn er dich aufsteigen lässt, weiß ich, dass du der echte Brody bist."

"Das ist mir neu', murmelte er. "Lass mich sie zuerst hinlegen." Er lehnte Maggie sanft gegen das Tor in Goldies Stall. Der Pegasus neigte den Kopf, als wolle er Maggie wecken.

"Goldie zerbricht das Tor nicht, also denke ich, Maggie ist Maggie", erklärte ich.

"Vielleicht. Ich bin mir immer noch nicht sicher, ob das etwas beweist", brummte Jonas.

"Doch, das wird es." Ich lächelte Eros an und strich ihm über die Stirn. "Ich weiß, du wirst mich nicht enttäuschen."

Eros wieherte und nickte, als hätte er verstanden.

Brody zuckte mit den Schultern. "Okay. Ich bin dabei." Er schnappte sich einen grünen Apfel aus dem Jutesack, der neben Eros' Stall hing. Er öffnete das Tor und hielt die Leckerei in die Mitte seiner Handfläche. "Hey, Kumpel."

Eros schnaubte und knabberte an dem Apfel. Sein Schwanz zischte hin und her.

Brody streichelte seinen Nacken. "Gut, nicht wahr?"

Eros aß den Apfel auf.

"Darf ich einen Moment auf deinen Rücken steigen?"

Eros antwortete ihm nicht.

Brody muss das als ein Ja aufgefasst haben und schwang sein Bein über Eros' Rücken. Er saß aufrecht auf meinem Pegasus.

Ich ging auf sie zu. "Er ist Brody, hm?"

Eros schien nicht im Geringsten aufgeregt zu sein.

"Was soll das bedeuten?" Jonas sah beunruhigt aus. "Ich bin mir nicht sicher, ob das etwas beweist."

Ich öffnete den Stall von Zeus. "Jetzt du."

"Gut. Ich bin mir nicht sicher, ob das etwas beweist." Er ging zu Zeus, der ganz ruhig blieb, als Jonas auf seinen Rücken kletterte. Der Pegasus blieb still, als ob er auf Jonas' Kommando warten würde.

Ich nickte. "Nun, wir sind alle die, die wir sagen, dass wir sind. Keiner von uns ist ein Attentäter oder Spion. Die Pegasi hätten negativ reagiert."

"Wenn du das sagst." Jonas rutschte von Zeus herunter. "Und?"

Ich dachte darüber nach. "Wir brauchen ein Codewort."

Brody stieg von Eros ab und klopfte ihm auf den Rücken. "Danke, Großer", äußerte er. "Ich hab's verstanden. Wenn sich einer von uns seltsam verhält, sagen wir das Codewort, und wenn die Person nicht richtig antwortet, wissen wir, dass sie der Betrüger ist. Richtig?"

"Gut, das ist keine schlechte Idee", räumte Jonas ein. "Was soll es denn sein?"

Brody rieb sich den Nacken. "Es muss etwas sein, das man nicht erwarten würde. Etwas Seltsames."

Ich hielt eine Hand hoch. "Ich weiß, das ist kitschig, aber ich liebe *Captain America*. Wie wäre es also, wenn das Zitat lautet: 'Du bist zu spät', und die Antwort lautet: 'Ich konnte meinen Fahrer nicht anrufen.'?"

Brody grinste. "Du hast den Film auswendig gelernt?"

"Ich sagte doch, es ist mein Lieblingsfilm."

"Geht für mich in Ordnung." Brody schaute Jonas an. "Was ist mit dir?"

"Klar, warum nicht? Hoffentlich haben die Attentäter und Spione *Captain America* nicht gesehen."

Brody zog eine Augenbraue hoch. "Hast du ihn gesehen?"

"Ich habe ihn gesehen", betonte Jonas.

"Ach, wirklich?" Brody grinste. "Wer ist der Bösewicht in *Captain America: The First Avenger*?"

Jonas´ Augen funkelten. "Ich weiß, wer der Bösewicht ist."

Brody kniete nieder und hob Maggie hoch. "Okay. Wer ist es?"

Jonas rollte mit den Augen. "Das ist so dumm." Seine Wangen liefen knallrot an. Er war bereit, innerhalb von zwei Sekunden von peinlich berührt zu stinksauer zu werden.

Brody grinste. "Es ist in Ordnung, wenn du nicht weißt, wer es ist."

Ich gab ihm spielerisch einen Klaps auf den Arm. "Brody, hör auf. Ich will nicht, dass ihr zwei euch wegen Captain America streitet. Komm, lass uns Maggie ins Krankenhaus bringen. Vielleicht können wir mit Justice oder Kog reden."

"In Ordnung. Gehen wir dorthin? Im Freien sind wir leichte Beute."

"Nein." Ich öffnete Eros' Box und führte ihn hinaus. "Wir werden reiten." Ich legte meine Handfläche auf Jonas' breite Brust und spürte sein pochendes Herz. "Der Bösewicht in *Captain America: The First Avenger* ist der Red Skull."

Er zwinkerte mir zu, als er eine Hand auf meine legte. Er lehnte sich näher heran. "Dann werde ich ihn wohl anschauen müssen."

Ich befeuchtete meine Lippen und starrte in sein hübsches Gesicht. "Das ist ein toller Film."

Er senkte seinen Kopf, und sein warmer Atem strömte über mich. Mein Herzschlag beschleunigte sich. Oh, mein Gott! Wollte er mich küssen?

Brody räusperte sich. "Ich dachte, wir würden Maggie ins Krankenhaus bringen und dann mehr über die bösen Jungs herausfinden."

Jonas seufzte und zog sich zurück. "Ja, ich denke schon."

Ich stand da, errötete und fragte mich, warum ich so enttäuscht war, dass er mich nicht geküsst hatte.

Brody legte Maggies bewusstlosen Körper wieder in seine Arme. "Wen soll ich reiten? Ich glaube nicht, dass wir zu dritt auf den Eros passen."

Ich wurde aus den Gedanken gerissen, nicht geküsst worden zu sein. Jonas beobachtete mich mit einem wissenden Grinsen, und ich löste meinen Blick von ihm.

Goldie wieherte kläglich und drückte gegen ihr Tor.

Ich nickte ihr zu. "Reitet auf Goldie. Ich glaube, sie will sichergehen, dass es Maggie gut geht."

Brody sah sie unsicher an. "Bist du sicher? Ich will nicht so verprügelt werden wie dieser arme Fae-Hurensohn."

"Goldie ist wirklich sanft und wird dir nicht wehtun." Ich grinste. "Vor allem, weil du Maggie beschützt."

Jonas klopft Brody auf den Rücken. "Du hast doch keine Angst vor ihr, oder?"

Brody funkelte ihn an. "Halt die Klappe, Jonas."

Jonas zuckte nur mit den Schultern, als er Goldies Stall öffnete, und sie trat heraus. Der Pegasus trabte zu Brody hinüber und stupste Maggie an, die nicht reagierte.

"Ruhig, Mädchen." Brody warf ihr einen "Bitte-beiß-mich-nicht"-Blick zu. "Ich will ihr nur helfen."

Jonas grinste. "Mach dir keine Sorgen, Brody. Schwing dich auf ihren Rücken und pass auf, dass du Maggie nicht fallen lässt."

"Ha-ha." Brody grinste verächtlich, dann legte er Maggies bewusstlosen Körper behutsam auf den breiten Rücken des Pegasus. "Das wird nichts", murmelte er. Er schwang ein Bein hoch und hievte sich auf Goldie.

Goldie drehte ihren Kopf und wedelte mit dem Schwanz.

Brodys Augen weiteten sich. "Ich will nur Maggie ins Krankenhaus bringen."

Der Pegasus trabte aus den Stallungen, Eros und ich direkt hinter ihnen. Jonas schloss sich uns an.

Ich schaute zu Jonas und Brody. "Fertig?"

"Das wird Dr. Gould nicht gefallen", murmelte Jonas.

Bei der Vorstellung, Dr. Goulds Zorn zu begegnen, flatterten mir Schmetterlinge im Bauch, aber ich war fest entschlossen, Maggie zu retten. Ich hatte sie schon einmal im Stich gelassen. Ich würde es nicht noch einmal tun.

Ich straffte meine Schultern. "Das ist mir wirklich egal", erwiderte ich zu Jonas. "Wir müssen Maggie jetzt ins Krankenhaus bringen."

Ich stupste Eros sanft in die Seite. "Los geht´s, Kumpel."

Eros breitete seine Flügel aus und erhob sich in die Lüfte, gefolgt von Goldie und Zeus. Wir schwebten über den Hof in Richtung des Krankenhauses.

Leider stand Dr. Gould in der Mitte des Hofes und hatte die Hände in die Hüften gestemmt. Seinem finsteren Blick nach zu urteilen, hätte ich schwören können, dass ihm Dampf aus den Ohren schoss.

"Verdammt", murmelte ich. Jeden Moment würde mein Hintern

wieder ins Therapiezentrum geworfen werden. Oder noch schlimmer, in die Strafvollzugsanstalt.

Das spielte keine Rolle. Maggie war es wert.

Eros glitt in Richtung Krankenhaus und landete auf dem Rasen, während meine Begleiter ihm auf den Fersen waren. Ich rutschte von seinem Rücken.

Brody stieg vorsichtig von Goldie ab und achtete darauf, Maggie nicht zu verletzen. Er drückte sie an seine Brust, und wir rasten zur Notaufnahme des Krankenhauses.

Die Türen schoben sich weit auf.

Brody stürmte hinein, und Jonas eilte ihm nach. "Hey, jemand muss uns helfen. Sie braucht einen Arzt."

Hinter mir wimmerte etwas.

Goldie war uns gefolgt. Ich könnte schwören, dass sie Tränen in den Augen hatte.

"Du kannst da nicht reingehen." Ich streichelte ihre Stirn. "Es wird ihr gut gehen, Mädchen. Ich verspreche es."

Jonas sprang durch die Doppeltür zurück. "Chelby, komm schon."

"Bleib hier, Goldie." Der Pegasus neigte den Kopf.

Mit einem Kloß im Hals wandte ich mich von Goldie ab. Sie liebte Maggie wirklich.

Brody lief zu uns zurück.

Ich sah mich um. "Wo ist Maggie?"

Er streckte einen Daumen aus. "Sie legten sie auf eine Trage und brachten sie in die Notaufnahme."

"Gut." Ich seufzte und wischte meine verschwitzten Handflächen an meinem Rock ab. "Wir sollten versuchen, zu Justice zu gelangen."

Jonas sah an mir vorbei und wurde blass. "Oh, Scheiße."

Ich stöhnte. Ich wusste, wer hinter uns war, als ich mich langsam umdrehte.

Feuer loderte aus Dr. Goulds Augen. Er hatte drei Wachen hinter sich. "Habe ich eine fremde Sprache gesprochen, als ich euch allen sagte, ihr sollt in den Ställen bleiben, bis ich sage, dass es sicher ist?", forderte er.

Ich begegnete seinem wütenden Blick, während Jonas und Brody schwitzten. "Wir mussten Maggie ins Krankenhaus bringen", sagte ich ihm.

Er runzelte die Stirn. "Warum? Was ist passiert?"

Ich informierte ihn darüber, dass Maggie in Schottland hypnotisiert worden war.

Dr. Gould rieb sich das Gesicht. "Es scheint, als wäre Sektor Neun uns immer zwei Schritte voraus. Als ob sie Insider-Informationen hätten."

"Vielleicht ist der Spion schon eine Weile hier", schlug ich vor.

Dr. Gould blickte an die Decke. "Das ist beunruhigend. Leider wird er gerade operiert, und die Ärzte wissen nicht, ob er es schaffen wird."

"Das ist schrecklich", sagte ich.

"Stimmt. Aber das ist kein Grund für dich, meine Befehle zu missachten.

Ich biss mir auf die Lippe und wartete darauf, dass er den Wachen befahl, uns zu ergreifen.

Er schaute jeden von uns an und schüttelte den Kopf. "Ich nehme an, ihr wollt alle Justice sehen?"

Aufregung pulsierte in mir. "Wirklich?"

"Ja, er ist wach, aber ich glaube, drei Besucher auf einmal würden ihn überfordern. Er liegt immer noch auf der Intensivstation. Er ist schwach und ein wenig verwirrt, aber ich denke, ich kann einen Besucher für ihn arrangieren."

"Geh du, Chelby", bot Brody an. "Jonas und ich sind im Wartezimmer."

Dr. Gould und ich gingen zu einem offenen Aufzug, während Jonas und Brody im Wartezimmer Platz nahmen.

Der Direktor drückte einen Knopf. "Justice ist im siebten Stock."

"Wie geht es Kog?"

Der Aufzug rumpelte nach oben.

Dr. Gould verschränkte die Hände hinter dem Rücken. "Leider hat er das Bewusstsein noch nicht wiedererlangt. Du musst dich auf das Schlimmste gefasst machen, Chelby."

Ich keuchte. "Du sagst doch nicht etwa, dass Kog sterben könnte, oder?"

"Ich fürchte ja. Die Ärzte wissen nicht, wie sie ihn behandeln sollen."

"Was ist mit dem funkelnden blauen Zeug? Haben die Techniker herausgefunden, was da drin ist?"

"Sie haben zwei Inhaltsstoffe entdeckt. Großer violetter Nachtschatten und Traubenkraut. Beide stammen aus dem Frühlingshof."

"Ehrlich gesagt habe ich noch nie von ihnen gehört. Sind sie giftig?"

Die Türen schoben sich auf. Er führte mich betriebsamen Korridor entlang. "Nicht unbedingt giftig, aber in Kombination werden sie zu einer Droge, die stark genug ist, um Halluzinationen zu verursachen."

"Würde es sie in einen wütenden Zombie wie Kog verwandeln?"

"Nein, das glaube ich nicht. Ich fürchte, die dritte Zutat, die wir nicht identifizieren können, ist dafür verantwortlich. Den Technikern zufolge stammt sie weder von einem der Faehöfe noch aus der Menschenwelt." Sein niedergeschlagener Ton machte meine Hoffnungen zunichte.

Dann wurde mir klar, dass mich die Angst von Kopf bis Fuß überrannt hatte. Ich umklammerte seinen Arm. "Du meinst doch nicht, dass es aus der Schattendimension kommt, oder?"

Er blieb vor Zimmer vier-achtzehn stehen. "Doch, das meine ich. Und wenn wir nicht herausfinden, welche Pflanze sie benutzt haben und ein Gegenmittel finden, wird uns der arme Kog langsam entgleiten."

17

Ich betrat das Krankenzimmer von Justice und schnappte nach Luft. Wie das meines Vaters war es eher ein Spa als ein Krankenhaus. Drei Wände waren blassblau gestrichen und mit weißen, wogenden Wolken versehen. An der vierten Wand befand sich ein Wandgemälde mit Pegasi, die durch den strahlend blauen Himmel schwebten. Der Anführer war schwarz mit einem weißen Stern auf der Stirn und erinnerte mich an Eros. Ich glaubte sogar, ein wuschendes Geräusch zu hören, wie das Schlagen von Flügeln. Der Raum vermittelte mir ein friedliches, leichtes Gefühl.

Justice lag auf seinem Krankenhausbett. Sein langes schwarzes Haar verteilte sich auf dem Kissen und stand in seltsame Richtungen ab. Es sah aus, als hätte er seinen Finger in eine Steckdose gesteckt.

Dunkle Ringe unterstrichen seine trüben braunen Augen, aber er brachte ein müdes Lächeln zustande. "Chelby. Dr. Gould. Es tut so gut, euch zu sehen." Seine müde Stimme erinnerte mich an die eines zittrigen alten Mannes.

Ich saß in einem gepolsterten roten Queen-Anne-Stuhl neben seinem Bett. Er war viel bequemer als die steinharten Metallstühle in menschlichen Krankenhäusern.

Ich ergriff die kalte, zitternde Hand von Justice. "Wie geht es dir? Wir haben uns solche Sorgen um dich gemacht."

Eine dumme Frage, aber ich war mir nicht sicher, was ich sonst sagen sollte.

"Nicht so toll", grummelte er, während er mit der Hand über seine graue Decke strich. "Ich bin es leid, an dieses Bett gekettet zu sein."

Eine Krankenschwester betrat das Zimmer. "Dr. Gould, können wir mit Ihnen sprechen?"

"Ja natürlich." Er sah mich an. "Nicht zu lange, Chelby. Er muss sich ausruhen." Er hielt einen Finger hoch. "Bombardieren Sie ihn auch nicht mit tausenden Fragen."

Ich nickte. "Ich verspreche, dass ich es nicht tun werde."

Dr Gould schlüpfte hinaus und schloss die Tür.

Justice drückte meine Hand. "Chelby, sag mir, was hier los ist. Ich bin es leid, dass mich alle im Dunkeln lassen." Wut und Empörung erfüllten seine Stimme, und seine Augenbrauen zogen sich zu einem tiefen finsteren Blick zusammen.

Ich tätschelte seine Hand. "Vielleicht wollen die Ärzte und Schwestern dich nicht aufregen."

"Nicht sie. Dr. Gould. Er tut so, als wäre ich aus Glas und würde jeden Moment in Millionen Stücke zerspringen." Er hustete erneut und nahm einen Schluck Wasser. "Bitte sag mir, was hier los ist."

"Sag mir zuerst, was mit dir passiert ist. Du bist nicht der Einzige, der im Dunkeln tappt."

Er ließ ein keuchendes Husten hören und räusperte sich. "War ja klar. Dr. Gould hat dir auch nicht erzählt, was mit mir passiert ist?"

Ich schüttelte den Kopf. "Nein. Nichts. Das Team und ich haben uns große Sorgen um dich gemacht."

Er leckte sich über die trockenen Lippen. "Mein Gedächtnis ist etwas vernebelt, aber das Letzte, woran ich mich erinnere, ist, dass ich in Equinox' Stall ging. Irgendetwas stimmte wirklich nicht mit ihm. Er schnaubte und stampfte mit den Füßen, als ob er wütend oder verängstigt wäre."

"Das ergibt keinen Sinn. Wollte er dir etwas antun?"

"Ich weiß es nicht." Er zog eine Grimasse und starrte an die Decke, als wäre er in Trance gefallen.

"Justice, geht es dir gut?"

Er hob eine Hand. "Es geht mir gut. Manchmal bekomme ich diese schrecklichen Kopfschmerzen, wenn ich versuche...mich zu erinnern...an alles...." Seine Stimme wurde leiser.

"Vielleicht sollte ich gehen."

Er schüttelte den Kopf. "Nein. Bitte bleib." Seine Stimme war angestrengt, und ich zögerte, nicht sicher, ob ich bleiben oder gehen sollte.

Er legte zwei Finger an jede Schläfe und bewegte sie, als ob er versuchte, sich zu erinnern oder seine Kopfschmerzen zu lindern. Seine trüben Augen hellten sich auf. "Ich... glaube nicht, dass Equinox versucht hat... mich anzugreifen', erklärte er zögernd. "Ich hatte das Gefühl, dass er mich vor etwas warnen wollte. Ich begann mich umzudrehen, und da wurde ich angegriffen."

"Du hast nicht genau gesehen, wer es war?"

"Nein, aber sie waren so stark wie ein Vampir oder sogar stärker." Seine raue Stimme schürte die Angst, die ich zu leugnen versucht hatte.

Es war fast wie eine kalte Brise, die mir in den Nacken blies und mich frösteln ließ.

Unsere Probleme wuchsen wie ein Schneeball, der eine Skipiste hinunterrollte.

Ich versuchte, das Unbehagen zu ignorieren, und konzentrierte mich darauf, herauszufinden, was mit Justice wirklich geschehen war. "Bist du sicher, dass es nur eine Person war? Könnten es auch zwei gewesen sein?"

Er blinzelte, als ob ihm das nie in den Sinn gekommen wäre. "Ich weiß es nicht."

Ich dachte an Celestial und Eros. "Glaubst du, Equinox wusste vor dir, dass jemand da war?"

"Vielleicht. Ich weiß es nicht." Justice brach der Schweiß auf der Stirn aus, als würde er innerlich verbrennen.

"Du siehst fiebrig aus. Möchtest du ein Glas Wasser?"

"Ja, bitte."

Ich schenkte ihm ein Glas aus dem Krug ein, der auf dem Tablett neben seinem Bett stand.

"Hier."

"Danke." Er leerte das Glas praktisch in einem Zug.

Ich füllte es sofort wieder auf. "Erinnerst du dich an etwas?"

Er starrte auf seine Hände und dann aus dem Fenster. "Nein, nicht wirklich." Er stieß einen frustrierten Seufzer aus. "Ich habe es immer wieder versucht, aber ich kann mich nicht erinnern."

"Mach dir keine Sorgen. Dein Gedächtnis wird zurückkommen." Zumindest hoffte ich das.

Justice fuhr sich mit den Fingern durch die Haare. "Ich kann mich nur daran erinnern, dass ich den Stall betrat, um Equinox zu reiten. Dann spürte ich einen scharfen Schmerz in meinem Nacken."

"Als hätte dir jemand auf den Kopf geschlagen?"

"Nein, ich wurde wohl eher von einer Wespe gestochen."

"Ich frage das nur ungern, aber war das wie eine Spritze?"

Er senkte seinen Arm. "Vielleicht. Ich hoffe nicht, denn das könnte bedeuten, dass ich mit dem glitzernden blauen Zeug befüllt wurde, das Kog in eine Killermaschine verwandelt hat."

"Vielleicht war es etwas, um dich zu betäuben."

"Wenn das wahr ist, warum bin ich dann hier?"

Ich hatte keine Antwort für ihn parat.

Er sah auf seine zitternden Hände. "Ich fühle mich so schwach. Sie haben mir mehrmals Blut gegeben, aber es hat nicht geholfen. Hoffentlich verwandle ich mich nicht in einen Vampir-Hulk."

Ich beobachtete ihn und versuchte, irgendwelche Veränderungen festzustellen, abgesehen davon, dass er mit seiner aschfahlen Gesichtsfarbe und dem schrecklichen Husten aussah, als hätte er eine Lungenentzündung. "Fühlst du dich irgendwie anders?"

Er schüttelte den Kopf. "Nein. Außer, dass mir die ganze Energie entzogen wurde." Er senkte seine Stimme. "Ist Dr. Gould weg?"

"Ja." Ich warf einen Blick über meine Schulter. "Warum? Hast du von Moon gehört?"

"Mein Telefon ist weg", gestand er kläglich.

Alles, woran ich denken konnte, war der Betrüger. "Dann hat derjenige, der dich angegriffen hat, dein Telefon mitgenommen."

"Anscheinend. Es sei denn, es ist in Equinox' Stall."

Ich schüttelte den Kopf. "Das glaube ich nicht."

Er schaute finster drein. "Warum?"

Ich erzählte ihm von dem Betrüger, der in meinem Wohnheimzimmer gewartet und versucht hatte, mir das blaue Zeug zu spritzen.

"Ich wette, Moon hat ihn kontaktiert, und er hat das, was er gesagt hat, umgedreht", vermutete Justice. "Wie geht's Maggie eigentlich? Ist sie immer noch stinksauer?"

Ich brachte ihn erst bezüglich Maggie und dann Commander Wyland betreffend auf den neusten Stand.

Kummer erfüllte seine müden Augen. "Chelby, es tut mir leid, das von deinem Onkel zu hören. Glaubst du, Sektor Neun hat, oder vielleicht der Spion, ihn irgendwo gefesselt?"

Ich zuckte mit den Schultern. "Ich weiß es nicht. Er könnte überall sein. Dr. Gould hat den Ausbildern befohlen, den PSK-Campus auf den Kopf zu stellen und nach meinem Onkel und dem Spion zu suchen. Bis jetzt ohne Erfolg."

"Das hat er dir jedenfalls gesagt."

Ich dachte daran, wie Dr. Gould immer versuchte, mich zu beschützen, und seufzte. "Ja, du hast wahrscheinlich recht. Ich weiß nicht mehr, wem ich vertrauen kann."

Er schenkte mir ein müdes Lächeln. "Du musst deinem Team vertrauen. Wir sind alle auf deiner Seite, sogar Maggie."

Ich setzte ein dankbares Lächeln auf. "Danke."

Justice rieb sich die Stirn. "Dein Onkel ist ein harter Kerl. Wenn jemand einen Ausweg aus dieser misslichen Lage finden kann, dann er."

Ich wollte nicht darüber nachdenken, aber in der Stimme von Justice hörte ich die reale Möglichkeit, dass mein Onkel tot sein könnte. Daran konnte ich im Moment nicht denken. Ich hatte bereits meine Mutter verloren. Mein Vater lag im Koma und würde es vielleicht nicht schaffen. Meinen Onkel würde ich nicht verlieren.

"Das hoffe ich. Ich wünschte, Moon würde sich wieder bei mir melden. Vielleicht weiß er etwas und kann mir einen Hinweis geben, was mit meinem Onkel passiert ist."

"Oder er könnte um sein Leben rennen. In Sektor Neun herrscht jetzt doppelter Alarm."

"Vielleicht ist das gar nicht so schlimm, wie wir denken."

Er schaute finster drein. "Warum sagst du das?"

"Weil es bedeutet, dass der Betrüger auch nicht weiß, wer Moon ist. Er weiß nur, dass es einen Spion in Sektor Neun gibt. Das verschafft uns einen Vorteil."

"Ich verstehe nicht, wie das ein Vorteil sein soll. Wenn Moon ein Gehirn im Kopf hätte, würde er keine Nachrichten mehr schicken."

"Er hat bereits eine geschickt."

Justice runzelte die Stirn. "Was stand drin?"

Ich warf einen Blick über meine Schulter und senkte meine Stimme. "Da stand: *'Sei vorsichtig. Der Feind versteckt sich im Verborgenen. Du hast Freunde, die wissen, wer echt und wer unecht ist.'* Was denkst du, was das bedeutet?"

Ich hielt den Atem an und hoffte, er würde zu demselben Schluss kommen wie ich. Ich konnte sehen, wie sich die Räder in seinem Kopf drehten.

"Darauf bezogen", sagte er langsam, "denke ich, die Pegasi können herausfinden, wer die Spione sind."

Ich stieß einen lauten Atemzug aus. "Das habe ich mir auch gedacht. Ich denke auch, wenn der Betrüger versucht, auf einem Pegasus zu reiten, löst das einen Wutanfall aus." Ich runzelte die Stirn. "Ich bin mir aber nicht sicher, warum."

Justice tippte sich ans Kinn. "Pegasi sind mit ihren Reitern verbunden. Das geht viel tiefer als zwischen einem Menschen und seinem Pferd. Wir haben eine stärkere Verbindung, fast eine Vereinigung der Seelen. Die Pegasi haben stärkere Sinne als wir, und ich glaube, das bringt ihren Beschützerinstinkt zum Vorschein. Im Fall von Celestial wurde dieser Schutz zu einem Gewaltausbruch."

Wir waren beide in unseren Gedanken versunken, und in meinem Kopf formte sich eine Idee. "Warte mal. Meinst du, Celestial hat gesehen, wie der Betrüger meinem Onkel etwas angetan hat?"

Ein nachdenklicher Blick huschte über seine Züge. "Vielleicht." Er holte tief Luft und gähnte. "Ich denke, du solltest zurück zu den Ställen gehen und nach Hinweisen suchen. Ich habe das Gefühl, dass dein Onkel irgendwo auf dem PSK-Gelände ist. Du musst ihn finden, bevor es zu spät ist."

Mein Bauch zog sich zu einem Knoten zusammen.

Die Tür öffnete sich. Dr. Gould trat ein und sah aus, als wäre er von einem Zug überfahren worden.

Ich rutschte in meinem Stuhl hin und her, weil ich nicht noch mehr schlechte Nachrichten hören wollte. "Was ist los, Dr. Gould?"

Er legte seine Hände auf meine Schultern. "Es tut mir leid, Chelby, aber deinem Vater geht es immer schlechter. Seine Lebenszeichen werden schwächer, und Dr. Singer glaubt nicht, dass er überleben wird."

Der Schock traf meinen Körper und schickte mich auf Talfahrt. Meine Brust war wie zugeschnürt, und ich konnte nicht atmen. Ich starrte ihn wie betäubt an. Dr. Gould sagte noch etwas, aber das Blut rauschte zwischen meinen Ohren, und ich hörte kein einziges Wort.

Er hob mein Kinn an und holte mich aus meiner Benommenheit heraus. "Chelby, hast du mich gehört?"

Ich blinzelte. "Nein, es tut mir leid. Ich habe nur gehört, dass mein Vater im Sterben liegt."

"Ich sagte, dass auch Maggie entgleitet. Wir wissen nicht, warum. Sie sagte dir, sie sei hypnotisiert worden, aber ich glaube, das war nur, um sich selbst zu beruhigen. Vielleicht war sie damals ein gefährlicher Wolf, und nur so konnten die Techniker von Sektor Neun an sie herankommen."

"Mist. Wir verlieren jeden, der in diesem verdammten Labor war. Ich *muss* in das Privatbüro meines Pflegevaters einbrechen."

Er schüttelte den Kopf. "Nein, du bist nicht stark genug. Noch nicht. Du beherrschst deinen Glamour noch nicht", beharrte er und hielt inne. "Ich habe auch Neuigkeiten über Sergeant Santos."

Ich hielt den Atem an.

"Sie wird durchkommen, aber es wird noch eine Weile dauern, bis sie entlassen wird.

Ich atmete aus. "Ich bin so froh."

"Ich denke, wir sollten Justice etwas Ruhe gönnen, und du musst die Pegasi zurück in ihre Ställe bringen."

Ich warf Justice einen Blick zu, und er lächelte wissend. Ich wartete nicht darauf, meinen Glamour zu beherrschen. Die Menschen, die ich liebte, zu verlieren, kam nicht in Frage. Ich würde nicht zulassen, dass Sektor Neun sie einen nach dem anderen auslöscht.

Die Zeit drängte. Wenn ich nicht schnell handelte, würden noch mehr Menschen sterben. Glamour hin oder her, ich würde in dieses Büro einbrechen. Ich würde auf jeden Fall für immer in der Haftanstalt landen, aber das wäre es wert.

Zuerst musste ich die Ställe durchkämmen. Wir müssen etwas übersehen haben.

Dr. Gould sah mich finster an. "Chelby, hast du gehört, was ich gesagt habe?"

"Was? Es tut mir leid. Ich habe nicht zugehört."

"Ja, ich weiß. Die Dinge laufen aus dem Ruder. Aus irgendeinem Grund konzentriert sich der Betrüger auf das Team von *Anchorae Salutis* und die Menschen, die du liebst, wie Commander Wyland."

Jedes Haar an meinem Körper zitterte, und mein Atem blieb mir im Hals stecken. "Sie meinen, wer auch immer es ist, will mir persönlich wehtun?"

"Ja. Es ist fast ein Rachefeldzug."

Ich warf einen Blick auf Justice und dachte an Kog, Maggie, Hicks und meinen Onkel. Sie alle wurden meinetwegen gequält.

"Was glaubst du, wer es ist?"

Er schüttelte den Kopf. "Ich weiß es nicht. Um ehrlich zu sein, könnte es jeder sein. Leider ist deine Liste noch länger geworden, seit du als lila Drache identifiziert wurdest."

Verwirrung flackerte in den Augen von Justice auf. "Das verstehe ich nicht. Warum?"

"Du bist eine Bedrohung für den Status quo, Chelby. Die Menschen werden verzweifelt, wenn sie glauben, dass ihre Macht schwindet. Manchmal wird diese Verzweiflung tödlich."

Ich bekam eine Gänsehaut. Ich kannte nur eine Person, die Angst davor hatte, ihre Macht zu verlieren. Baka, das Oberhaupt des Rates der Übernatürlichen. War er verzweifelt genug, um unschuldige Menschen zu töten, zu verletzen und zu foltern, um seine Macht zu behalten?

Ein mulmiges Gefühl machte sich in meiner Magengrube breit, und ich wusste ohne den geringsten Zweifel, dass die Antwort "Ja" lautete.

Aber wie sollte ich das beweisen, und was zum Teufel sollte ich dagegen tun? Wenn ich meinem Team von dem in mir gärenden Plan erzählte, insbesondere Jonas und Brody, würden darauf bestehen, mitzukommen.

Und wenn sie es taten, könnte einer oder beide verletzt werden. Ich war nicht bereit, ein weiteres Mitglied des *Anchorae Salutis*-Teams zu riskieren.

Was auch immer ich tat, ich musste es allein tun, um die Menschen zu schützen, die ich liebte.

18

Dr. Gould begleitete mich den Krankenhauskorridor entlang zur Notaufnahme, wo Jonas und Brody warteten. Jonas stürmte auf uns zu, Brody dicht auf den Fersen.

Für den Bruchteil einer Sekunde leuchtete Hoffnung in Jonas' Gesicht auf, aber als er die Blicke in unseren Augen las, verblasste sie wie eine flackernde Kerze. "Wie geht's Justice?"

"Es geht ihm besser", sagte ich ihm.

Brody atmete tief durch. "Das ist eine Erleichterung."

"Aber Maggie und Kog geht es schlechter", informierte Dr. Gould sie. "Und Chelbys Vater ..." Er biss sich auf die Lippe, und seine Stimme verstummte.

"Sie verblassen alle", platzte es aus mir heraus.

Dr. Gould drückte meine Schulter. "Du musst Vertrauen haben."

Sein Tonfall verriet, dass er diesen Worten so viel Glauben schenkte wie einem Schneeball, der die Feuer der Hölle überlebt.

"Das tue ich." Es war eine Lüge, aber ich konnte ihn nicht noch tiefer in Verzweiflung stürzen.

Dr. Gould lächelte, wenn auch mit einem müden Ausdruck. "Wenn ihr mich entschuldigen würdet, ich muss sehen, was meine Patrouillen entdeckt haben." Er warf einen Blick auf seine Uhr. "Ich denke, es ist an der Zeit, dass Sie alle das Krankenhaus verlassen. Die Besuchszeit ist vorbei."

Das war kein Vorschlag.

"Ja, Sir."

Jonas, Brody und ich verließen die Notaufnahme und machten uns auf den Weg zum Vorgarten, wo die Pegasi noch immer grasten. Die Dämmerung war über den Campus hereingebrochen, und die Dunkelheit war nicht mehr weit entfernt.

Jonas stellte sich vor mich. "Dr. Gould ist weg, und Ihrem Gesichtsausdruck nach zu urteilen, ist noch etwas anderes im Gange."

Brody stand neben ihm und bildete eine Mauer. "Also, sag es uns."

Ihre grimmigen Blicke verrieten mir, dass ich nichts alleine machen würde. Nicht mit meinen beiden Schatten, die wie Klebstoff an mir kleben.

Ich holte ernüchternd Luft und erzählte ihnen alles, worüber ich mit Justice gesprochen hatte.

Brody verschränkte die Arme. "Ich nehme an, wir werden die Ställe durchsuchen."

"Ja. Vielleicht haben wir etwas übersehen. Aber wir sollten erst einmal unsere Waffen holen."

"Toll", grummelte Brody.

Ich ignorierte ihn und trat um sie herum. "Los geht´s."

Jonas und Brody sahen sich an und zuckten mit den Schultern.

Bevor wir zu den Ställen gingen, landeten wir vor dem Wohnheim. Ich rannte hoch zu Dr. Goulds Quartier und betete, dass er nicht da war. Zum Glück war er es nicht, also schnappte ich mir meinen Bogen und meinen Köcher mit Pfeilen. Ich hatte das Gefühl, ich würde sie brauchen. Wir sprangen auf unsere Pferde und ritten zu den Ställen.

Der Pegasi landete anmutig vor dem Gebäude. Ich rutschte von Eros' Rücken und führte ihn in seine Box. "Okay, Kumpel. Zeit für dich, dich auszuruhen. Du hattest einen anstrengenden Tag."

Er schnaubte und wedelte mit dem Schwanz. Ich schnappte mir einen grünen Apfel und gab ihn ihm zu essen. "Guten Appetit." Ich rieb ihm die Stirn.

Jonas und Brody gesellten sich zu mir, nachdem sie die beiden anderen Pegasi zurückgebracht hatten. "Was jetzt?" fragte Jonas.

Ich zuckte mit den Schultern. "Wir suchen."

"Ich weiß nicht, was wir hier finden werden." Jonas überprüfte den Ort. "Dr. Goulds Team muss diesen Ort mit einem feinzahnigen Kamm durchkämmt haben."

"Das ist mir egal. Wir müssen unsere eigenen Nachforschungen anstellen."

"Wie du meinst", murrte Jonas. "Also, wo sollen wir anfangen?"

Ich legte den Kopf schief. "Vielleicht im Stall von Celestial?"

Brody warf einen Blick auf Celestial, der uns ruhig beobachtete. "Ich glaube nicht, dass das eine gute Idee ist. Er ist gefährlich."

"Vielleicht. Vielleicht auch nicht." Mein Herz schlug mit jedem Schritt schneller, als ich mich Celestial näherte. Er sah gelassen aus, aber das konnte sich im Handumdrehen ändern.

Jonas packte mich am Arm. "Chelby, du kannst nicht in diese Kabine gehen. Er könnte dich ernsthaft verletzen, wie er es mit dem Betrüger getan hat."

Ich wand meinen Arm frei. "Wir müssen dort anfangen. Das macht Sinn."

Er warf einen Blick auf den weißen Pegasus, und ich sah, wie etwas in seinen Augen aufblitzte. Verärgerung? Sinnlosigkeit? "Glaubst du nicht, dass sie es schon durchsucht haben?"

Meine Wangen wurden heiß. "Ja, aber ich will es trotzdem machen. Vielleicht haben sie etwas übersehen."

"Du bist ein stures Frauenzimmer."

"Ich bevorzuge entschlossen." Ohne ein weiteres Wort ging ich auf Celestial zu. Das Wort *"gefährlich" stand* in weißen Buchstaben auf einem roten Schild, das an seinem Stall hing.

Celestial schnaubte und warf den Kopf hin und her.

Brody und Jonas folgten mir. Ich hatte keinen Zweifel, dass sie einen Satz nach vorn machen würden, wenn Celestial versuchte, mich anzugreifen, aber ich war nicht besorgt. Ich war ein violetter Drache und hatte meinen Bogen und Köcher dabei.

Nicht, dass ich Celestial etwas antun wollte.

Brutale Gewalt war nicht das, was ich im Sinn hatte. Ich musste mir das Vertrauen des Pegasus verdienen.

"Hey, Celestial." Ich hob langsam eine Hand.

Der weiße Pegasus beschnupperte mich, und ich streichelte ihm über die Stirn. "Du hast alles gesehen, was mit meinem Onkel passiert ist, nicht wahr?"

Celestial wieherte, als ob er zustimmen würde.

Ich warf einen Blick auf meine Beschützer, die so glücklich aussahen wie ich damals, als ich meinen ersten Strafzettel bekam.

"Ich habe eine Idee", sagte ich ihnen, als ich Celestials Stall aufschloss.

Jonas runzelte die Stirn. "Was machst du da?"

"Celestial hat gesehen, was der Spion oder die Spione mit meinem Onkel gemacht haben. Er kennt seine Fährte, und hoffentlich kann er sie aufnehmen. Vielleicht kann er ihn finden."

Der weiße Pegasus trabte aus seinem Stall. Jonas und Brody stürzten sich sofort vor mich, um mich abzuschirmen.

Der Pegasus schob sich an ihnen vorbei und ging zu den verschlossenen Stalltüren.

"Lass mich vorbei." Ich quetschte mich zwischen sie.

Jonas hielt meinen Arm fest umklammert. "Was hast du vor?"

Ich nickte Celestial zu, die gegen die Eingangstür trat und versuchte, hinauszukommen.

"Ihm folgen. Was sonst?" Ich drückte gegen seine Hand. "Jetzt lass los."

Er seufzte und ließ mich widerstrebend los.

Ich rannte zu Eros' Box und schloss sie auf. "Los geht´s, Junge."

Eros folgte mir nach draußen. Jonas hatte Zeus bereits aufgeschlossen.

"Brody, öffne die Tore."

Brody drängte sich um Celestial herum, der sich auf die Hinterbeine stellte und mit den Vorderhufen gegen die Tür stieß.

"Ruhig, Junge." Brody hob langsam das Brett an, das die Doppeltüren verriegelte.

Celestial brach hervor.

Ich zwang Eros sanft auf die Knie. "Steig auf, Brody."

Brody sprang auf Eros' Rücken und legte seine Arme um meine Taille.

Celestial flog in Richtung des Waldes.

"Folge Celestial, Eros. Lass ihn nicht aus den Augen."

Eros wieherte, schlug mit den Flügeln und sprang in den dunklen Himmel.

SWUSCH – SWUSCH -SWUSCH

Ich warf einen Blick über meine Schulter. Jonas und Zeus waren direkt hinter uns.

Mein Magen krampfte sich zusammen, als ich Celestial beobachtete. Er bewegte sich auf die magische Barriere zu. Die Haare in meinem Nacken sträubten sich und ich fröstelte.

"Was ist los? Du zitterst ja." Brody schlang seine Arme um meine Taille und zog mich näher an sich. Sein Körper wärmte meinen.

"Das letzte Mal, als ich die Barriere passierte, nahm mich Sektor Neun gefangen und wollte mich den Attentätern ausliefern."

Er flüsterte mir ins Ohr: "Ich verspreche dir, dass dir nichts passieren wird."

Ich antwortete ihm nicht, aber ich entspannte mich in seinen Armen.

Celestial flog an der Barriere vorbei, und ich spannte mich an und hoffte, dass Sektor Neun nicht darauf wartete, uns abzuschießen.

"Du solltest besser deine Waffe ziehen, Brody."

Ich hörte, wie er sein Schwert zückte.

Für den Fall, dass Sektor Neun auf mich lauerte, spannte ich einen Pfeil, schwenkte leicht, um Brody nicht zu treffen, und zog die Sehne zurück. Ich war gut darin, auf unbewegliche Ziele zu schießen, aber ich war mir nicht sicher, wie ich mit bewegten Zielen zurechtkommen würde.

Celestial entfernte sich von dem PSK und dem Pikes Peak. Er stieg hinunter zu den funkelnden Lichtern von Colorado Springs.

"Oh, Mist. Das ist nicht gut. Man wird uns sehen", murmelte Brody.

Ich warf einen Blick über meine Schulter. "Menschen können die Pegasi nicht sehen."

"Aber die Attentäter können es", erinnerte er mich.

Celestial flog an der Innenstadt vorbei und hielt auf die Vororte der oberen Mittelklasse zu. Ich erkannte die friedliche Vorstadt mit ihren zwei- und dreistöckigen Backsteinhäusern. Die Gartenanlagen und Terrassen sahen aus wie aus *"Better Homes and Gardens"*. Hier wohnten vor allem pensionierte Militärs, darunter auch mein Pflegevater.

Celestial näherte sich seiner Straße.

Mein Magen knurrte. Alles lief immer wieder auf Robert Brooks hinaus. Er war die Fliege in der Suppe. Nein, er war eine Spinne, die bereit war, uns in ihrem dunklen Netz zu fangen.

"Glaubst du, Celestial weiß, wo er hingeht?" Brodys unruhige Stimme riss mich aus meinen Gedanken. Er bewegte sich hinter mir wie ein Kind mit Ameisen in der Hose. "Wir könnten hier draußen leichte Beute sein."

"Wir müssen ihm vertrauen. Ich glaube nicht, dass Celestial das PSK verlassen hätte, wenn er gedacht hätte, dass mein Onkel noch dort ist."

Eros kreiste in Richtung der Stelle, wo Celestial gelandet war. Ich keuchte, als das Blut aus meinem Gesicht wich. Unbehagen durchströmte mich, und ich brach in kalten Schweiß aus. Celestial war fest entschlossen, mich in meine Albträume zurückzubringen. "Ich kann das nicht glauben. Wir sind im Silver Springs Park."

Mein Pegasus landete auf dem Boden. Brody rutschte ab und half mir runter.

Er sah sich um. "Warst du schon mal hier?"

"Ja. Ich habe mich in einem der Türme des Klettergerüsts versteckt, als Sektor 9 mich jagte. Dieser Park ist ganz in der Nähe des Hauses meines Ziehvaters." Ich konnte es fast spüren, in sein Arbeitszimmer einzubrechen und seinen Safe zu knacken.

Celestial machte sich auf den Weg zum Regenwasserkanal, der den Silver Springs Park mit der Freifläche verband. Ein weiterer Ort, an dem ich mich versteckt hatte, um den Agenten von Sektor Neun zu entkommen. Das war wie ein Déjà-vu.

Die Angst lähmte mich fast, aber ich war fest entschlossen, herauszufinden, was Celestial wusste. Ich legte meinen Bogen auf den Boden und nahm meinen Köcher ab. "Kommt! Lasst uns ihm folgen."

Jonas schloss sich uns an und scannte den Park, während wir gingen. "Das ist verrückt, Chelby. Die Menschen können die Pegasi nicht sehen, aber sie können uns sehen. Sektor Neun könnte uns in diesem Moment beobachten. Wir müssen von hier verschwinden."

"Noch nicht."

Celestial steckte seinen Kopf in den Gully und versuchte, hineinzukommen, aber sein Körper war zu groß. Er wieherte und stampfte mit dem Fuß auf.

Adrenalin schoss durch mich hindurch, als ich zu Celestial hinüberlief. Ich klopfte ihm auf den Hintern. "Ruhig, Celestial. Lass mich mal sehen."

Celestial bewegte sich nicht, bis Eros neben ihm auftauchte. Mein Reittier schnaubte und stupste den großen weißen Pegasus an, bis er sich zurückzog. Eros war eindeutig der Anführer der Gruppe, und sogar Celestial gehorchte ihm.

Ich hockte mich hin und spähte in den Gully. Es war feucht und dunkel, aber ich konnte etwas darin erkennen.

Ohne zu zögern, kletterte ich hinein.

"Chelby, nein! Komm wieder her!" zischte Jonas hinter mir, aber ich ignorierte ihn.

Mein Herz klopfte, als ich mich auf das zubewegte, was wie eine Leiche aussah. Steine schnitten in meine Handflächen, und Wasser, das durch den Abfluss lief, durchnässte meine Jeans und ließ meine Hände gefrieren. Kalte Luft strömte über mich hinweg und ließ meine Zähne klappern, aber das war mir egal. Ich musste sehen, wer oder was das war.

Meine Augen gewöhnten sich langsam an die Dunkelheit. Es war definitiv ein Körper, und er bewegte sich nicht.

Ich griff in meine Gesäßtasche und holte mein Telefon heraus. Meine Hand zitterte so sehr, dass ich dachte, ich würde es fallen lassen. Ich knipste die Taschenlampe an und richtete sie auf den reglosen Körper.

Die Hand- und Fußgelenke der Gestalt waren gefesselt, und über ihren Kopf war ein kleiner Jutesack gezogen worden. Eindeutig männlich. Blondes Haar lugte unter dem Sack hervor. Sein weißes Hemd und die hellbraune Hose waren mit Schlamm und etwas, das wie Blut aussah, befleckt.

Tränen stachen in meine Augen, und meine Brust verkrampfte sich gegen ein wütendes Schluchzen. Ich erkannte dieses Outfit. Mein Onkel hatte es gestern getragen.

"Chelby, warte auf mich."

Jonas kam durch den Abwassertunnel auf mich zu. Der finstere Blick in seinem Gesicht hätte das Wasser in pures Eis verwandeln können.

Ich streckte eine zitternde Hand aus, um die behelfsmäßige Kapuze abzunehmen, dann ließ ich den Arm fallen. Die Realität schlug mir ins Gesicht. Hatte Sektor Neun wieder zugeschlagen?

Die Angst lähmte mich und raubte mir jede Hoffnung, dass mein Onkel noch am Leben sein könnte. Dass wir es rechtzeitig hierher geschafft hatten. Ich konnte spüren, wie sich der Tod mit seinen dünnen Fingern um die Kehle des Mannes schlängelte. Meine Schultern zitterten, und ich senkte den Kopf, unfähig, dem Tod noch einmal ins Auge zu sehen.

19

Jonas war schnell bei mir. Ich atmete seinen frischen Duft ein, bevor ich seine kalten Hände auf meinen Armen spürte. Er zog mich an seine Brust und schlang seine Arme um mich. Seine Wärme und das Klopfen seines Herzens lockerten den Griff des Todes, und ich schaffte es, auszuatmen.

"Soll ich die Kapuze abnehmen?" Seine sanfte Stimme brummte in seiner Brust.

Ich hasste mich dafür, dass ich so ein Feigling war, und stammelte: "Ja."

Jonas griff hinüber und zog die Kapuze ab.

Ich keuchte. "Onkel. Nein, nein, nein."

Eine große, blutige Wunde zog sich an seiner Schläfe entlang. Sein Gesicht war so geschwollen, dass es aussah, als hätte es jemand als Rammbock benutzt. Seine Nase war definitiv gebrochen. Er hatte eine blutige, dicke Lippe, und seine Augen waren zugeschwollen. Es sah fast nicht wie er aus.

Celestial wieherte wütend vor dem Eingang des Regenwasserkanals.

"Wer ist es? Ist es der Commander?" Brodys Stimme hallte durch den Tunnel.

Jonas biss die Zähne zusammen. "Ja, und er ist schwer verletzt."

Ich riss mich von Jonas' Arm los. "Wir müssen ihn hier rausbringen."

"Warte. Es wird einfacher für Brody sein, ihn herauszuziehen. Er ist viel stärker als du und ich." Er umklammerte meinen Arm. "Komm schon, Chelby. Lass uns dir helfen. Bitte."

Ich biss mir auf die Lippe und starrte meinen Onkel an, dessen Kopf auf die Seite gesunken war, als wäre er tot.

Jonas zerrte an meinem Arm. "Chelby, bitte. Jetzt."

Widerwillig fuhr ich rückwärts. Die beiden halfen mir aus dem Gully. Meine Jeans waren durchnässt und klebten an mir wie eine zweite Haut. Schlamm bedeckte meine Handflächen. Ich zitterte und schlang die Arme um meine Taille, nicht nur wegen der Kälte. Der Schock sickerte in mein Fleisch und machte alles in mir taub.

Celestial schritt wie ein erwartungsvoller Vater.

Jonas hielt sich am Rand des Tunnels fest. "Brody, kannst du ihn holen?"

"Ja, sicher." Brody kroch ohne zu zögern auf Händen und Knien durch den Regenwasserkanal.

Jonas hockte sich hin und rief ihm zu. "Brauchst du Hilfe?"

"Nein, ich kann ihn holen. Es wird nur langsam gehen, also haltet die Augen nach Sektor Neun offen."

Jonas scannte den Park. "Das werde ich."

Ich zitterte und starrte auf den Tunnel, in der Hoffnung, dass Brody meinen Onkel lebend herausbringen würde.

PSSST - PSSST - PSSST

Brody schnaubte, als er den Körper meines Onkels durch den Tunnel schleifte. Mit jedem dumpfen Aufschlag sank mein Herz tiefer.

Commander Wyland gab keinen Laut von sich. Nicht ein einziges Stöhnen.

Tränen liefen mir über die Wangen und ich brach in heftiges Schluchzen aus.

Jonas zog mich in seine Arme und streichelte meinen Rücken. "Pst. Er könnte noch am Leben sein."

Ich ballte meine Fäuste in seinem Hemd und kämpfte darum, nicht zu einem heulenden Wrack zu werden.

"Endlich", keuchte Brody. Keuchend und schnaufend zog er den Körper meines Onkels aus dem Tunnel. Celestial kam sofort auf ihn zu und stupste sein Gesicht an, aber mein Onkel bewegte sich nicht.

Brody legte seinen Kopf auf die Brust des Commanders. "Er hat einen Herzschlag, aber er ist schwach." Er sah zwischen uns hin und her. "Wir müssen ihn in ein PSK-Krankenhaus bringen. Sofort."

Ich schluckte meinen Kummer hinunter und wischte mir die Tränen von den Wangen. "Brody, kannst du ihn auf Celestial legen?"

"Ja, klar." Er stöhnte, als er meinen Onkel hochhob und ihn auf seinen Pegasus setzte.

Ich schniefte. "Kannst du Celestial reiten, damit er nicht stürzt?"

Brody runzelte die Stirn. "Bist du sicher, dass er mich nicht abwerfen wird?"

Ich tätschelte Celestials Hals. "Das wirst du doch nicht, oder, Kumpel? Brody beschützt meinen Onkel."

Brody sah zu Jonas, der mit den Schultern zuckte, als wollte er sagen: "Frag mich nicht.

"Wer auch immer dem Commander das angetan hat, wird zurückkommen. Sie könnten uns jetzt beobachten", mutmaßte Jonas.

"Schon gut, schon gut", brummte Brody, als er auf Celestials breiten Rücken stieg.

Celestial nickte, so wie es Eros manchmal zu tun schien. Hoffentlich bedeutete das, dass er Brody nicht wie eine heiße Kartoffel fallen lassen würde, nachdem sie in der Luft waren.

Ich schnappte mir meine Waffe und sprang auf Eros' Rücken, während Jonas sich auf Zeus schwang. Einer nach dem anderen stiegen unsere Pegasi in die Luft. Celestial flog schnell und mit rasender Geschwindigkeit, aber Eros konnte mit ihm mithalten. Der Wind zischte über mich hinweg und ließ mein wasserbeflecktes Hemd und meine Jeans gefrieren.

Jonas befand sich mit gezogenem Schwert direkt hinter uns. Ich war so sehr mit meinem Onkel beschäftigt, dass ich die Attentäter völlig vergessen hatte. Sofort zog ich einen Pfeil aus dem Köcher und legte ihn in meinen Bogen. Wie Jonas war ich auf alles gefasst.

Irgendwie hatte die Glücksfee ein Einsehen mit uns, und wir überquerten die magische Barriere zum PSK-Gelände, ohne angegriffen zu werden. Wir landeten auf der Krankenhauswiese, die für die Pegasi schon fast zu einem zweiten Zuhause geworden war.

Ich rutschte von Eros herunter und eilte zu Celestial. Brody war abgestiegen und hob den regungslosen Körper des Commanders vorsichtig von dem Pegasus.

Ich schob meinem Onkel das verfilzte Haar aus dem Gesicht. "Wie geht es ihm?"

"Immer noch bewusstlos, aber er hat ein paar Mal gestöhnt."

Hoffnung schwoll in mir an, als ich die steife Hand meines Onkels hielt. "Das bedeutet, dass er noch am Leben ist."

Brody manövrierte den Körper meines Onkels in seine Arme. "Ich muss ihn reinbringen. Er ist verdammt schwer, Chelby."

"Ja, natürlich. Lass uns gehen."

Wir eilten in die Notaufnahme. *Unser* zweites Zuhause.

"Helft uns", rief ich. "Mein Onkel ist verletzt worden!"

Ärzte und Krankenschwestern eilten zu uns herüber. Pfleger erschienen mit einer Trage.

Ein Fae-Arzt mit roten Haaren und blauen Augen hielt meinem Onkel die Hand vor den Mund. "Er ist noch am Leben. Ich bin Dr. Wells. Wissen Sie, was mit ihm passiert ist?"

Ich schüttelte den Kopf. "Nicht ganz. Wir haben ihn so in einem Abwasserkanal gefunden. Kommt er wieder in Ordnung?"

Dr. Wells runzelte die Stirn. "Das weiß ich erst, wenn wir ihn in ein Untersuchungszimmer gebracht haben."

"Natürlich." Ich schluckte schwer. "Wir werden in der Notaufnahme warten."

"Es könnte eine lange Wartezeit werden", informierte mich Dr. Wells freundlich.

Ich nickte. "Das ist in Ordnung. Ich werde nirgendwo hingehen."

Dr. Wells und die anderen schoben meinen Onkel durch zwei große rote Türen. Mir blieb nichts anderes übrig, als mich in die roten gepolsterten Stühle zu setzen. Sie waren zwar nicht so schön wie die in den Patientenzimmern, aber wenigstens waren sie nicht aus Metall, das den Rücken zermürbt.

Jonas ließ seinen Blick über mich schweifen. "Chelby-"

"Nein, nicht. Ich bleibe hier, bis ich weiß, dass mein Onkel wieder gesund wird."

Er klopfte mir auf den Oberschenkel. "Ich wollte nicht vorschlagen zu gehen, aber du solltest vielleicht auf die Toilette gehen." Er tippte mit einem Finger auf meine Nase. "Du hast überall Schlamm im Gesicht."

Es war mir eigentlich egal, aber ich hatte nichts Besseres zu tun. "Okay, ich bin gleich wieder da."

Ich betrat die Damentoilette und erschrak über mein Spiegelbild. Schlammschlieren zierten mein Gesicht, und Tröpfchen verhedderten sich in meinem Haar. Ich sah aus wie ein Schwein, das sich in Gülle gewälzt hatte.

Als ich aus dem Bad kam, sah ich schon wieder aus wie eine Fae. Mein Gesicht, mein Haar und meine Hände waren sauber, aber nicht so sehr mein Hemd und meine Jeans. Ich war zu müde, um meinen Glamour einzusetzen, um mein Aussehen zu verbergen.

Jonas und Brody saßen immer noch auf denselben Stühlen und grinsten, als sie mich sahen.

"Du hast wie immer gut aufgeräumt." Jonas zwinkerte.

Ich setzte mich zwischen sie. "Danke. Irgendwelche Neuigkeiten?"

"Nein", antwortete Brody. "Wir werden eine Weile nichts erfahren, Chelby. Du wirst wahrscheinlich abwarten wollen."

Jonas streichelte meinen Rücken. "Du zitterst ja. Wie wäre es, wenn ich uns allen einen Kaffee hole?"

"Das wäre toll." Ich schlang meine Arme um meine Taille.

Brody drückte meine Schulter. "Er wird wieder gesund."

Ich nickte, nicht sicher, ob ich sprechen konnte.

Jonas kam kurz darauf mit drei Kaffees zurück. Er hatte daran gedacht, meinen mit Sahne zu verfeinern. Es waren Kleinigkeiten wie diese, die mich ihm näher brachten.

"Danke", bemerkte ich, während ich einen Schluck nahm.

Er lächelte. "Ich habe das Gefühl, dass wir hier eine Weile bleiben werden."

BUMM!

Die Türen der Notaufnahme knallten auf. Ich sprang auf und verschüttete Kaffee auf den weißen Kachelboden.

Dr. Gould stürmte auf uns zu wie ein wütender Stier.

Sein Blick bohrte sich in mich hinein. "Was muss ich tun, um dich zu beschützen, Chelby?", brüllte er.

Ich zuckte zusammen, sank weiter in meinen Stuhl und wünschte, ich könnte verschwinden. Tränen drückten gegen meine

Augenlider, aber ich blinzelte sie schnell weg. "Ich hatte eine Ahnung, und-"

"Du hast beschlossen zu handeln, ohne mir etwas zu sagen? Das PSK-Gelände zu verlassen war töricht und gefährlich. Du hast nicht nur dich, sondern auch Jonas und Brody in Gefahr gebracht. Willst du ihr Blut an deinen Händen haben?"

"Nein." Ich starrte auf meinen Kaffee. Die cremige Flüssigkeit schwappte in dem Styropor-Becher hin und her, während meine Hände zitterten.

"Antworte mir."

"Ich hätte nicht gedacht, dass du mir glauben würdest." Meine schwache Stimme war kurz davor zu brechen.

Er sagte nichts, und ich hob meinen Kopf.

"Wir haben Commander Wyland gefunden, Sir", verkündete Brody. "Wenn sie nicht gewesen wäre, wer weiß, was mit ihm passiert wäre?"

Ich warf Brody einen dankbaren Blick zu.

"Erzähl mir, was passiert ist", drängte Dr. Gould.

Ich war zu nervös, also informierte Jonas ihn über die Einzelheiten, von den Ställen bis zum Silver Springs Park.

Dr. Gould sah immer noch so aus, als wolle er mir den Hals umdrehen, aber seine Brauen wurden etwas weicher. "Das wird für euch alle Konsequenzen haben. Ich denke, hier ist Feldküchendienst angesagt."

Ich öffnete meinen Mund, um zu widersprechen.

"Nicht jetzt." Er hob seine Hand. "Erst wenn wir wissen, wie es um Commander Wyland steht."

Ich biss mir auf die Lippe und wischte mir die gefürchteten Tränen weg. "Danke."

Wir vier warteten in der Notaufnahme, und es kam uns wie Stunden vor.

Schließlich betrat Dr. Wells das Wartezimmer. Ich saß auf der Kante meines Stuhls und konnte nicht mehr atmen.

"Chelby Duncan?"

"Ja", krächzte ich, während ich mich an der Kante meines Stuhls festhielt und meine Fingernägel in das Polster grub.

"Er fragt nach dir."

Ich atmete heftig aus. "Er ist wach?"

Wir standen alle gleichzeitig auf.

Dr. Wells hielt einen Finger hoch. "Es tut mir leid. Nur einer von Ihnen kann mitkommen, und er hat nach Chelby gefragt. Er ist viel zu schwach für Sie alle."

Dr. Gould runzelte die Stirn. "Ich bin der Direktor. Ich sollte wissen, was hier los ist."

Dr. Wells begegnete seinem grimmigen Blick. "Und ich bin sein Arzt und weiß, was das Beste für ihn ist. Er fragt nicht nach Ihnen. Er fragt nach ihr."

Der Direktor verengte seine Augen, widersprach aber nicht.

"Ich würde niemandem empfehlen, ihn zu diesem Zeitpunkt zu besuchen, aber er ist unruhig und wehrt sich gegen das Beruhigungsmittel, das ich ihm gegeben habe." Dr. Wells konzentrierte sich auf mich. "Ich möchte, dass Ihr Besuch kurz ist. Stellen Sie ihm nicht zu viele Fragen. Können Sie das tun?"

Ich stand auf. "Ja. Ich verspreche es."

"Ich will einen vollständigen Bericht, Dr. Wells", brummte der Direktor.

"Sie werden einen bekommen." Dr. Wells sah mich an. "Hier entlang, Chelby. Ich muss Sie warnen, auch wenn er sich dagegen wehrt, wird ihn das Beruhigungsmittel irgendwann überwältigen. Er muss sich ausruhen, damit der Heiltrank, den ich ihm gegeben habe, seine Wirkung entfalten kann."

Ich folgte dem Arzt durch die roten Türen. Dahinter waren die Wände in sanften Blautönen gestrichen, und die Luft roch nach Pflanzen, die ich nicht genau benennen konnte.

Dr. Wells führte mich in ein privates Zimmer, und ich schnappte nach Luft. Mein Onkel lag abgestützt auf einem Kissen. Die blauen Flecken in seinem Gesicht hatten sich purpurblau verfärbt und waren noch mehr angeschwollen, als hätte ihn ein ganzes Hornissennest wiederholt gestochen. Die hässliche Wunde an seiner Schläfe war mit Stichen genäht. Ich drückte die Tränen zurück, die durch den Damm zu brechen drohten. Mein Onkel brauchte mich, um stark zu sein, und ich würde ihn nicht im Stich lassen.

"Chelby." Seine Stimme war so tief und rau, dass ich ihn kaum verstehen konnte.

Ich eilte zu seinem Bett. "Onkel." Ich konnte kein anderes Wort herausbekommen.

Er griff nach meiner Hand. Ich ergriff seine, und sie zitterte stark.

"Was ist passiert?" fragte ich schließlich.

"Angegriffen ... in den ... Ställen." Er hustete jedes Wort heraus.

"Warum?"

"Ms. Duncan..." Dr. Wells ungeduldiger Ton bedeutete, dass ich mich mit meinen Fragen auf dünnes Eis begab.

Mein Onkel schüttelte seinen Kopf auf dem Kissen hin und her. "Müssen... allein sein..."

Ich warf einen Blick auf Dr. Wells, der wütend schnaufte und seine Finger hochhielt. "Fünf Minuten."

Er verschwand durch die Tür, und ich drehte mich zu meinem Onkel um.

"Der Grund, warum ich ... angegriffen wurde ... sah den Spion." Er drückte meine Hand. "Es ist... ein Fae... der Glamour benutzt. Du bist in Gefahr... vertraue niemandem. Es könnte jeder sein." Er bekam einen weiteren Hustenanfall, und Tränen liefen ihm über die Wangen.

Ich hob ihn aus dem Kissen und rieb ihm den Rücken. "Onkel ... beruhige dich."

"Ich weiß, wer es... ist."

Wie?

Ich ließ ihn wieder nach unten sinken. Er winkte mich näher heran, und ich legte mein Ohr an seine Lippen. Nachdem er den Namen geflüstert hatte, riss ich den Kopf hoch und konnte nicht glauben, was ich da gehört hatte.

"Onkel, bist du sicher?"

"Es gibt... noch mehr."

Ich beugte mich näher vor, während er seine Schreckensgeschichte erzählte. Seine Stimme wurde leiser.

Ich hob meinen Kopf. Seine Augen flatterten zu, und er wurde ohnmächtig. Ich war völlig fassungslos und wusste nicht, was ich tun sollte.

20

"Doktor, kommen Sie schnell!", rief ich.

Dr. Wells öffnete die Tür und eilte zum Bett meines Onkels. Er legte eine Hand auf seine Stirn und prüfte seinen Puls.

"Geht es ihm gut?"

"Ja, das Beruhigungsmittel hat ihn übermannt. Er braucht Ruhe. Es tut mir leid, aber ich muss Sie bitten zu gehen, Ms. Duncan." Er musterte mich und legte eine Hand auf meinen Rücken. "Geht es Ihnen gut? Sie sehen ziemlich blass aus." Er umklammerte meinen Arm. "Bitte, setzen Sie sich."

Ich saß auf dem Stuhl neben dem Bett meines Onkels und ließ mir den Namen immer noch durch den Kopf gehen. Das konnte nicht stimmen. Er muss sich geirrt haben.

Dr. Wells reichte mir ein Glas Wasser. "Hier, Sie brauchen etwas zu trinken."

Ich nahm das Glas, aber meine Hand zitterte, so dass Dr. Wells mir helfen musste, es an meine Lippen zu halten. Das kühle Wasser rann meine trockene Kehle hinunter.

"Geht es Ihnen besser?", fragte der Arzt.

Ich nickte wie betäubt. "Ja."

Er half mir aufzustehen und wartete, bis meine wackeligen Beine stabil waren, um dann loszulassen. "Dein Onkel wird es überleben. Er ist nur wegen des Beruhigungsmittels ohnmächtig geworden, das ich ihm gegeben habe. Haben Sie das verstanden?"

Ich blinzelte. "Ja."

"Können Sie laufen?", fragte er.

"Ja." Meine Stimme klang dick und schwer.

Dr. Wells begleitete mich zurück ins Wartezimmer.

Jonas und Brody eilten zu uns herüber. In Jonas' Augen wuchs die Besorgnis. "Was ist los?"

"Ihr Onkel wurde vor ihren Augen ohnmächtig", erklärte Dr. Wells. "Das war ein ziemlicher Schock für sie."

Jonas warf ihm einen skeptischen Blick zu.

Dr. Wells suchte die Notaufnahme ab. "Wo ist Dr. Gould?"

"Er hat einen Anruf von einem seiner Teams erhalten und ist gegangen", sagte Brody. "Er wird bald zurück sein."

Dr. Wells wandte seinen Blick wieder zu mir. "Kommst du zurecht, Chelby?"

"Ja, ich komme schon klar", flüsterte ich.

Der gute Doktor hob eine Augenbraue, offensichtlich glaubte er mir nicht.

"Wir werden uns um sie kümmern", versprach Jonas.

Dr. Wells musterte mich weiter, als hätte er Angst, ich könnte jeden Moment auf den Hintern fallen.

Ich begegnete seinem besorgten Blick. "Mir geht es gut." Wieder einmal stolperten mir die Worte über die Zunge.

Dr. Wells sah die Jungs stirnrunzelnd an. "Lassen Sie sie ein paar Minuten hier ausruhen?"

"Das werden wir", antwortete Brody, der mich mit einem besorgten Blick ansah.

"Wenn Sie etwas brauchen, rufen Sie nach einer Schwester." Der Arzt verschwand durch die roten Flügeltüren.

Brody und Jonas hakten ihre Arme unter meine und führten mich zurück zum Sitzbereich.

"Was ist los?", fragte Jonas.

"Das kann ich dir nicht sagen." Ich schüttelte den Kopf. "Nicht hier. Zu viele Leute."

"Wo dann?"

Ich dachte darüber nach. "In meinem Zimmer."

Brody schreckte zurück, und seine grauen Augen füllten sich mit Angst. "Wir können da nicht hingehen. Dr. Gould wird uns den Kopf abreißen."

"Außerdem sollst du beim Direktor bleiben", warnte Jonas. "Er wird nicht erfreut sein, dass du dich in dein Zimmer geschlichen hast."

"Bitte, es ist wichtig. Mein Onkel hat gesagt, ich soll niemandem trauen."

Brody stützte die Hände auf die Knie und stand auf. "Ich bin dabei. Wenigstens ist das Essen in der Haftanstalt gut."

Ich stand auf und hoffte, dass meine zitternden Beine mich nicht verraten würden. "Ich danke dir. Lass uns gehen, bevor Dr. Gould zurückkommt."

Jonas gesellte sich zögernd zu uns. Er schlang seinen Arm um meine Taille und zog mich an sich. Mit seiner Unterstützung schaffte ich es, einen Fuß vor den anderen zu setzen.

Eros kam auf mich zu, als ob er wusste, dass etwas nicht stimmte. Ohne zu fragen, hob mich Jonas auf mein Pferd. Normalerweise hätte ich mich beschwert, aber dieses Mal war ich dankbar. Ich war so geschockt über das, was mein Onkel mir erzählt hatte, dass ich nicht sicher war, ob ich so hoch hätte klettern können.

Eros neigte den Kopf und sah mich an.

"Mir geht es gut." Ich versuchte zu lächeln, um ihn zu beruhigen, aber sein strenger Blick sagte mir, dass er es nicht glaubte.

Brody führte Celestial zu mir hinüber. "Kannst du reiten? Du siehst aus, als würdest du gleich runterfallen."

Ich streichelte Eros' Nacken. "Mach dir keine Sorgen. Er wird mich nicht fallen lassen. Lass uns nach Hause gehen, Junge."

Er breitete seine schwarz gefiederten Schwingen aus und flog in den Nachthimmel. Ein Teil des Schocks verließ mich, als der Wind mein Haar durchwehte. Allein der Ritt auf meinem Pegasus stärkte mich, und ich breitete meine Arme aus und lachte, wobei mein Mut durch das Band zwischen Eros und mir angefacht wurde.

Er glitt wie ein Schwan zu den Ställen hinunter, und ich stieg allein ab. Celestial und Zeus landeten jeweils auf einer Seite neben uns. Ich führte Eros in seinen Stall und bürstete ihn ab.

Jonas und Brody warteten am Tor.

Ich schaute sie an. "Können wir gehen?"

"Ja, aber du machst mich wahnsinnig, wenn du uns dieses große Geheimnis nicht erzählst, auf das dich dein Onkel eingeschworen hat", beschwerte sich Jonas.

Ich lege einen Finger auf meine Lippen. "Pssst. Nicht hier."

Wir schlossen die Stalltüren und gingen über den Hof. Ich wollte ihnen noch nichts sagen. Es fühlte sich hier draußen zu offen und verletzlich an.

Wir erreichten schnell das Mädchenwohnheim. Jungs durften nicht hinein, und ich war dabei, die Regeln zu brechen.

Wieder einmal.

"Es ist spät." Ich öffnete die Glastür. "Beeil dich. Hoffentlich sind die meisten Mädchen auf ihren Zimmern."

"Vielleicht", murmelte Jonas. "Aber wenn eine von ihnen sieht, wie Brody und ich in dein Zimmer gehen, werden sie mit der Zunge schnalzen."

Ich zuckte mit den Schultern, als ich den Knopf für den Aufzug drückte. "Ich kann das ertragen."

"Vielleicht, aber Dr. Gould kann das nicht."

"Stimmt. Aber er ist nicht hier. Mach dir also keine Sorgen."

"Du hast leicht reden." Brody warf immer wieder einen Blick über seine Schulter. "Du bist nicht derjenige, den er lebendig häuten wird."

Die Aufzugstüren öffneten sich langsam.

Brody trat ein. "Das wird nichts."

Jonas folgte ihm mit demselben unruhigen Blick. Ich war kühl wie ein frischer Herbsttag, als ich den Knopf für meine Etage drückte. Die Kabine fuhr hoch, und die Türen öffneten sich zu einem leeren Korridor. Normalerweise wimmelte es hier von Mädchen, die kamen und gingen, aber es war weit nach Mitternacht. Alle Türen waren geschlossen. Wir eilten so schnell wie möglich in mein Zimmer, falls sich eine von ihnen öffnen sollte.

Ich hielt einen Finger an meine Lippen, während ich jeden Zentimeter meines Zimmers absuchte, bevor ich mich vergewisserte, dass wir allein waren.

Jonas ließ sich auf mein Bett plumpsen. "Was ist das für ein großes Geheimnis?"

Ich schaute finster drein. "Sprich leise. Denk daran, dass niemand hier drin sein darf."

Jonas rollte mit den Augen.

Brody nahm sich einen Stuhl, setzte sich nach hinten und stützte sein Kinn auf die Lehne. Neugierde erfüllte seine Augen.

Ich stellte mich zwischen die beiden und holte tief Luft, bevor ich ausplauderte, warum mein Onkel angegriffen wurde.

"Commander Wyland hat etwas gesehen, das er nicht sehen sollte."

Jonas verlor sein Grinsen, und Brody richtete sich im Stuhl auf.

"Der Hochstapler ist ein Fae, der sich des Glamours bedient."

Jonas runzelte die Stirn und schnippte mit den Fingern. "Und? Das wussten wir doch schon."

Ich begegnete seinem verärgerten Blick. "Wir wussten nicht, wer."

"Wer denn?", drängte Brody.

Ich untersuchte mein Zimmer erneut.

Jonas biss die Zähne zusammen. "Chelby, außer uns ist niemand hier. Hör auf, herumzualbern und spuck es aus."

"Ich weiß. Ich bin super paranoid."

"Warum?"

"Weil mein Onkel gesagt hat, ich soll niemandem vertrauen."

Jonas machte eine Bewegung zwischen sich und Brody. "Warum vertraust du uns dann?"

"Ich muss jemandem vertrauen", gab ich zu. "Ich kann das nicht mehr für mich behalten."

Jonas tippte mit einem Fuß auf den Boden. "*Sag es* uns."

"Er sagte, der Betrüger sei Sergeant Ragar."

Jonas' Fuß blieb stehen, und er starrte mich schockiert an.

"Das glaube ich nicht", sagte Brody.

Ich warf ihm einen kalten Blick zu. "Glaubst du, mein Onkel lügt?"

"Nein, natürlich nicht. Das ist einfach ... überwältigend."

"Da ist noch mehr." Ich wischte mir die Hände an meiner schmutzigen Jeans ab. "Er weiß, wer Sergeant Ragar wirklich ist."

Jonas packte mich am Arm. "Wer?"

"Er ist ein Fae vom Hof der Blüten. Ein Ritter."

Überraschung flackerte in Jonas' Augen auf und löste sich in kalten Unglauben auf. "Was? Bist du sicher?"

"Ja, ich bin mir sicher. Er hat meinen Onkel als den wahren König erkannt."

"Wie ist das möglich?", fragte er. "Der Commander hat seinen Zauber jahrelang aufrechterhalten können."

Ich zuckte mit den Schultern. "Ich weiß es nicht. Ich weiß nur, was mein Onkel mir erzählt hat."

Brody starrte mit einer Mischung aus Zweifel und Angst, und ich konnte hören, wie sein Verstand ratterte, während er das Puzzle zusammensetzte. "Er wurde gefesselt, geschlagen und ist möglicherweise mit hohem violettem Nachtschatten und Traubenkraut vollgepumpt worden. Woher weißt du, dass er bei klarem Verstand war?"

"Er hat rational gesprochen, Brody. Er hatte Schmerzen und war mit einem Beruhigungsmittel zugedröhnt, aber er war in der Lage, alle Punkte zu verbinden."

Brody schaute skeptisch, widersprach aber nicht.

Mehrere Minuten lang sprach keiner von uns. Mein Herzschlag passte sich dem Schneckentempo der Uhr auf meinem Nachttisch an.

"Moment mal." Jonas hielt einen Finger hoch. "Dieser Betrüger war verwundet, richtig? Genauer gesagt, sein Arm."

"Ich kann dir nicht folgen." Brodys Stirn legte sich in Falten. "Was meinst du damit, verwundet?"

Ich antwortete für ihn. "Erinnerst du dich nicht? Als der Betrüger hier war und mir die blaue Droge spritzen wollte, habe ich ihn mit meinem Schwanz geschlagen. Ich habe ihm das Handgelenk gebrochen."

In Brodys grauen Augen blitzte Verständnis auf. "Ihr glaubt, Sergeant Ragars Handgelenk ist gebrochen."

"Ja", stimmte Jonas zu. "Er kann den Bruch verbergen, aber er ist immer noch verletzt."

"Wie soll uns das helfen?", fragte Brody.

"Vielleicht zwingen wir ihn", überlegte ich.

"Welches ist kaputt?", fragte Jonas.

"Sein Rechtes." Für mich gab es keinen Zweifel.

"Bist du sicher?"

"Ja, ich bin mir sicher. Wenn wir ihn alle auf einmal angreifen und auf sein gebrochenes Handgelenk zielen, können wir ihn vielleicht dazu bringen, seinen Glamour abzulegen." Ich ging auf die Tür zu.

Jonas schob sich vor mich. "Was machst du da?"

"Wir müssen es jetzt tun."

"Nein, tun wir nicht." Er fasste mir ans Kinn. "Es ist mitten in der Nacht. Wir sind erschöpft. Sergeant Ragar ist es nicht. Es wäre ein Fehler, ihn jetzt anzugreifen."

Ich runzelte die Stirn. "Du willst, dass ich in Dr. Goulds Quartier zurückkehre, so tue, als sei alles in Ordnung, und mich schlafen lege?"

"Ja, will ich. Wir werden uns morgen überlegen, was wir mit Sergeant Ragar und Dr. Gould machen."

Ich schaute finster drein. "Meinst du, wir sollten es dem Direktor sagen? Was, wenn er einer von ihnen, und der echte Dr. Gould, verschwunden ist?"

Jonas fasste mir an die Schulter. "Das werden wir morgen herausfinden."

"Wie?"

"Indem wir ihn dazu bringen, sich in seinen Drachen zu verwandeln. Wenn er es nicht kann, wissen wir Bescheid."

Ich betrachtete die grünen Augen, die mich zur Vernunft brachten, und senkte den Kopf. So ungern ich auch warten wollte, ich musste mich ausruhen. Auch ein lila Drache braucht Schlaf.

"Gut. Ich gehe zurück zu Dr. Gould." Ich hob den Kopf. "Aber ich werde mit einem offenen Auge schlafen."

21

WIDERSTREBEND FÜHRTE ICH JONAS UND BRODY AUS MEINEM Zimmer. Wieder einmal muss mein Schutzengel auf meiner Schulter gesessen haben, denn wir entkamen durch den Korridor, ohne erwischt zu werden. Jonas und Brody bestanden darauf, die Treppe zu nehmen. Sie dachten, so hätten sie bessere Chancen, Dr. Gould nicht über den Weg zu laufen. Ich nahm den Aufzug zu den Räumen des Direktors.

Ich wusste nicht, wie ich heute Nacht jemals schlafen sollte.

Als ich im obersten Stockwerk ankam, verließ mich die Glücksfee. Dr. Gould saß in seinem Ledersessel und trommelte mit den Fingern auf die Armlehne.

"Wo bist du gewesen?" Seine tiefe Stimme war ein Feuerwerkskörper, der in meinem Gehirn explodierte.

Ich rutschte auf meinen Füßen herum. "Ich, äh, musste Eros zurück in seine Box bringen."

"Falsch. Ich war gerade bei den Ställen, und du warst nicht da. Versuch es noch einmal." Sein Ton erschreckte mich zu Tode, als würde es Schmerzen und Strafen geben, wenn ich ihm nicht die Wahrheit sagen würde.

Ich befeuchtete meine Lippen und wusste nicht, welche Lüge mir einfallen würde. Mein Kopf war zu voll, und mir fiel nichts ein.

"Wenn du dich mit Jonas und Brody in deinem Wohnheimzimmer treffen wolltest, hätte ich vorgeschlagen, dass du das Licht ausmachst. Das einzige Licht, das im ganzen Wohnheim brannte, war praktisch ein Leuchtfeuer."

Schweiß brach mir auf der Stirn aus. Ich schluckte und wusste nicht, was ich tun sollte. Was, wenn er der Betrüger war? Ich konnte fast spüren, wie sich eine Schlinge um meinen Hals legte. Eine falsche Bewegung und ich würde durch die Falltür fallen und an meinen eigenen Lügen ersticken.

Er zeigte auf einen Stuhl. "Setz dich und sag mir, was zum Teufel du da drinnen gemacht hast."

Ich zwang meine wackeligen Beine in Bewegung und setzte mich ihm gegenüber.

"Chelby, rede mit mir."

Mein Starrsinn flammte auf, und ich begegnete seinem feindseligen Blick. "Woher weiß ich, dass ich dir vertrauen kann?"

Jetzt war er an der Reihe, seine Augen zu weiten. "Du traust mir nicht?"

"Mein Onkel sagte, ich solle niemandem vertrauen."

"Das hat er also gesagt, als du ihn besucht hast." Dr. Gould starrte mich an, als ob er versuchte, meine Gedanken zu lesen. "Wie kann ich es dir beweisen?"

Ich verschränkte meine Arme. "Verwandle dich in deinen Drachen."

"Gut."

Ohne zu zögern, zog er sein Hemd, seine Hose und seine Unterwäsche aus. Meine Wangen erhitzten sich beim Anblick seiner Nacktheit. In der nächsten Sekunde stand ein goldener Drache an seiner Stelle. Er war so groß, dass er seinen Sessel umwarf und eine Lampe zerbrach.

Er sah mich an, als wollte er wissen, ob ich zufrieden sei.

"Okay, denke ich."

Der Direktor drehte sich um und zog sich an, während ich an die Decke starrte, bis er seine Hose anhatte. Er richtete seinen Lehnstuhl auf und setzte sich. "Und jetzt rede."

Ich betete, dass ich nicht den größten Fehler meines Lebens machte, während ich ihm alles erzählte und ihn genau beobachtete, um zu sehen, ob etwas in seinen Augen darauf hindeutete, dass er nicht Dr. Gould war.

Als ich fertig war, runzelte er die Stirn. "Du und ich müssen an unserer Beziehung arbeiten. Ich hätte dir die ganze Zeit über helfen können. Aber das wird später kommen. Jetzt haben wir ein größeres Problem."

"Jonas wollte mit der Konfrontation mit Sergeant Ragar bis morgen warten, aber ich denke, wir sollten jetzt gehen."

Der Direktor wedelte mit dem Finger. "Nein. Jonas hat recht. Wir sind alle erschöpft. Ragar ruht sich aus und kommt wieder zu Kräften, also müssen wir das auch tun."

Ich starrte ihn an. "Versprich mir, dass du nichts ohne mich unternimmst."

"Wie bitte?"

Ich begegnete seinem verblüfften Blick. "Wenn du willst, dass ich dir vertraue, musst du zustimmen, dass wir das zusammen machen."

Er blieb mehrere lange Herzschläge lang starr, aber schließlich sagte er: "Ich stimme zu."

"Schlag ein!" Ich streckte meine Hand aus.

Er kicherte, als wir uns schüttelten. Sein Händedruck war fest und stark, wie der Direktor selbst.

Ich zog mich in mein Zimmer zurück, immer noch mit dem Gefühl, dass es ein schrecklicher Fehler gewesen war, zu beichten. Schmutzig konnte ich nicht schlafen, also duschte ich schnell, um den Schlamm und den Dreck abzuwaschen. Das warme Wasser lockte mich fast in den Schlaf. Ich kletterte heraus, trocknete meine Haare mit dem Handtuch und wickelte meinen Morgenmantel um mich. Sobald mein Kopf das Kissen berührte, war ich weg.

Der Geruch von Kaffee ließ mich aus dem Schlaf aufschrecken. Ich konnte nicht glauben, dass ich so fest geschlafen hatte. Ich zog mich schnell an und betete, dass Dr. Gould sein Wort gehalten hatte.

Ich eilte aus meinem Zimmer, um festzustellen, dass er zum Frühstück French Toast mit frischen Erdbeeren und Cappuccino gemacht hatte.

"Wow." Ich ließ mich in einen Stuhl fallen.

"Ich hatte eine unruhige Nacht, in der ich über Sergeant Ragar nachgedacht habe, also beschloss ich, früh aufzustehen und

Frühstück zu machen. Kochen hilft mir, mich zu entspannen und nachzudenken."

"Und?"

"Hat Commander Wyland gesagt, ob der echte Sergeant Ragar noch am Leben ist oder nicht?"

"Nein", antwortete ich unglücklich. "Ich hoffe, er ist es."

"Ich habe darüber nachgedacht, was passiert ist. Niemand hier ist gestorben, von dem wir wissen."

"Was soll das bedeuten?"

"Es bedeutet, dass der Spion vielleicht nicht böse ist."

"Das ist nicht wahr. Die Leute sterben gerade im Krankenhaus."

"Nein, sie werden schwächer. Sie sind noch nicht tot. Wir haben Zeit."

"Um was zu tun?"

"Wenn wir den Spion foltern, werden wir nicht die Antworten bekommen, die wir brauchen. Folter funktioniert nicht. Wir müssen einen anderen Ansatz versuchen. Die Emotionen kochen im Moment hoch, und das könnte uns auf den falschen Weg führen. Wirst du mir in dieser Sache vertrauen?"

Bevor ich antworten konnte, stellte der Direktor zwei weitere Teller auf den Tisch.

"Wer schließt sich uns an?", fragte ich.

"Deine Mitverschwörer".

Während er dies sagte, öffneten sich die Aufzugstüren zu seinem Zimmer.

"Kommt zu uns", rief Dr. Gould aus der Küche.

Jonas und Brody kamen mit verlegenen Gesichtern herein.

"Guten Morgen." Der Direktor wies mit einer Geste auf den Tisch. "Bitte nehmt Platz."

Jonas warf mir einen Blick zu, der mich leise fragte, ob ich es ihm gesagt hätte.

Dr. Gould fing den Ausdruck auf. "Ja, Jonas. Chelby hat mir alles erzählt."

Brody errötete und seine Augen waren voller Sorge.

"Du brauchst dir keine Sorgen zu machen, Mr. O'Hara. Ich habe dich hier nicht nach deiner letzten Mahlzeit gefragt, bevor du ins Gefängnis gehst.

"Warum sind wir dann hier, Sir?" Brodys Tonfall erinnerte mich an einen kleinen Jungen, der ins Büro des Schuldirektors geschickt worden war.

Der Direktor legte Brody und Jonas je zwei Stücke Toast auf die leeren Teller. "Wir werden planen, wie wir Sergeant Ragar in eine Falle locken können.

Er nahm Platz, schnappte sich einen Teller mit Würstchen und reichte ihn an Brody weiter, der sich drei davon nahm und den Teller weiterreichte. Jonas nahm vier Würstchen. Ich nahm zwei, wobei ich mir nicht sicher war, ob ich eins von ihnen essen konnte.

"Wie ich Chelby schon sagte, wenn wir ihn direkt angreifen, könnte jemand verletzt werden. Da der andere Spion noch immer bewusstlos ist, brauchen wir ihn lebend. Das ist der einzige Weg, Antworten zu bekommen."

Jonas bestrich seinen Toast mit Butter. "Werden Sie eines Ihrer Spezialteams schicken?" Sein Ton schien ruhig, aber ich erkannte das Unbehagen in seinem Blick.

"Ja. Einer meiner besten." Er deutete auf seine Gabel. "Ihr drei."

Ich lege eine Hand auf meine Brust. "Glaubst du, wir sind eines deiner besten Teams?"

"Ihr habt zweimal die geheimen Standorte von Sektor Neun ausgehoben. Ich denke, damit habt ihr euch den Titel verdient."

Brody verschluckte sich an einem Stück Wurst. "Wie werden wir Sergeant Ragar fangen?"

"Ihr drei geht in seine Klasse, als ob alles normal wäre, dann komme ich in den Raum. Wir werden ihn in die Enge treiben."

"Okay, was dann?", fragte ich.

"Wir reden."

Das gefiel mir nicht. Das war ein dummer Plan, und ich war mir sicher, dass Sergeant Ragar uns durch die Lappen gehen würde.

"Und wenn er nicht reden will?"

Der herausfordernde Tonfall von Jonas ließ mich zusammenzucken, aber ich wusste, dass Brody und ich die gleiche Frage hatten.

"Wir werden diese Brücke überqueren, wenn wir dort sind. Fürs Erste tust du so, als wäre alles in Ordnung. Du willst nicht, dass der Spion in Panik gerät und wegläuft."

Als wir mit dem Frühstück fertig waren, fühlte sich das Essen wie Blei in meinem Bauch an. Das würde alles nicht funktionieren.

Wir gingen schweigend zu Sergeant Daniels' Trainingseinheit. Ich fühlte mich, als hätte ich einen Stachel im Hintern und wäre nicht in der Lage, auch nur eine Sekunde lang ruhig im Unterricht zu sitzen. Sergeant Daniels würde wissen, dass etwas im Busch war.

Der Ork-Sergeant stand an ihrer Tür und wartete auf uns. "Da so viele eurer Teammitglieder erkrankt sind, glaube ich langsam, dass wir Domino spielen. Bald werden wir nur noch einen haben." Ihr ominöser Tonfall gefiel mir nicht.

"Das ist nicht lustig", brummte Brody.

"Ich lache nicht", schoss sie zurück. "Ihr hattet alle ein paar harte Wochen. Ich glaube, wir werden ein Brettspiel spielen."

"Ernsthaft?"

"Ja Catan. Es lehrt dich, wie man verhandelt, wie man seine Umgebung wahrnimmt und analysiert und wie man seine Ressourcen verwaltet. Das sind Fähigkeiten, die man bei einer Mission braucht."

Catan war eines meiner Lieblingsspiele. Das Ziel war es, die Insel zu beherrschen und die größte Armee aufzubauen. Darin war ich auch gut. Trotzdem schien dies nicht der richtige Zeitpunkt zu sein, um ein Brettspiel zu spielen.

Ich spielte mit, habe aber nur halb aufgepasst und mehrere dumme Fehler gemacht. Jonas gewann haushoch.

"Ich dachte, du hättest gesagt, du wärst gut in diesem Spiel, Chelby", stichelte er.

"Das bin ich. Ich habe eine Menge Dinge im Kopf."

"Das ist es, was dich in Schwierigkeiten bringen wird", bemerkte Sergeant Daniels. "Du musst dich auf den Augenblick konzentrieren und darfst nicht an die Zukunft oder die

Vergangenheit denken. Der Feind ist ein Meister darin, dich an dir zweifeln zu lassen. Du musst konzentriert bleiben, Chelby. Hast du das verstanden?"

"Ja, Ma'am." Vielleicht war das eine Lehre.

Nachdem wir ihre Klasse verlassen hatten, ging Brody zu seiner magischen Trainingseinheit. Jonas und ich machten uns auf den Weg zum Klassenzimmer des Commanders. Da mein Onkel im Krankenhaus lag, würden wir natürlich einen Ersatztrainer haben.

Als wir den Raum betraten, erstarrte ich und sah zu, wie Dr. Goulds Plan aus dem Fenster flog.

Ich dachte darüber nach, was Sergeant Daniels mir gesagt hatte. Mir war nicht klar, dass ich ihre Philosophie so bald auf die Probe stellen würde.

Sergeant Ragar begrüßte uns am Eingang des Raumes. "Guten Morgen. Ich bin Ihr Ersatztrainer für heute."

Jonas stellte sich sofort wie ein Schutzschild vor mich, aber ich brauchte keinen Schutz.

Ich ging zurück und schloss die Tür des Klassenzimmers ab, so dass wir alle drei darin eingeschlossen waren.

22

Sergeant Ragar starrte uns an. "Stimmt etwas nicht? Ihr seht beide aus, als hättet ihr einen Geist gesehen. Und warum schließt du die Tür ab, Chelby?"

Ich war fertig mit den Spielchen. Dr. Gould sagte, wir sollten es mit diesem Spion mit Diplomatie versuchen, und es war an der Zeit, seine Strategie zu testen.

"Ich weiß, wer Sie sind."

Jonas zuckte zusammen. "Chelby, was machst du da?"

"Das Spiel von Dr. Gould spielen."

Sergeant Ragar lachte. "Ich weiß auch, wer du bist. Warum tätigst du so eine seltsame Aussage?" Sein Ton war fröhlich, aber der Blick in seinen Augen passte nicht dazu. Wachsamkeit schlich sich in sie.

"Sie sind kein Vampir." Ich lächelte fest. "Ich weiß, dass Sie ein Ritter vom Hof der Blüten sind." Ich zeigte auf ihn. "Und ich weiß, dass Ihr rechtes Handgelenk gebrochen ist."

Sergeant Ragar kam auf mich zu. "Du irrst dich. Jetzt mach die Tür auf."

"Nein."

Jonas näherte sich dem Sergeant, wobei sein Blick auf den rechten Arm des Mannes gerichtet war.

Sergeant Ragar verengte seine Augen. "Ich werde euch beide melden. Ihr habt kein Recht, so mit mir zu sprechen."

"Wenn Sie Sergeant Ragar *wären*, hätten Sie recht." Ich zog meinen Rock herunter. "Ich nehme an, Sie haben dem Trainer, der meinen Onkel ersetzen sollte, etwas angetan?"

"Was machst du da?" Seine Stimme klang ein wenig zu hoch.

"Ich will meine Uniform nicht zerreißen, wenn ich mich umziehe. Was sollte ich sonst tun?"

Sein Gesicht verblasste. "Das kannst du nicht. Wir sollen doch Glamour üben."

Ich antwortete ihm nicht, sondern zog erst mein Höschen und dann mein Hemd aus.

"Nein!", schrie er, aber er griff mich nicht an. Er hob einen Arm und stürzte sich auf Jonas.

In seiner Hand befand sich eine Spritze, die mit einer blau schimmernden Flüssigkeit gefüllt war.

Jonas wich ihm mit einem Purzelbaum aus. Die Nadel verfehlte seine Schulter nur knapp.

Blitzschnell schaltete ich um und schlug Sergeant Ragar mit dem Schwanz. Er krachte stöhnend auf den Schreibtisch. Ich drückte seinen Arm mit meinen Krallen auf den Boden, bevor er sich aufrappeln konnte.

Jemand hämmerte an die verschlossene Tür. "Was ist da drinnen los? Macht auf!"

Es war Dr. Gould.

Jonas schloss die Tür auf, und der Direktor stürmte hinein. "Gut. Ich dachte schon, ich käme zu spät."

"Zu spät für was?', fragte Jonas.

"Ich fand den Ersatztrainer bewusstlos im Treppenhaus und wusste, dass etwas nicht stimmte."

"Sagen Sie der Schlampe, sie soll mich in Ruhe lassen", stöhnte der Betrüger.

Dr. Gould zog einen Stuhl heran. "Jonas, würdest du bitte die Tür abschließen und Wache halten? Ich möchte nicht, dass uns jemand stört."

Jonas tat, wie ihm geheißen. Nachdem die Tür verschlossen war, stellte er sich mit verschränkten Armen davor, die Füße schulterbreit auseinander.

Dr. Gould winkte mir zu. "Chelby, ich möchte, dass du bitte von ihm runtergehst, aber verwandle dich noch nicht zurück."

Ich war mir nicht sicher, ob ich es tun sollte, aber ich tat, was er mir sagte. Sergeant Ragar glühte, als er sich aufsetzte und sich den rechten Arm hielt.

Dr. Gould sah ihn prüfend an. "Sie können Ihren Glamour genauso gut abschalten. Wir alle wissen, dass Sie nicht Sergeant Ragar sind."

Er saß keuchend da und starrte auf den Boden.

"Chelby wird Ihnen nicht wehtun, es sei denn, ich sage es ihr. Also, mal sehen, worum es hier geht. Ich vermute, dass Sie unter dem Druck von Sektor Neun hier sind, habe ich recht?"

Er riss den Kopf hoch.

Dr. Gould nickte. "Bitte, stehen Sie auf und nehmen Sie Platz."

Die Gesichtszüge von Sergeant Ragar verwandelten sich in einen blauäugigen Fae mit langen blonden Haaren und einem gebrochenen Handgelenk. Er stand langsam auf, schaute sich um und setzte sich dann an einen der Schülertische.

"Beginnen wir mit Ihrem Namen", schlug der Direktor vor.

Der Fae seufzte. "Mein Name ist Tarron Bisatra. Ich bin Hauptmann der königlichen Garde am Hof der Blüten. Mein Bruder Folas und ich sind hier, um die Freilassung von König Ashs Schwester Lyra zu erreichen. Ich würde alles tun, um sie zu retten."

Jonas schnappte nach Luft. "Sie ist verschwunden?"

Hass blitzte in Tarrons Augen auf. "Entführt von Sektor Neun."

"So hat Sektor Neun also König Ash gezwungen, seine Attentäter für ihre Zwecke einzusetzen." Dr. Gould studierte den Fae mehrere Minuten lang. "Sagen Sie mir, Tarron. Wie lange sind Sie schon in die Prinzessin verliebt ... und was noch wichtiger ist, weiß ihr Bruder davon?"

Tarron erbleichte. "Wie haben Sie ... Sie können es ihm nicht sagen. Er würde uns beide umbringen."

Er war in sie verliebt?

"Das werden wir nicht. Machen Sie sich keine Sorgen." Dr. Gould gestikulierte. "Wann wurde die Prinzessin gekidnappt?"

"Sie ist jetzt seit über einem Jahr inhaftiert. Bis jetzt hatten wir keine Hinweise darauf, wo sie festgehalten wird.

Der Direktor runzelte die Stirn. "Sie glauben doch wohl nicht, dass sie hier im PSK ist?"

"Nein. Wir wissen, dass sie es nicht ist, aber sie wird hingerichtet, wenn wir nicht tun, was Sektor Neun verlangt."

"Wo wird sie festgehalten?" fragte Dr. Gould.

"Im St. Mary's Hospital in Colorado Springs. Sie und die Unseelie sind dort."

"Das ist ein menschliches Krankenhaus", stellte Dr. Gould fest. "Warum sind Sie da nicht eingebrochen?"

"Wir haben es mehrmals versucht, aber wir kommen nicht durch ihre magische Barriere. Ich weiß nicht, woher sie sie haben, aber sie ist mächtig."

"Wo im Krankenhaus?" fragte Dr. Gould.

"Es ist unter dem Leichenschauhaus, und wir kommen nicht hinein. Wir haben es schon mehrmals versucht."

"Könnten Sie uns dorthin führen?"

"Ja, aber es wird nichts nützen. Du musst das Passwort kennen, um die Barriere zu öffnen."

Dr. Gould stützte die Ellbogen auf den Schreibtisch und verschränkte die Finger. "Erzählen Sie mir von Moon. Ist er ein Spion, der sich in Sektor Neun versteckt?"

Ich hielt den Atem an und wartete darauf, dass Tarron uns sagen würde, dass es Hicks war. Dass Hicks irgendwie am Leben war.

Er zog die Stirn in Falten. "Moon?"

"Ich nehme an, es ist ein Deckname", erklärte der Direktor.

Jonas grummelte vor sich hin, aber ich hörte nicht, was er sagte.

Ich stieß ein leises, bedrohliches Knurren aus. Rauch quoll aus meiner Nase.

Tarrons Augen wurden so groß wie Untertassen.

Dr. Gould schnippte mit den Fingern und streckte seine Handfläche aus. "Chelby, halt dich zurück."

Ich zwang mich, ruhig zu bleiben.

"Nun, Tarron." Der Direktor fuhr fort. "Wer war Moon?"

Sagen Sie es nicht. Sagen Sie es nicht. Sagen Sie es nicht.

Tarron sah zwischen uns hin und her. "Ich war es nicht, und Folas war es auch nicht."

"Wer dann?"

"Ich bin mir nicht sicher."

Eine weitere Rauchwolke entwich meinen Nasenlöchern, und meine Brust brannte.

"In Ordnung. Ich habe gehört, dass Sektor Neun diesen Kerl hergebracht hat, der angeblich tot war, aber jetzt ist er etwas anderes. Das hörte sich aber unmöglich an. Ich habe es nie geglaubt."

"Du meinst, wie einen Wolfswandler von den Toten auferstehen zu lassen, und jetzt ist er ein Vampir?"

"Genau. Das ist genau das, was es war. Sie haben irgendwo anders eine Art Experiment mit ihm gemacht ... ich weiß nicht mehr, wo." Er sah zwischen uns hin und her. "Ich schwöre. Geben Sie mir eine Minute..."

"Schottland", schlug Dr. Gould leise vor.

Tarron nickte. "Ja, ich glaube, das war es."

Wut durchströmte mich, ließ meine Muskeln anschwellen und schürte mein Feuer. Mein Gebrüll erschütterte den Raum, und ein Feuerstrahl traf einen Schreibtisch. Er ging in Flammen auf.

Dr. Gould griff nach einem Tuch und erstickte das knisternde Feuer.

Tarron hielt sich die Ohren zu.

"Scheiße", spuckte Jonas. "Diese Mistkerle."

"Beruhige dich." Dr. Gould hob die Hände. "Beruhigt euch alle. Diesen Fae zu zerfleischen, wird uns nicht helfen."

Tarron keuchte schwer, als ob er dachte, seine Minuten seien gezählt.

Jonas funkelte ihn an. "Fragen Sie ihn nach dem funkelnden blauen Zeug."

Dr. Gould hob eine Augenbraue zu Tarron.

"Sektor Neun hat einen Unseelie gefangen genommen, als wir gegen sie kämpften. Der Unseelie gab ihnen eine Formel, die Übernatürliche in Tötungsmaschinen verwandelt, aber es gibt ein Problem. Wenn es nicht richtig dosiert wird, tötet es sie stattdessen."

"Gibt es ein Gegengift?"

Tarron nickte. "Es befindet sich im geheimen Keller von Sektor Neun in St. Mary's. Wie ich Ihnen schon sagte, kommen Sie da nicht rein. Mein Bruder und ich haben es schon oft versucht. Es ist unmöglich."

Dr. Gould grinste. "Das war, bevor Sie zwei Drachen hatten."

Alle Augen richteten sich auf mich, und ich blinzelte. Es lag wieder an mir?

Ich dachte an meinen Pflegevater und wie er allen, die ich liebte, wehgetan hatte.

Ich war dabei.

"Wann gehen wir?" fragte Jonas.

"Um Mitternacht", Dr. Gould betrachtete Tarrons Handgelenk. "Sie brauchen eine Schiene dafür. Können Sie mit einem kaputten Handgelenk überhaupt kämpfen?"

"Ich bleibe nicht zurück, während die Frau, die ich liebe, in Gefahr ist."

"Ich habe nicht gesagt, dass ich Sie zurücklassen würde", betonte Dr. Gould. "Sie müssen uns zeigen, wo dieser geheime Keller ist. Ich meinte, kannst du ein Schwert führen?"

"Ich bin Hauptmann der königlichen Garde. Natürlich kann ich das."

"Gut." Dr. Gould stand auf. "Chelby, du kannst dich zurückverwandeln."

Ich verwandelte mich sofort. "Ich habe eine Frage an Tarron."

Tarron ließ seinen Blick über meinen nackten Körper gleiten, und ich warf ihm einen kalten Blick zu. Wenigstens hatte er den Anstand, sich abzuwenden.

"Wie lautet deine Frage?", fragte er.

"Ist Sergeant Ragar am Leben?"

Er sah mir zu, wie ich in meine Kleidung schlüpfte. "Ich weiß es nicht. Er könnte es sein. Sektor Neun..."

"Hat ihn", beendete ich für ihn.

Ich war mehr als bereit und wusste nicht, ob ich bis Mitternacht warten konnte.

Mitternacht kam schneller, als ich erwartet hatte. Ich traute Tarron nicht über den Weg, aber wir brauchten ihn. Andererseits könnte er uns in eine weitere Falle locken.

Dr. Gould wollte, dass nur ein kleines Team das Krankenhaus betritt. Er wollte keinen der unschuldigen Patienten oder des medizinischen Personals verletzen.

Ich wusste genau, wo St. Mary's lag. Es lag in der Nähe von Cheyenne Mountain und sollte hochmodern sein. Ich war schon mehrmals dort gewesen, als meine Pflegemutter eine Hysterektomie hatte und als meinem Pflegevater der Blinddarm entfernt wurde. Für mich war es ein ganz normales Krankenhaus. Es war nichts Besonderes.

Dr. Gould wollte nicht, dass wir mit dem Auto fahren, da wir entdeckt werden könnten. Da es in der Nähe des Cheyenne Mountain lag, beschloss er, dass wir auf unseren Pegasi reiten sollten. Es war das erste Mal, dass ich mit Eros in einen möglichen Kampf ritt, und ich war sehr nervös. Was, wenn ihm etwas zustößt? Das könnte ich nicht verkraften.

Ich kleidete mich für den Kampf in ein dunkles T-Shirt und eine passende Yogahose. Ich band meine Haare zu einem Pferdeschwanz.

BSSSSS - BSSSSS - BSSSSS

Ich nahm mein Handy in die Hand. Es war eine weitere SMS von Moon.

Ich muss dich warnen

Das war der ganze Text. *Wovor warnen Sie mich?* Alles, was ich mir vorstellen konnte, war, dass Moon, während des Textschreibens, erwischt worden war.

Wir trafen uns um Mitternacht bei den Ställen, und alle waren schwarz gekleidet. Ich erzählte ihnen von dem Text.

Dr. Gould atmete tief ein. "Ich denke, wir müssen mit dem Schlimmsten rechnen."

Brody verschränkte die Arme und sah finster drein. "Das heißt, Sektor Neun weiß, dass wir kommen."

"Ja, aber wir können den Plan nicht ändern", erklärte Dr. Gould. "Nicht, wenn wir unsere Freunde retten wollen."

Tarron trug eine Bandage an seinem rechten Handgelenk und hielt sein Schwert in der linken Hand. Ich fragte mich, ob Fae beidhändig sind. Vielleicht waren es einige, aber ich war es definitiv nicht.

Ich hatte meinen Bogen und meinen Köcher dabei, obwohl ich mich für mein Team eigentlich in einen Drachen verwandeln sollte. Ich nahm an, dass es keine Rolle spielte, da Dr. Gould ein Schwert an seiner Seite trug.

Jonas und Brody flankierten mich, wie immer. Sie beobachteten Tarron wie ein Geierpaar, bereit, ihn bei der kleinsten falschen Bewegung in Stücke zu reißen.

Dr. Gould forderte uns auf, uns um ihn zu versammeln. "Ich möchte den Plan noch einmal durchgehen. Wir reiten mit den Pegasi in den Wald, der an das Krankenhaus angrenzt. Von dort aus brechen wir in die Leichenhalle ein und machen uns auf den Weg zum Treppenhaus, das in den geheimen Keller von Sektor Neun führt. Dies ist ein Krankenhaus. Wir werden dort nicht reingehen und den Patienten oder dem medizinischen Personal

Schaden zufügen. Unsere Aufgabe ist es, die Prinzessin zu befreien und das Gegenmittel zu finden."

"Was ist mit dem Unseelie, der dort gefangen gehalten wird?" fragte Tarron. "Ich habe Gerüchte gehört, dass Sektor Neun sein Blut benutzt, um Soldaten herzustellen."

"Großartig", brummte Brody. "Das ist alles, was wir brauchen. Soldaten, die so stark sind wie ein Unseelie."

Ich runzelte die Stirn. "Sind sie stark?"

"Ja, ziemlich", bestätigte Tarron. "Nur die königlichen Elfen sind stärker. Zum Glück ist dieser Unseelie nicht königlich. Sonst hätten wir ein ernstes Problem."

23

Das Grauen verfolgte mich wie ein Todesschatten. Ich versuchte, es abzuschütteln, während ich Eros aus seinem Stall führte. Jeder Nerv in mir war in Alarmbereitschaft, und ich konnte nicht umhin zu glauben, dass wir in eine weitere Falle liefen. Sektor Neun war uns immer voraus gewesen. Warum sollte das jetzt anders sein?

Ich klopfte Eros auf die Schulter. "Hör auf mich, Junge. Du bleibst in Sicherheit. Ich kann es nicht ertragen, dich zu verlieren."

Er sah mich an, und seine großen braunen Augen sagten, dass er sich auch nicht von mir trennen wollte. Ich schwang mich auf seinen breiten Rücken.

Jonas und Brody ritten auf ihren Pferden neben mir her. Brody saß rittlings auf Goldie, die eine Verbindung zu ihm zu haben schien, wenn auch nicht so wie zu Maggie.

Ich sah die beiden an und mir wurde klar, wie sehr ich sie liebte. Ich könnte es nicht ertragen, sie zu verlieren, so wie ich Hicks verloren hatte.

"Versprecht mir, dass ihr beide am Leben bleibt."

Jonas blinzelte. "Immer."

"Du auch." Brody umfasste meinen Arm.

Dr. Gould saß auf seinem Pegasus, und Tarron saß hinter ihm. Ich hatte das Gefühl, dass der Direktor diesem Fae so viel Vertrauen schenkte wie einer Klapperschlange.

Sein Pegasus breitete seine Flügel aus und erhob sich in den Himmel. Ich stieß Eros mit meinen Fersen an, und er flog hinter dem Direktor her, Brody und Jonas hinter uns.

Die Sterne funkelten am Himmel, aber heute Nacht gab es keinen Mond, was uns mehr Schutz bot. Unten leuchteten die Straßenlaternen der Stadt Colorado Springs. Fahrzeuge rauschten über den Highway und fuhren durch die Wohnstraßen, aber niemand bemerkte uns, die wir uns in den Wolken versteckt hatten. St. Mary's lag ein paar Meilen östlich von NORAD, und wir waren in Rekordzeit dort.

Wir landeten leise in dem dichten Wald hinter dem Krankenhaus, der unsere Reittiere vor den lauernden Übernatürlichen verbergen würde. Ich rutschte von Eros herunter und umarmte ihn. "Bleib hier, Eros. Beschütze die anderen Pegasi."

Er blinzelte und schnaubte. Hoffentlich hieß das ja.

Jonas berührte meine Schulter. Er hatte sein Schwert bereits entsichert. "Bist du bereit?"

Ich nahm einen tiefen Atemzug. "So bereit, wie ich es nur sein kann."

Dr. Gould suchte das Waldgebiet ab. "Gehen Sie voran, Tarron."

Tarron zeigte auf einige der Straßenlampen auf dem Parkplatz. "Sektor Neun hat versteckte Kameras in den mittleren Leuchten angebracht. Es ist schwer, an ihnen vorbeizukommen."

"Ich denke, wir sollten über den Parkplatz marschieren und sie wissen lassen, dass wir kommen", schlug ich vor.

Der Fae sah mich an, als wäre ich ein Idiot. "Wenn wir das tun, werden sie auf uns vorbereitet sein."

Dr. Gould schüttelte den Kopf. "Eigentlich vermute ich, dass sie sich hinter ihrer magischen Barriere sicher fühlen."

Tarron runzelte die Stirn. "Sie wollen also durch die Vordertüren gehen?"

"Nein. Gibt es noch einen anderen Eingang? Sagen Sie uns, wo werden die Lieferungen getätigt?"

"Die Bereiche sind alle gesichert."

Ich zeigte auf die Kapelle. "Was ist mit dem Glockenturm?"

"Wie kommen wir da hoch?", fragte Tarron.

Ich grinste. "Dragon Airlines. Wie sonst?"

Dr. Gould sah mich voller Stolz an. "Ich finde, das ist eine großartige Idee, Chelby. Würden Sie sich die Ehre geben?"

"Klar." Ich zog mich schnell aus und verwandelte mich in einen lila Drachen.

Jonas schnappte sich meine Klamotten, wickelte sie in meinen Mantel und verknotete die Ärmel des Mantels, um alles zu einem festen Knäuel zusammenzuhalten.

Ich lag auf meinem Bauch.

"Alle aufsitzen", befahl Dr. Gould.

Einer nach dem anderen kletterte auf meinen Rücken.

Ich betete, dass niemand einen lila Drachen am Mitternachtshimmel bemerken würde, als ich zum Glockenturm flog. Hoffentlich war ich hoch genug, dass die Kameras von Sektor Neun uns nicht erwischen würden. Doch selbst wenn dem so wäre, würden sie bald wissen, dass wir hier waren.

Ich erreichte den Turm und landete auf dem roten Dach, wobei sich meine Krallen an den Ziegeln festhielten.

KNACK - KNACK

Einige der Fliesen zerbrachen unter mir, und ich hoffte, dass die Konstruktion mein Gewicht halten würde. Dr. Gould rutschte zuerst herunter, dann Tarron. Brody und Jonas folgten. Ich verwandelte mich zurück und klammerte mich an das Dach, wobei ich fröstelte, als der Wind über meine nackte Haut strich. Vorsichtig kletterte ich hinunter und sprang durch ein Fenster in den Turm, um zu den anderen zu gelangen.

Jonas stand vor mir, als ich meine Sachen wieder anzog. Er hatte sogar daran gedacht, meinen Bogen und meinen Köcher mitzunehmen. Ein weiterer Punkt für ihn.

"Ich bin bereit", rief ich hinter Jonas' breitem Rücken hervor.

Dr. Gould stand neben der Tür, die aus dem Turm führte. Er legte seine Hand auf den Türknauf und drehte.

"Es ist abgeschlossen." Er schaute über seine Schulter. "Das ist aber kein Problem." Er drehte den Knauf fest und schlug mit der Schulter gegen die Tür.

KRACH! BUMM!

Die Tür sprang auf. Dahinter lag ein staubiges, rundes Treppenhaus.

"Gehen Sie voran, Tarron", forderte Dr. Gould auf.

Wir schlichen die Zementstufen hinunter, leise wie Kirchenmäuse. Nachdem wir das untere Ende der Treppe erreicht hatten, öffnete Tarron langsam die Tür zu einer kleinen, leeren Kapelle. Insgesamt gab es vielleicht zwanzig Kirchenbänke und einen Altar mit einem einfachen Holzkreuz, das an der Wand dahinter hing.

Tarron legte einen Finger an die Lippen, und wir gingen auf Zehenspitzen einen Gang hinunter zu doppelten Eichentüren, in die kreuzförmige Buntglasfenster eingelassen waren. Er spähte durch das Glas, dann öffnete er die Türen und bedeutete uns, ihm zu folgen. Mein Herz schlug so laut, dass ich befürchtete, es würde uns verraten.

Der geflieste Korridor vor den Doppeltüren führte zu einem weiteren Flur mit einem grünen Schild, auf dem "Aufzüge" stand. Tarron spähte um die Ecke, bevor wir den Gang hinunter zu einer Ecke mit drei Aufzügen gingen. Ich hatte fast das Gefühl, dass dies zu einfach war, aber ich hielt den Mund.

Der Fae drückte den Abwärtsknopf. "Ich muss euch sagen, dass es in den Aufzügen Kameras gibt. Sektor Neun wird definitiv wissen, dass wir jetzt kommen."

"Da bin ich mir sicher", Dr. Gould sah uns an. "Seid auf alles gefasst, auch auf Attentäter."

"Dann sollte ich vorne sein, denn die Pfeile werden mich nicht töten", behauptete ich.

Tarron hob eine Augenbraue. "Sie haben Sternschnuppenpfeile."

Ich grinste. "Ja, ich weiß. Du hättest deine Hausaufgaben über mich machen sollen."

"Was genau?"

Ich gab ihm keine Antwort. Er würde es früh genug herausfinden.

Wieder einmal zog ich mich aus und verwandelte mich. Ich hoffte, der Aufzug würde mein Gewicht tragen. Jonas sammelte meine Kleidung ein und wickelte sie in meinen Mantel, so wie er es draußen getan hatte.

Die Türen des mittleren Aufzugs öffneten sich in eine leere Kabine. Ich wartete, bis alle anderen eingestiegen waren, und kletterte als Letzter hinein. Glücklicherweise riss das Kabel nicht und stürzte uns in den Schacht.

Tarron drückte den untersten Knopf, und wir fuhren in die unterste Etage. Ich machte mich darauf gefasst, mit Sternenpfeilen beschossen zu werden. Als sich die Türen öffneten, sah der Korridor vor ihnen leer aus. Ich trat hinaus, um mich zu vergewissern.

Wir waren allein.

Ich verwandelte mich wieder in einen Menschen, zog mich an und griff nach meiner Waffe. Ich fühlte mich langsam wie ein Jo-Jo.

Dr. Gould blickte den Flur auf und ab. "Wohin jetzt? Es scheint, als wären wir in der Leichenhalle."

"Das sind wir." Tarron näherte sich einer Glasvitrine, in der sich ein Feuerlöscher befand. Er zog an dem Griff.

Ich schnappte nach Luft. Der Feuerlöscherkasten war eine Attrappe. Er öffnete eine Tür zu einer hölzernen Wendeltreppe.

Wir gingen hinein.

"Findet es denn niemand seltsam, dass wir nicht überfallen werden?", grummelte Brody hinter mir.

Keiner antwortete ihm. Es war offensichtlich, dass wir in eine Falle gelaufen waren.

Ich spannte einen Pfeil in meinen Bogen, als wir die Treppe hinuntergingen. Bei jedem Schritt knarrte das Treppenhaus, und ich zuckte zusammen. Bei diesem Angriff würde es keine Überraschung geben.

Wir erreichten die unterste Ebene, wieder ohne Zwischenfälle, und standen vor einer Metalltür.

Tarron runzelte verblüfft die Stirn. "Das hat es hier noch nie gegeben. Es gab immer eine Mauer, die wir nicht durchdringen konnten, um diese Tür zu erreichen."

Dr. Gould ging vor ihn und öffnete die Tür.

Schwarzer Rauch und Schwefelgestank quollen hervor und ließen meine Augen tränen. Ich hustete und hielt mir den Mund zu. Stark verbrannte Leichen lagen auf dem Boden auf der anderen Seite der Tür, die in einen weiteren Korridor führte, der nach links und rechts abzweigte. Ich fragte mich, ob sie versucht hatten, dem Feuer zu entkommen.

Tarron trat durch die Tür. "Was zum Teufel ist passiert?"

"Ist das nicht offensichtlich?" Dr. Gould kniete neben einer Leiche. "Ein Drache hat sie angegriffen." Er zeigte auf die Kameras, die auf die Tür gerichtet waren. "Wer auch immer es war, er wollte nicht identifiziert werden."

Jede Kamera, die auf die Tür und den dahinter liegenden Flur gerichtet war, war geschmolzen oder zerbrochen. Die Wände waren verbrannt, und die Türen waren aus den Angeln gehoben. Die Fenster waren zerbrochen.

"Lyra!" Tarron stürmte mit seinem Schwert über dem Kopf hinein.

Dr. Gould rief: "Nein, warten Sie. Kommen Sie zurück!"

Tarron sprintete wie ein Verrückter den Gang entlang. Wenn der Drache noch hier war, konnte er leicht verbrannt werden.

Ich sah mich unruhig um. "Wer könnte das getan haben?"

Dr. Gould schüttelte den Kopf. "Ich weiß es nicht, aber ich vermute, wer auch immer es war, diese armen Schweine haben ihn hereingelassen."

Jonas' Augen weiteten sich. "Du meinst, da war ein Drache, der mit Sektor neun im Bunde war?"

"Ja, ich fürchte schon", bestätigte der Direktor. "Offensichtlich gab es einen Streit zwischen ihnen, und Sektor Neun hat verloren."

"Glaubst du, er ist noch hier?" Ich griff nach dem unteren Teil meines Hemdes, bereit, mich wieder zu verwandeln.

Der Direktor drückte meine Hand sanft weg. "Das bezweifle ich. Wir müssen das Gelände nach Hinweisen durchsuchen." Er nickte. "Du und Jonas, ihr folgt Tarron. Brody, du kommst mit mir."

Dr. Gould und Brody gingen in die entgegengesetzte Richtung, in die Tarron gegangen war.

Jonas und ich gingen Tarron hinterher. Offene Türen säumten den Korridor auf beiden Seiten, und jedes Büro war zertrümmert worden. Computer, Aktenschränke und Schreibtische waren entweder eingeschmolzen oder komplett verbrannt.

"Wer auch immer das getan hat, war gründlich", bemerkte Jonas, als wir über zermalmtes Metall und zerbrochenes Glas stolperten, die den Flur übersäten.

"Lyra!" Tarron war stehen geblieben und hämmerte an eine

Metalltür. Er riss an der Türklinke und sah uns verzweifelt an. "Ich komme nicht rein."

"Erlauben Sie mir." Ich zog mich aus und verwandelte mich wieder.

Bumm, Bumm, Bumm!

Ich schlug immer wieder mit dem Schwanz gegen die Metalltür, bis sie zerknitterte wie Papier.

Tarron hüpfte über das Metall und eilte auf eine Reihe dicker Türen mit kleinen, quadratischen Fenstern zu, die wohl Zellen waren. Er griff nach dem Griff der ersten, die er erreichte, und zog sie vorsichtig auf.

"Es ist unverschlossen."

Ich blinzelte überrascht.

"Was zum Teufel ist hier los?" Jonas griff sein Schwert und sah sich wild um, in Erwartung eines Angriffs.

Tarron stürzte in die Zelle und kam mit einer bewusstlosen blonden Frau heraus. Tränen stiegen ihm in die Augen. "Es ist die Prinzessin."

"Lebt sie?", fragte Jonas leise.

Er nickte. "Gerade noch. Ich muss sie von hier wegbringen."

Jonas schlüpfte an ihm vorbei. "Ist da noch jemand drin?"

Tarron sah ihn nicht an. Er starrte auf die Prinzessin. "Ich weiß es nicht. Ich habe nicht hingesehen."

Jonas spähte durch jede Tür. Bei der letzten blieb er stehen und öffnete sie. "Das ist Sergeant Ragar."

Bitte sei lebendig.

Jonas kam mit dem Körper von Sergeant Ragar über die Schulter geworfen heraus. "Er atmet, aber nur flach."

Ich verwandelte mich zurück und zog mich schnell an. "Wir müssen ihn zum PSK bringen."

Dr. Gould und Brody trafen uns wieder am Eingang. Ein weiterer Körper baumelte über der Schulter des Direktors.

"Es ist Hicks", verriet er grimmig.

Meine Augen leuchteten auf. "Du hast ihn gefunden. Ist er am Leben?"

Brody wich meinem Blick aus und starrte auf den Boden.

"Nein", Dr. Gould flüsterte fast. "Wer auch immer ihn ermordet hat, wollte, dass er dieses Mal tot bleibt. Sie haben auch sein Telefon zertrümmert, wenn er also irgendwelche Informationen hatte, sind sie für uns verloren. Und es gibt keine Möglichkeit, dass er wieder zurückkommt."

Ich räusperte mich und versuchte, nicht in Tränen auszubrechen. "Was meinst du?"

Dr Gould drängte sich an mir vorbei. "Sein Herz ist weg."

Meine Unterlippe zitterte, und ich verdeckte meinen Mund mit den Händen.

Brody umarmte mich. "Es tut mir leid, Chelby. Wir haben jedes Büro durchsucht, aber alles ist zerstört. Wenn es ein Gegengift gab, konnten wir es nicht finden."

"Was ist mit Brooks?", fragte Jonas.

Brody schüttelte den Kopf. "Er war nicht unter den Toten. Es gab keine Überlebenden."

Jonas schaute finster drein. "Warum hat er die Übernatürlichen nicht getötet?"

"Gute Frage."

Ich wischte mir die Tränen ab und holte tief Luft. 'Es gibt einen Ort, an dem das Gegengift sein könnte. Wir müssen jetzt dorthin gehen."

Jonas presste die Lippen aufeinander. "Du meinst den deines Pflegevaters, nicht wahr?"

"Ja, und wir müssen uns beeilen. Wer auch immer das getan hat, könnte dort sein."

"Kommt schon, Team." Dr. Gould zuckte mit dem Kopf. "Wir müssen von hier verschwinden. Sofort." Die Wut in seiner Stimme bedeutete, nicht zu trödeln.

Wir verließen den toten und verbrannten Keller. Ich dachte an die Agenten, die gestorben waren, und fragte mich, ob sie Familien hatten. Wenn ja, dann taten sie mir leid. Sie würden nie erfahren, was mit ihren Angehörigen geschehen war. Es war eine furchtbare Erfahrung, nicht zu wissen, was passiert war. Ich hatte diesen Weg schon zu oft beschritten.

Als wir das obere Ende der Treppe erreicht hatten, begann Brody, die Tür zu schließen.

"Lass es offen", mahnte Dr. Gould. "Sie müssen ihre Toten begraben."

Anstatt in den Glockenturm zurückzukehren, führte uns Dr. Gould durch eine Seitentür hinaus. Der Alarm ertönte, aber wir entkamen den Wachen mit übernatürlicher Geschwindigkeit, bevor sie uns erwischen konnten.

Wir erreichten wieder die Lichtung, wo die Pegasi auf uns warteten. Ich atmete erleichtert aus, als ich sah, dass Eros unverletzt war.

Dr. Gould legte den leblosen Körper von Hicks auf seinen weißen Pegasus und stieg hinter ihm auf. "Wir müssen mit den Verletzten zurück zum PSK."

Tarron kletterte zusammen mit Dr. Gould hinauf, der die Prinzessin immer noch in seinen Armen hielt.

Jonas, Brody und ich sahen uns gegenseitig an. Ich wusste nicht, ob sie bei meinem Plan mitmachen würden, aber ich würde auf jeden Fall gehen. Alle würden sterben, wenn ich nicht zum Haus meines Pflegevaters kam.

Ich hoffte nur, dass ich nicht zu spät dran war.

24

Ich kletterte auf Eros' Rücken und war fest entschlossen, in Roberts Büro einzubrechen. Die Formel für das Gegengift musste in seinem Safe sein. Ich wollte nicht mit leeren Händen zum PSK zurückkehren. Dr. Gould würde wütend sein, aber das war mir im Moment egal. Ich würde nicht alle sterben lassen.

Dunkle Wolken bedeckten den sternenklaren Himmel, so dass es draußen fast stockfinster war. Das gab mir genügend Deckung, um mich von unserer kleinen Truppe zu entfernen. Hoffentlich würde Dr. Gould nicht merken, dass ich weg war, bevor es zu spät war.

Als Drache zum Haus meines Pflegevaters zu gehen, kam nicht in Frage. Ich wollte unauffällig sein, nicht unübersehbar. Meine einzige Sorge war Eros. Wenn Agenten von Sektor Neun dort waren, waren sie Menschen und würden ihn nicht sehen. Sie würden nur mich sehen. Ich war bereit, das Risiko einzugehen, wieder gefangen genommen zu werden, um meine Freunde zu retten.

Ich erwog, meinen Glamour zu benutzen, aber ich glaubte nicht, dass ich mich als meine Schwester ausgeben könnte. Außerdem kostete das so viel Energie, und ich war erschöpft.

Jonas musterte mich und murmelte etwas vor sich hin. Er manövrierte Zeus in Richtung Brody und Goldie. "Bringst du Sergeant Ragar zurück zum PSK?"

"Ja, sicher." Brody sah zwischen uns hin und her. "Du gehst mit ihr, oder?"

"Ja, das tue ich. Sie ist ein dickköpfiges Frauenzimmer, und ich kann sie nicht allein gehen lassen." Er senkte seine Stimme. "Lass Dr. Gould nicht sehen, dass wir abdrehen."

"Werde ich nicht." Brody nahm Sergeant Ragar entgegen und warf ihn über seine Schulter, als ob er nichts wöge. "Pass gut auf sie auf."

"Das werde ich. Ich verspreche es." Jonas blickte in Richtung des Direktors. "Hoffentlich merkt er nicht, dass wir weg sind. Er hat schon genug Ärger mit drei Leuten und einer Leiche auf seinem Pegasus."

Als hätte er etwas mitbekommen, funkelte Dr. Gould ihn an. "Ihr drei, hört auf, dort drüben zu bummeln. Wir müssen sofort zurück. Bewegt euch."

Jonas und ich sahen uns an. Wir flogen hinter Brody, dicht genug, dass Dr. Gould dachte, wir seien gute Soldaten und würden seine Befehle befolgen.

Dr. Gould führte uns durch Wolken, die uns nicht nur vor den Augen der Menschen, sondern auch vor ihm selbst verbargen. Feuchtigkeit benetzte mein Gesicht und mein Haar und sickerte in meine Kleidung. Ich zitterte vor Kälte und vor dem Wissen, dass ich meinem Pflegevater wieder begegnen würde.

Ich entdeckte den Silver Springs Park. Nachdem ich tief durchgeatmet hatte, wendete ich mich von dem Trupp ab. Jonas war direkt hinter mir. Mein Herz klopfte und Adrenalin schoss durch meine Adern wie Lava. Meine Haut brannte heiß.

Ich riskierte Dr. Goulds Zorn aus einem guten Grund. Ich wusste aus dem Bauch heraus, dass die Antworten bei Robert lagen. Mein Pflegevater war besessen von seinem Büro und ließ niemanden hinein. Ich war fest entschlossen, herauszufinden, was immer er verbarg.

Ich lenkte Eros am Park vorbei, und Jonas hielt Schritt. Die Pegasi glitten lautlos meine alte Straße hinunter. Wir landeten auf dem gepflegten Rasen im Hinterhof meiner Pflegefamilie. Es war weit nach Mitternacht, und hoffentlich schliefen schon alle drinnen.

Eine große Esche bot uns etwas Schutz vor den Nachbarn. Wie immer war das Licht auf der hinteren Veranda eingeschaltet und beleuchtete eine große, überdachte Terrasse mit Korbmöbeln und einer Hollywoodschaukel. Wir versteckten uns im Schatten unter dem Baum, aber wir konnten nicht lange dortbleiben.

Jonas ließ die Zügel von Zeus fallen und kam zu mir herüber. "Wo ist sein Büro?"

Ich zeigte auf ein Fenster im zweiten Stock. "Da oben."

Jonas stemmte die Hände in die Hüften. "Wie sollen wir es erreichen?"

"Auf den Baum klettern. Das habe ich immer gemacht, als ich hier gewohnt habe."

Er hob eine schmale Augenbraue. "Du hörst nie auf, mich zu verblüffen."

Die Äste des Baumes schwebten über dem Dach des zweiten Stocks. Mein kleines Zimmer befand sich am Ende des Flurs neben dem Büro meines Pflegevaters. Als ich hier wohnte, kletterte ich immer den Baum hinunter, wenn ich mich hinausschleichen wollte. Meine Pflegeeltern wussten nichts davon, und wenn doch, war es ihnen egal.

Ich rieb mir die Feuchtigkeit von den Handflächen und kletterte langsam den Baum hinauf, während der Wind in den Ästen raschelte. Im zweiten Stock hockte ich mich hin und sprang auf das Dach, ohne ein Geräusch zu machen.

Jonas sprang ab und landete leise neben mir. Fast hätte ich ihm gesagt, er solle bei den Pegasi bleiben, aber er würde sich dagegen wehren. Wir hatten keine Zeit zum Streiten.

"Wohin jetzt?", flüsterte er.

Ich neigte den Kopf, damit er mir folgte, und näherte mich dem Doppelfenster des Büros. Die weißen Jalousien waren geschlossen, und ich konnte nichts sehen. Ich versuchte, das Fenster zu öffnen, aber es war fest verschlossen.

"Lass es mich versuchen." Jonas schob sich an mir vorbei und hievte es hoch.

Für ihn hätte es nicht besser laufen können.

"Ich habe eine Idee. Komm mal her." Ich führte ihn zu meinem alten Schlafzimmerfenster.

Ich hielt den Atem an, als ich an dem Rahmen zog und er sich öffnete.

Jonas schaute mich an. "Welches Zimmer ist das?"

"Es war mein Zimmer." Ich schob die Vorhänge zur Seite. Das Schlafzimmer war genauso, wie ich es verlassen hatte. Ein

Doppelbett, eine Kommode, ein Schreibtisch und nichts an den Wänden. Der einzige Unterschied lag darin, dass mein Bett abgezogen worden war. Es war nur noch eine nackte Matratze ohne ein einziges Kissen. Meine Brust zog sich zusammen. Es war, als hätte ich nie hier gelebt.

Ich ignorierte den Kloß in meinem Hals, schob ein Bein durch das Fenster und landete auf dem Schreibtisch. Ich schwang das andere Bein rüber und ließ mich auf den Hartholzboden sinken. Ich hielt den Atem an, blieb ganz still und lauschte angestrengt, ob sich etwas bewegte.

Ich hörte nur mein pochendes Herz und das Blut, das in meinem Kopf pochte.

Jonas trat ein und stellte sich neben mich. Er öffnete den Mund, um etwas zu sagen, aber ich presste einen Finger auf meine Lippen. Er schüttelte den Kopf und presste den Kiefer fest zusammen.

Ich schlich mich zur Schlafzimmertür und spähte hinaus. Der Korridor war frei. Meine Pflegeeltern schliefen im dritten Stock, und die Tür zum Zimmer meiner Pflegeschwester war geschlossen.

Ich zwang mich, mich zu bewegen. Meine Beine zitterten, als ich den Flur entlang zu Roberts Büro ging. Normalerweise war es verschlossen, und ich versuchte herauszufinden, wie ich es aufbrechen konnte, ohne das ganze Haus zu wecken.

Ich legte eine Hand auf den Türknauf, und die Tür schwang auf.

"Da stimmt etwas nicht", flüsterte ich.

"Was? Warum?" Jonas spähte hinein.

"Diese Tür ist immer verschlossen." Ich kaute auf meiner Wange herum und wusste nicht, was ich tun sollte.

"Chelby, wir können nicht die ganze Nacht hier stehen."

"Ich weiß." Ich nickte in den Raum hinein. "Komm!"

Ich war nur ein paar Mal in Roberts Büro gewesen. Der Zutritt war nur mit Einladung möglich. Man konnte nicht unangemeldet auftauchen. Es war schwierig, etwas bei geschlossenen Vorhängen zu sehen, und ich wollte das Licht nicht anmachen.

"Jonas, kannst du die Vorhänge öffnen?"

"Sicher." Er schlich auf Zehenspitzen durch den Raum und öffnete sie. Der schwache Schein des Verandalichts draußen vertrieb etwas von der Dunkelheit. Jonas entriegelte das Fenster und schob es auf.

Jetzt wusste ich, was los war.

"Oh, mein Gott. Sein Safe ist offen." Ich eilte zu ihm und schaute hektisch hinein. Darin befanden sich mehrere Aktenordner und ein kleines schwarzes Buch. Ich nahm sie an mich.

Leise Schritte drangen in den Flur ein. "Robert? Wo bist du?" Ich erkannte die Stimme meiner Pflegemutter Loretta und stöhnte auf. Sie war meinem Pflegevater völlig verfallen.

"Komm schon. Wir müssen los." Jonas schlüpfte durch das Fenster.

Ich drückte die Mappen und das schwarze Buch an meine Brust und ging zum Fenster.

Klick.

Das Licht ging an, und ich schnappte nach Luft.

"Chelby, was machst du denn hier?"

Ich zuckte zusammen und drehte mich um, um meine Pflegemutter zu sehen, die mich neugierig musterte. Sie trug einen langen rosa Morgenmantel über einem passenden Nachthemd. Ihr blondes Haar war zu einem lockeren Pferdeschwanz zurückgebunden.

Sie kam auf mich zu und stieß dann ohne Vorwarnung einen markerschütternden Schrei aus. Ich folgte ihrem Blick, und mir fiel die Kinnlade herunter. Robert lag auf der anderen Seite seines Schreibtisches, und ein Pfeil ragte mitten aus seiner Brust heraus.

Der Pfeil sah aus wie einer von meinen.

"Robert?" Ich eilte zu ihm und kniete mich hin.

Blut tropfte von seinen Lippen, und seine leblosen Augen blickten ins Leere. Ich hielt eine zitternde Hand über seine Nase, aber keine Luft strich über meine Handfläche. Ich legte zwei Finger an seinen Hals. Kein Puls.

"Mama? Mama, was ist los?"

Ich kannte auch diese Stimme. Es war meine Pflegeschwester.

Scheiße, ich war gefangen wie ein Fuchs im Hühnerstall.

Jamie erreichte meine schluchzende Pflegemutter und nahm sie in den Arm. Selbst im Halbschlaf waren ihre braunen Augen wunderschön, und ihr langes, sandbraunes Haar fiel über ihren lila Schlafanzug. "Mama, was ist los? Warum schreist du?"

Sie zeigte mit einem zittrigen Finger auf mich. "Sie hat ihn umgebracht."

"Daddy!" Jamie wimmerte. Sie starrte mich fassungslos an. "Wie konntest du ihn ermorden, Chelby? Er hat sich so sehr um dich gekümmert."

Das war eine glatte Lüge.

Ich schüttelte vehement den Kopf. "Nein, ich habe ihn nicht umgebracht. Ich schwöre es."

"Ruf die Polizei, Jamie." Meine Pflegemutter schrie die Worte wie eine Todesfee.

"Du Schlampe", kreischte Jamie, als sie zum schnurlosen Telefon auf dem Schreibtisch meines Pflegevaters rannte. Ihre Finger zitterten, als sie wählte. "Kommen Sie schnell. Mein Daddy ist ermordet worden. Chelby Duncan hat ihn umgebracht."

Das Blut wich aus meinem Gesicht. Das konnte doch nicht wahr sein.

"Nein, ich war es nicht. Das müsst ihr mir glauben." Ich sah zwischen den beiden Frauen hin und her, aber ich konnte es in ihren Augen sehen. Dies war ein aussichtsloser Kampf. Sie hatten mich bereits verurteilt.

Jamie ignorierte mich und gab den Polizisten ihre Adresse. Sie legte auf.

"Sie sind auf dem Weg."

Ich stand langsam auf. "Ich habe ihn nicht umgebracht."

"Du lügst." Die Augen meiner Pflegemutter weiteten sich, als sie mich anstarrte. "Wie hast du seinen Safe geknackt? Er war der Einzige, der die Kombination kannte."

WUIIIIIIIIIIIIIIIIIIIIIIIIIIIIIIIIIIIIII!

Draußen heulten die Sirenen.

Ein mulmiges Gefühl machte sich in meinem Bauch breit und bahnte sich seinen Weg bis in den hinteren Teil meiner Kehle.

Wenn Jamie und Loretta mir nicht glaubten, warum sollten es die Polizisten?

Jamie stürzte sich auf mich. "Gib mir die zurück, Schlampe. Ich werde dich umbringen!"

Ich rannte um den Schreibtisch herum und umklammerte die Mappen und das Buch fester. Ich stieß Roberts Stuhl um und verpasste Jamie einen Schlag gegen die Beine. Sie stöhnte auf und griff sich ans Knie.

Jemand pfiff, und ich hörte flatternde Geräusche.

Jonas steckte seine Hand durch das Fenster und zog mich heraus. Eros und Zeus schwebten an Ort und Stelle, auf Höhe des zweiten Stocks. Ich sprang auf meinen Pegasus, und er flog in Richtung der Wolken, als die Polizeiautos vor dem Haus meines Pflegevaters zum Stehen kamen. Die Polizisten sprangen aus den Autos und rannten zur Haustür.

Jonas flog auf Zeus neben mir. "Was ist passiert?" Sein anklagender Tonfall jagte mir einen Schauer über den Rücken.

"Ich weiß es nicht", stammelte ich. "Jemand hat meinen Pflegevater ermordet."

"Ja, das habe ich gesehen. Sie haben den armen Kerl als Nadelkissen benutzt. Wer immer das getan hat, hat auf Zeit gespielt. Sie haben deine Visitenkarte hinterlassen."

Ich runzelte die Stirn. "Du meinst den Pfeil?"

"Ja. Wir müssen hier weg, bevor die Bullen versuchen, uns vom Himmel zu schießen."

Angst schnürte mein Herz ein und mein Magen verkrampfte sich. Speichel sammelte sich in meinem Mund, und ich zitterte. Ich war so verängstigt, dass ich dachte, mir würde jeden Moment schlecht werden.

Jemand hatte meinen Pflegevater ermordet.

Jemand wusste, dass ich kommen würde.

Jemand wollte mich reinlegen.

Die Frage war, warum?

Eros schien in Zeitlupe zu fliegen, und ich wollte ihn anschreien, schneller zu fliegen. Aber ich wusste, dass er wie der Wind flog. Ich war noch nie so froh gewesen, den Wald zu sehen und die magische Barriere zu durchqueren.

Ich änderte meine Meinung, als Dr. Gould auf seinem Pferd auf uns zu ritt.

"Scheiße, jetzt stecken wir tief drin", brummte Jonas.

Der Direktor starrte sie an. "Wo zum Teufel seid ihr zwei gewesen?" Ich zuckte bei seiner dröhnenden Stimme zusammen. Dann verlor ich das Gleichgewicht und begann, von Eros' Rücken zu rutschen.

Mein Herz schlug wie eine Trommel, und mein Atem stockte. Ich dachte, ich bekäme einen Herzinfarkt.

Dr Gould runzelte die Stirn. "Was ist los?" Seine Stimme war alles andere als mitfühlend.

Ich leckte mir über die trockenen Lippen. "Robert Brooks ist tot."

"Was? Hast du ihn umgebracht?" Sein anklagender Ton ließ mich erschaudern.

Ich schüttelte den Kopf. "Nein. Ich habe ihn tot aufgefunden."

"Jetzt denken ihre Pflegemutter und ihre Schwester, dass sie es getan hat", platzte Jonas heraus.

"Kommt mit mir." Der Direktor zeigte mit dem Finger auf uns. "*Denkt* nicht einmal daran, mir nicht zu gehorchen."

Jonas und ich flogen mit unseren Pegasi zurück zu den Ställen.

Nachdem ich von Eros heruntergeglitten war, übergab ich Dr. Gould die Mappen und das Notizbuch.

"Was ist das?", fragte er.

"Das habe ich im Büro meines Pflegevaters gefunden."

Er blätterte in den Ordnern. "Hast du den Safe geknackt?"

"Nein, er war weit offen."

Dr. Gould blickte auf. "Wenn ich das hier richtig lese, ist das das Gegenmittel für den verfluchten Trank, der alle krank gemacht hat."

Jonas rieb sich den Nacken. "Das verstehe ich nicht. Warum sollte der Mörder das im Safe lassen?"

Es gab nur eine Antwort.

Ich holte tief Luft. "Weil er wusste, dass wir kommen und wollte, dass wir es finden."

Dr. Gould klappte die Aktenordner zu. "Und er wollte dir den Mord an Robert Brooks anhängen."

Sein tiefer Tonfall ließ eine Tonne Ziegelsteine auf meine bebenden Schultern fallen, und meine Beine wankten.

Mein Leben hatte sich zum Schlechten gewendet.

25

Dr. Gould ließ Jonas und mich direkt in die Haftanstalt eskortieren. Ich bekam meine alte Zelle zurück. Wie lange wir eingesperrt sein würden, war ungewiss. Ich nahm eine lange, heiße Dusche und streckte mich auf dem Bett aus und versuchte, den entsetzten Blick in den toten Augen meines Pflegevaters zu vergessen.

Ich dachte, ich würde niemals einschlafen, aber ich hatte mich geirrt. Als ich aufwachte, roch es nach Kaffee, Eiern, Speck und Toast, aber keine Spur von Dr. Gould.

Eine Woche verging, ohne dass ich ihn sah. Die einzige Person, die ich sah, war die Fae, die meine Mahlzeiten lieferte, die mich nur grüßte und keine Fragen beantwortete.

Ich hatte keine Ahnung, ob die Formel, die ich gestohlen hatte, funktioniert hatte. Soweit ich wusste, war es umsonst gewesen, und alle, die ich liebte, waren tot.

Ich lag auf dem Bett und starrte an die Decke, während ich darauf wartete, dass das Abendessen geliefert wurde. Nicht, dass ich hungrig gewesen wäre, aber das Essen war das wichtigste Ereignis in der Haftanstalt. Es war die einzige Zeit, in der ich einen anderen Menschen sehen konnte, wenn auch nur die höfliche Bedienung.

Die Tür öffnete sich, und ich schoss sofort in die Höhe.

Dr. Gould trat ein. "Guten Abend, Chelby."

Ich hielt den Atem an und wartete darauf, dass er meine Strafe verlängerte oder mir eine andere Strafe auferlegte.

Er ließ sich auf einem Stuhl gegenüber von mir nieder. "Ich nehme an, du verstehst jetzt, dass du Befehle befolgen musst."

Ich wollte widersprechen, aber ich dachte mir, dass ich dadurch nur noch mehr Zeit hier verbringen würde. "Ja, das tue ich, Sir."

"Gut." Er faltete die Hände in seinem Schoß. "Ich habe ein paar Neuigkeiten für dich."

"Wirklich?"

"Ich denke, es ist das Beste, wenn ich es dir zeige." Er stand auf und deutete auf die Tür. "Ihr könnt alle reinkommen", rief er.

Die erste Person, die hereinkam, oder sollte ich besser sagen, hereinstürzte, war Kog. Er stürzte herbei, hob mich vom Bett auf und schleuderte mich herum.

"Kog!" Ich brach in Tränen aus, als ich den Ork sah, an den ich mich erinnerte.

"Du hast es geschafft." Er grinste. "Wir sind alle geheilt."

Er setzte mich ab, und ich konnte nicht aufhören zu weinen. Mein ganzes Team war hier. Maggie, Justice, Brody und Jonas.

Maggie streichelte meine Wangen. "Du bist unglaublich. Du

hattest die ganze Zeit recht, und du hast uns gerettet." Sie umarmte mich fest. "Danke."

Ich befeuchtete meine Lippen. "Du bist nicht sauer wegen Hicks?"

"Das war nicht deine Schuld." Wut blitzte in ihren Augen auf. "Jemand hat ihn ermordet. Wir müssen sie finden und dafür büßen lassen."

Ich legte ihr eine Hand auf die Schulter. "Das werden wir. Ich verspreche es."

Justice kam auf mich zu und umarmte mich herzlich. "Ich wusste, dass du es schaffst. Du bist ein knallharter Typ, Chelby."

Jonas' hübsches Grinsen funkelte mich an. "Wir haben unsere "Du kommst aus dem Gefängnis frei"-Karten.

"Nicht ganz", sagte Dr. Gould. "Nur um einen Eindruck zu gewinnen, werden Sie beide einen Monat lang Feldküchendienst haben."

"Damit kann ich leben", erklärte Jonas.

Dr. Gould starrte ihn an. "Oh, ich bin so froh, dass du mir zustimmst."

Jonas errötete in zehn Farbtönen und senkte seinen Kopf. "Tut mir leid, Sir."

Ich hätte am liebsten losgelacht über die Scherze. Wir waren wieder da.

Brody ergriff meine Hände. "Ich bin so froh, dass es dir gut geht. Ich habe mir Sorgen gemacht."

"Es gibt noch ein paar andere Leute, die dich gerne sehen würden", fügte der Direktor hinzu.

Mein Onkel betrat das Zimmer.

Ich rannte zu ihm, sprang in seine Arme und schluchzte, als würde ich um mein Leben kämpfen. Ich hatte solche Angst, dass ich ihn verlieren würde.

Er küsste mich auf die Wange und umarmte mich auch. "Ist schon gut, Chelby. Mir geht's gut. Mir geht es jetzt gut, dank dir. Schon wieder."

Er ließ mich los. Sergeant Ragar und Sergeant Santos standen hinter ihm. Es war mir egal, dass es nicht militärisch genehmigt war... Ich umarmte Sergeant Ragar ganz fest.

"Es ist auch schön, dich zu sehen, Mädchen."

Sergeant Santos umarmte mich als nächstes. "Eros vermisst dich. Hoffentlich kannst du ihn bald besuchen."

Dr. Gould räusperte sich. "Wenn es dir nichts ausmacht, habe ich mir für den Schluss noch etwas Besonderes aufgehoben."

Ich runzelte die Stirn und verstand nicht, was er meinte. Dann trat mein Vater ein. Seine blauen Augen leuchteten, und sein blondes Haar floss über seine breiten Schultern. Er lächelte mich an. "Hallo, Chelby. Es ist schön, dich endlich wiederzusehen."

Mir blieb der Mund offen stehen und ich konnte mich nicht mehr bewegen. Mein ganzer Körper kribbelte vor Aufregung, Schock und Liebe. Mein Vater war am Leben. Er war *am Leben*.

Jonas stupste mich an. "Geh schon, Chelby. Er wollte dich unbedingt sehen."

Mein Vater kam auf mich zu. In seinen Augen glitzerten Tränen, als hätte er Angst, ich würde ihn zurückweisen. "Es tut mir leid, dass ich nicht für dich da war. Du weißt nicht, wie sehr ich es wollte."

Endlich fand ich meine Stimme wieder. "Aber du warst immer bei mir. Du hast mir Drago gegeben."

Er schlang seine Arme um mich und küsste mich auf den Scheitel. Ich hätte nie gedacht, dass ich ihn lebend wiedersehen würde. Ich dachte, Sektor Neun hätte mir beide Eltern weggenommen.

Dieses Mal hatten sie verloren.

"Ich habe ein besonderes Abendessen für uns alle geplant." Dr. Gould zwinkerte mir zu. "Es sei denn, du willst hier unten bleiben?"

"Nein, das klingt gut."

Ich hielt die Hand meines Vaters, als wir aus der Haftanstalt kamen. Draußen zog ich einen Lungenzug süßer, frischer Luft ein. Das Leben sah wieder gut aus. Mein Team und meine Ausbilder waren am Leben, und für eine kurze Sekunde waren wir glücklich.

Dr. Gould hatte das Abendessen nicht im Konferenzraum, sondern in der Cafeteria bestellt. Es gab Rippchen mit Meerrettichsauce, gebackene Kartoffeln mit allem Drum und Dran, gebratenen Spargel, frisch gebackene Brötchen und jede Art von Kuchen, die man sich vorstellen konnte.

Dr. Gould setzte sich an den Rand des langen Tisches, der in Buffetform gedeckt war. "Willkommen zurück, Leute. Mit diesem Essen wollen wir Chelby zu ihrem Erfolg gratulieren."

Alle klatschten, und meine Wangen brannten wie glühende Kohlen.

Er hob die Brauen. "Auch wenn sie die Regeln gebrochen hat."

"Das war ich nicht allein. Ohne mein Team, Eros und euch alle hätte ich es nicht geschafft."

Dr Gould lächelte und hob sein Glas. "Auf die *Anchorae Salutis.*"

Wir jubelten alle. "Auf die *Anchorae Salutis.*"

Der Direktor räusperte sich. "Ja, ja, gut gemacht. Jetzt muss ich euch alle auf den neuesten Stand bringen. Prinzessin Lyra ist wieder mit ihrem Bruder vereint, und König Ash hat ein Bündnis mit der PSK geschlossen. Er wird nie vergessen, was wir getan haben, um seine Schwester zu retten. Das ist die gute Nachricht." Er hielt meinen Blick fest. "Die schlechte Nachricht, Chelby, ist leider, dass du jetzt Staatsfeind Nummer eins beim Militär bist. Nicht nur sie jagen dich, sondern auch das FBI. Du bist eine polizeilich gesuchte Frau. Solange du hier bleibst, werden sie dich nicht finden können."

Meine Schultern sackten zusammen. Toll, ich war immer noch im Gefängnis, nur in einem Größeren.

"Wir müssen herausfinden, wer dich reingelegt hat. Aus den Hinweisen, die wir im zerstörten Keller von Sektor Neun in St. Mary's gefunden haben, schließe ich, dass der Täter ein Drache ist, der es auf dich abgesehen hat. Chelby, du hast einen neuen Feind. Einen, der sehr, sehr gefährlich ist."

DIE GESCHICHTE GEHT WEITER

Die Geschichte geht weiter mit *Die Jagd: Amor*, demnächst bei Amazon und Kindle Unlimited erhältlich.

Fordern Sie Ihr Exemplar noch heute an!

ANMERKUNGEN DES AUTORS - M GUIDA

GESCHRIEBEN AM 20. FEBRUAR 2023

Ich hoffe, du hast dieses Buch genossen. Ich verliebe mich immer in meine Figuren, und das gilt besonders, wenn ich in der Ferienzeit über sie schreibe. Dieses Buch wurde zwischen Thanksgiving und Weihnachten geschrieben - zwei meiner Lieblingsfeiertage.

Aber um ehrlich zu sein, ist Thanksgiving mein Lieblingsfest von allen Feiertagen, weil ich an diesem Tag darüber nachdenke und zurückblicke, wofür ich dankbar bin. Das Wichtigste, wofür ich dankbar bin, ist meine Familie. Sie hat mich die ganze Zeit über auf dieser Reise begleitet. Ich bin auch dankbar für meine Freunde, die mich während des Schreibprozesses unterstützt haben und mir geholfen haben, Teil der LMBPN-Familie zu werden.

Ich bin auch sehr dankbar für Charaktere, Geschichten und Sie. Ich könnte diesen Beruf nicht ausüben, wenn du meine Geschichten nicht so sehr genießen würdest wie ich. Meine Figuren waren für mich schon immer real, und Chelby ist da nicht anders. Sie ist eine Kämpferin und gibt niemals auf. Lass mich dir ein wenig mehr über sie erzählen. Sie basiert auf jemandem, den ich persönlich kenne, gemischt mit ein paar Sprenkeln von Marvels Black Widow. Black Widow liegt mir sehr am Herzen, denn im Gegensatz zu den anderen Figuren der Marvel-Reihe hat sie keine Superkräfte, aber sie ist eine hervorragende Kämpferin. Sowohl Männer als auch Frauen respektieren und fürchten sie. Ich liebe die Szene in Iron Man II, als sie zu Justin Hammers geheimem Versteck geht, wo wir sie zum ersten Mal treffen, und sie alle Bösewichte ausschaltet, ohne besondere Kräfte.

Allerdings war ich wirklich traurig, als sie nicht ihr Happy End mit dem Hulk bekam. Ich habe den beiden wirklich die Daumen gedrückt. Ja, ich bin im Herzen ein Romantiker.

Mit Chelby wird das nicht passieren. Sie wird ihr Happy End bekommen, aber nicht sofort. Die Menschen müssen für das kämpfen, woran sie glauben, und vor allem für die, die sie lieben.

Ich habe das Gefühl, dass es in allen großen Filmen solche Szenen gibt. Einige meiner anderen Lieblingsfilme enden mit den ultimativen Opfern, wie z. B. Der letzte Mohikaner und Mission Impossible II. In "Der letzte Mohikaner" wird Cora von Magua gefangen genommen und Hawkeye weiß, dass er sie töten will. Aber es gibt keine Möglichkeit, sie zu retten, und er muss sie verlassen. In diesem Moment scheint alles verloren, und sie fordert ihn auf, sich selbst zu retten. Hawkeye sagt ihr: "Du bleibst am Leben, egal was passiert! Ich werde dich finden! Egal, wie lange es dauert, egal, wie weit es ist. Ich werde dich finden." Bei diesem Satz bekomme ich immer noch eine Gänsehaut.

Das Gleiche gilt für Mission Impossible II. Sean Ambrose und seine Schläger haben Nyah. Sie weiß, dass sie sie und Ethan töten werden, wenn sie ihm nicht das letzte Fläschchen Chimära gibt. Sie injiziert sich Chimära, um Ethan zu retten. Er stellt den Timer auf seiner Uhr auf zwanzig Stunden und sagt ihr dann: Bleib einfach am Leben. Ich werde dich nicht verlieren", dieser Satz lässt mich immer noch erschaudern. Das sind die Momente in der dunklen Nacht der Seele, wenn alles verloren ist und meine Lieblingsstelle in den Filmen.

Ich versuche, so etwas in meinen Büchern unterzubringen. Also, ja, Chelbys dunkle Nacht der Seele wird in den nächsten paar Büchern auftauchen. Sie wird ihr Happy End bekommen, aber es wird nicht einfach sein.

Wofür bin ich also auch dankbar? Für all diese wunderbaren Filme und Helden und Heldinnen, die mit diesen großartigen Sprüchen aufwarten, die uns immer noch erschauern lassen. Ich liebe es, wenn Hollywood die Frauen stark macht. Ich bin ein Filmfan und werde mir diese Filme immer und immer wieder ansehen und mich nie an diesen Sprüchen satt sehen. Ich würde gerne wissen, was deine Lieblingszeilen aus Filmen oder Fernsehsendungen sind und was deine Lieblingszitate sind. Du kannst es mir auf meiner Autorenseite mitteilen oder meiner Facebook-Gruppe beitreten!

Bis dahin wünsche ich dir einen schönen Tag und wir sehen uns im Kino!

M Guida

ANMERKUNGEN DES AUTORS MICHAEL ANDERLE

GESCHRIEBEN AM 22. FEBRUAR 2023

Vielen Dank, dass du nicht nur dieses Buch gelesen hast, sondern auch die Anmerkungen des Autors!

AMOR

Ich möchte mich noch einmal bei euch allen bedanken, den Lesern und meiner Mitarbeiterin, für eine Serie, die es in sich hat... Und gerade jetzt geht es Richtung Hörbuch!

Es stimmt, Mary und ich wurden von Tantor Audio für Paranormales Söldnerkorps ausgewählt, und ich könnte nicht dankbarer sein.

Für diejenigen, die es nicht wissen: Hörbücher werden auf Stundenbasis produziert. Das heißt, man rechnet die Produktionskosten durch die Anzahl der Wörter, und schon hat man eine gute Vorstellung davon, was die Produktion von sechs (6) Hörbüchern kosten wird.

Eine grobe Schätzung besagt, dass 9.000 Wörter ungefähr einer Stunde Buch-Audio entsprechen. Wenn wir ein Buch mit 72.000

Wörtern haben, brauchen wir etwa 8 Stunden Audio (das sind etwa 24-36 Stunden Erzählarbeit, plus Lektorat usw.), was mindestens 350 Dollar pro Stunde ausmacht, normalerweise eher 400 Dollar pro fertige Stunde.

Für ein acht (8) stündiges Buch kostet ein gutes Hörbuch mindestens 3.200 Dollar.

Wir haben sechs (6) Bücher, die Tantor übernommen hat, also haben sie vertraglich vereinbart, dass sie (wenn ihre Kosten in etwa so hoch sind wie unsere Kosten, wenn wir die Serie machen) etwa 19.000 $+ für die Produktion dieser Serie zahlen.

Zu wissen, dass sie bereit sind, dieses Geld in unsere Serie zu investieren, ist eine Ehre. Das wäre NICHT möglich gewesen, wenn du diese Serie nicht gelesen und unterstützt hättest...

Also, vielen Dank.

AMOR kommt zu Audio!

Wir sprechen uns im nächsten Buch.

Ad Aeternitatem,

Michael Anderle

MEHR GESCHICHTEN mit Michael Newsletter HIER: https://michael.beehiiv.com/

BÜCHER VON MICHAEL ANDERLE

Trage dich in die LMBPN-E-Mail-Liste **ein**, um über Neuerscheinungen und Sonderangebote informiert zu werden!

https://lmbpninternational.com/de/newsletter/

Eine vollständige Liste der Bücher von Michael Anderle findest du hier:

https://lmbpninternational.com/de/

BÜCHER VON M GUIDA

Paranormales Söldnerkorps

(mit Michael Anderle)

Deckname: Amor (Paranormales Söldnerkorps 1)

Operation: Amor (Paranormales Söldnerkorps 2)

Mission: Amor (Paranormales Söldnerkorps 3)

Die Jagd: Amor (Paranormales Söldnerkorps 4)

Legacy-Reihe:

Legacy Academy: Die frühen Jahre

Legacy Jahr Eins

Legacy Jahr Zwei

Legacy Jahr Drei

Legacy Jahr Vier

Ebony´s Vermächtnis

Ebony´s Vermächtnis: Erstes Jahr

Ebony´s Vermächtnis: Zweites Jahr

Ebony´s Vermächtnis: Drittes Jahr

Ebony´s Vermächtnis: Viertes Jahr

ÜBER M GUIDA

M. Guida hat schon immer Fantasy und Romantik geliebt, insbesondere Drachen. Als sie aufwuchs, verschlang sie Fantasy-Bücher und alle Arten von Büchern für junge Erwachsene. Und dann entdeckte sie die Romantik und eine ganz neue Welt tat sich ihr auf.

Jetzt, als Erwachsene, hat sie sich in die Akademieromantik verliebt und alle ihre früheren Lieben in einer fesselnden Serie vereint. Drachen, Vampire, Elfen, Dämonen und Gestaltwandler besuchen alle die Legacy Academy.

Wenn sie nicht gerade schreibt, lebt sie in den farbenfrohen Rocky Mountains mit ihrem Fellbaby Raven und geht gerne mit ihr spazieren.

Wenn du keine Neuerscheinung mehr verpassen wollen, melde dich für ihren Newsletter an und erhalte Legacy Academy The Early Years kostenlos!

instagram.com/Instagram

VERBINDUNG MIT DEN AUTOREN

M Guida Soziales
E-Mail-Liste: https://geni.us/akJn
Instagram
Bookbub
Tiktok
Facebook

Michael Anderle Soziales
Website: http://lmbpn.com
E-Mail-Liste: http://lmbpn.com/email/
https://www.facebook.com/LMBPNPublishing
https://twitter.com/MichaelAnderle
https://www.instagram.com/lmbpn_publishing/
https://www.bookbub.com/authors/michael-anderle

Printed in Poland
by Amazon Fulfillment
Poland Sp. z o.o., Wrocław

49100198R00176